U0924052

王寂文学研究

张怀宇 著

黑龙江大学出版社
HEILONGJIANG UNIVERSITY PRESS
哈尔滨

图书在版编目（CIP）数据

王寂文学研究 / 张怀宇著. -- 哈尔滨 : 黑龙江大学出版社, 2019.12
ISBN 978-7-5686-0421-5

Ⅰ. ①王… Ⅱ. ①张… Ⅲ. ①王寂（1128-1194）－古典文学研究 Ⅳ. ①I206.464

中国版本图书馆CIP数据核字(2019)第276322号

王寂文学研究
WANGJI WENXUE YANJIU
张怀宇 著

责任编辑 张永生
出版发行 黑龙江大学出版社
地　　址 哈尔滨市南岗区学府三道街36号
印　　刷 哈尔滨市石桥印务有限公司
开　　本 787毫米×1092毫米 1/16
印　　张 16.25
字　　数 226千
版　　次 2019年12月第1版
印　　次 2019年12月第1次印刷
书　　号 ISBN 978-7-5686-0421-5
定　　价 49.00元

本书如有印装错误请与本社联系更换。

前　言

王寂是金代中期"国朝文派"的代表，世宗大定初，"以文章政事显"，大定末在户部侍郎任上遭受贬谪，不久遇赦，又被任命为提点辽东路刑狱。他历仕海陵王、世宗、章宗三朝，垂暮之年又跋涉于苦寒之地，身心俱感疲惫。跌宕起伏的人生际遇，尤其是后期的仕宦挫折使他的文学创作风格发生了重大转变，以致其作品中多了感愤之言与悲凉之思。

王寂的文学成就是多方面的，诗、词、文、赋皆有可称道之处。

在诗歌艺术上，王寂博采众长，从韩愈、杜甫、白居易、苏轼等前辈名家中吸取营养，形成了清刻镵露、雄放奇崛等独特的风格。其诗歌题材广泛，内容丰富。其中，交游诗融情入景，感情真挚；纪行诗描绘东北山川风物，赏爱之情溢于笔端；题画诗精于绘写，注重寓意的发扬；禅诗则寄禅理于形象之中，是哲学与艺术的结晶。

王寂还是词坛高手，既有《花间》格调的艳情吟咏，也不乏悲凉中见豪宕的抒怀之作。其词语言疏朗，意境清新，颇具北宗词风的特质。

在散文创作方面，王寂偏好叙事，并发扬史传传统，以畅达而不失含蓄的笔法塑造了一批鲜活的人物。同时，注重以事彰理，比较充分地表达了事中所载之道，体现了古文运动在金代的发展。他的骈文情致委婉、典雅精工，但数量不多，大都为特殊事因而作。其赋仅存一篇，是对仕途蹭蹬的感慨之言，奇崛激愤之情溢于笔端。

他的两部行记亦诗亦文，突破了行记体的史学体例，颇有文学色彩，宛如13世纪东北社会风情的灵动画卷。文中叙事与抒情交融，其中所寄寓的种种行途情思,也展现了一代士人的心灵之旅。

王寂的文学创作不仅是其个人精神世界的展示,还是金代中期时代文化的缩影。恰如珠宝,即便埋于尘土,但一经被发现并稍加擦拭,仍会熠熠闪光。

目　　录

绪　论

一、王寂文学研究的意义

有金一代，幅员辽阔，北起外兴安岭，南到淮河，西起陇右，东濒大海，雄峙中原近百二十年。在北方人文、地理的影响下，金代文学呈现出独特的风貌，是中华文化的重要组成部分。然而，长期以来，金代文学在中国文学史上不能自立，多被附于两宋文学，这是有悖于中国文学发展实际的。

清朝立国以后，出于民族认同等方面的考虑，金代文学颇受垂青，遂有《全金诗》《金文最》等大型文献结集问世。但令人遗憾的是，进入20世纪，关于金代文学的研究却没有得到延续，直至20世纪80年代，金代文学才逐渐为学界所重视，在作家作品研究、文学史探讨、文献整理等方面取得了一批研究成果。特别是关于元好问的研究，成了热点，由此也推动了金代文学研究的发展。但是，关于其他作家作品的研究则显得比较清冷。王寂，即是其中的一位。

王寂（1128—1194年），字元老，号拙轩，蓟州玉田（今河北玉田）人。金初名士王础之子。海陵王天德三年（1151年），擢进士第，历仕太原祁县令、真定少尹兼河北西路兵马副都总管、户部侍郎等职。世宗大定二十六年（1186年），因救灾不力被贬为蔡州防御使。章宗即位后，被任命为提点辽东路刑狱，按部辽东 。明昌六年（1195年），以中都路转运使致仕。不久起复，摄礼部尚书，卒官，谥“文肃”。

王寂的文学创作不仅在当时颇受称许，而且为后世所褒扬。元好问《中州集·王都运寂》以为王寂“诗固佳”。《四库全书总目提要》评曰:“诗境清刻镵露,有戛戛独造之风……古文亦博大疏畅,在大定、明昌间卓然不愧为作者。”《金文最·英和序》甚至称王寂为“大定、明昌文苑之冠”。

大定、明昌时期(1161—1196年)是金代社会发展的鼎盛时期。这一时期不仅政治稳定,经济繁荣,而且文化也呈现出勃勃生机,形成了不同于金初“借才异代”的“国朝文派”,从而体现了金代各族士人思想上的融合、心态上的转变。同时,还涌现出一大批卓有成就的文学家,如蔡珪、王寂、党怀英、赵沨、王庭筠、周昂等。这些作家都取得了很高的成就,他们的作品在各具特色的同时又都透露出金代特有的北方文学气质。然而,令人遗憾的是,种种缘故致使绝大多数作家的诗文别集未能传世,即便有传世者,类别也不全,以致无法从中得窥全豹。不过,王寂的作品却得以相对比较完整地保存下来,这对于金代文学研究来说可谓弥足珍贵。

王寂著有《拙轩集》《北迁录》《辽东行部志》《鸭江行部志》等作品。其中,《北迁录》已佚,其余三种则为清代四库馆臣从《永乐大典》中辑出。《拙轩集》卷一至三为诗(卷一含赋一篇),卷四为词,卷五至六为文。《辽东行部志》《鸭江行部志》各为一卷,内含诗歌。此三种作品所含的诗、词、文等数量众多,体裁多样,比较全面地反映了王寂的文学创作情况,并且从中也可一窥大定、明昌时期的文坛状况,因此是研究金代文学的重要文献。

然而,就王寂的文学成就以及所留下作品的数量而言,学界对他的研究仍嫌不够。王寂文学研究虽自20世纪80年代起步,至21世纪初又因金代文学研究的升温而获发展,但不足之处也很明显。这主要体现在:一是文献研究存在学术空白。《拙轩集》作为王寂重要的传世别集至今却仍然没有一部校注本问世,这对于以王寂文学为主题的研究来说,不免是很大的遗憾。《辽东行部志》《鸭江行部志》虽有校注本,但已经过去30多年了。因此,在吸收新的研究成果后,对于行记的研究仍有可以完善和补充的空间。二是作品研究不够充分。虽然学界对王寂的诗、词、文等皆有论述,所发表的论文也不少,但尚需一部对王寂文学进行全面、系统研究的论著。研究并非对已有成果的简单复述及拾遗补阙,而是着眼于那些理论上未解释清楚的问题,如怎样理解《四库全书总目提要》中"清刻镵露"的评价,金人元好问称王寂"诗固佳,恨其依仿苏才翁太甚"与其作品是否相符,等等。研究应以问题意识为导向来构建论述框架,进行系统阐述。三是行记研究需要突破。王寂的两部行记虽然是史地学著作,但却具颇多文学色彩,而目前围绕这两部行记所发表的论文固然很多,却多是从史地考证的角度进行的,以致其文学价值长久埋没不彰。可见,从文体学及文学的角度重新观照两部行记,是王寂行记研究的一个可以突破的空间。

针对以上现状,本书以王寂文学研究为专题,系统而全面地考察了王寂的文学创作,力求在相关问题上有所深化和突破,为金代文学研究略尽绵薄之力。

二、王寂文学研究综述

(一)文献整理情况

王寂著有《拙轩集》《北迁录》《辽东行部志》《鸭江行部志》等,除《北迁录》已佚外,其余三种均为清代四库馆臣从《永乐大典》中辑出。

"拙轩"乃作者斋名,因以名集。元好问《中州集》和宇文懋昭《大金国志》皆云王寂"有《拙轩集》《北迁录》传于世",却不著卷数。明正统六年(1441 年),杨士奇等《文渊阁书目》卷九著录:"王元老《拙轩集》一部三册(阙)。"《北迁录》不见著录。明人叶盛《菉竹堂书目》及明末清初黄虞稷《千顷堂书目》皆据《文渊阁书目》录入《拙轩集》,亦不见《北迁录》。至明万历间,孙能传、张萱等编《内阁藏书目录》时,《拙轩集》已不见被著录,想必约于明中叶佚。今本《拙轩集》乃由四库馆臣自《永乐大典》辑出,归于《四库全书总目提要》卷一六六集部十九别集类十九。《四库全书总目提要·拙轩集》提要云:"好问所选寂诗仅七首,又附见《姚孝锡传》后一首,其他亦久佚不见。惟《永乐大典》所载寂诗文尚多,虽如好问所摘《留别郭熙民》诗诸联及蒋一葵《长安客话》所记《卢植墓》诗逸句,皆未见全篇,亦不能尽免于脱阙,而各体俱存,可以得其什七矣。”此书六卷,分体编排,首无序,后无跋。卷一为赋及五、七言古诗,卷二为五、六、七言律诗,卷三为七律及五、六、七言绝句,卷四为词,卷五和卷六为表、牒、记、序、帖启、书后、祭文、行状、墓志铭、哀词等各体文章。全书共计赋1篇,诗190首,词36首,文20篇。

现存六卷本《拙轩集》,主要版本有《武英殿聚珍版丛书》本、文津阁《四库全书》本、文渊阁《四库全书》本、《清芬堂丛书》本、《励志斋丛书》本、《丛书集成初编》本、《石莲龛汇刻九金人集》本(附补遗一卷)、《彊村丛书》本。文渊阁《四库全书》本最早,成书于清乾隆四十年(1775年)十一月,提要末署名:“总纂官纪昀、陆锡熊、孙士毅,总校官陆费墀。”《武英殿聚珍版丛书》本次之,成书于乾隆四十一年(1776年)二月,提要末署名:“总纂官侍读学士陆锡熊、侍讲学士纪昀,纂修官庶吉士汪如藻。”文津阁《四库全书》本再次之,成书于乾隆四十九年(1784)三月,署名同文渊阁《四库全书》本。以上三本的文字互有异同,而其他各本如《清芬堂丛书》本、《励志斋丛书》本、《丛书集成初编》本、《石莲龛汇刻九金人集》本、《彊村丛书》本,皆本于《武英殿聚珍版丛书》本。

不过,清人所辑王寂《拙轩集》也有遗漏。今人栾贵明在《四库辑本别集拾遗》(中华书局1983年版)中,又据《永乐大典》残卷补辑得《咏五湖》等3首诗。

王寂的词集《拙轩词》一卷也是后人重辑本,乃清人朱孝臧在《彊村丛书》本中以《武英殿聚珍版丛书》本《拙轩集》为本,录入词35首,今人唐圭璋又在《全金元词》中据《彊村丛书》本辑入。文渊阁《四库全书》本《拙轩集》录王寂词36首,较《彊村丛书》本多《好事近·赠妓》1首。另外,文渊阁《四库全书》本《拙轩集》将七律《渔父》诗收入卷四词中,题为《古渔父词》,故不计入。

总集辑录王寂诗、词、文的情况。一诗。元好问《中州集》卷二和清人郭元釪《全金诗》卷二十四,均收录诗作7首;薛瑞兆、郭明志《全金诗》(南开大学出版社1995年版)收录诗作278首,残句3则。二词。唐圭璋《全金元词》据《彊村丛书》本《拙轩集》收录词35首。三文。清人张金吾《金文最》收录20篇,阎凤梧《全辽金文》(山西古籍出版社2002年版)同。

王寂的两部日记体行部志。其中,《辽东行部志》一卷是王寂于金章宗明昌元年(1190年)任提点辽东路刑狱时,按部途中所记,起自二月十二日,止于四月七日,有诗59首。清末民初孙德谦《金史艺文略》著录,按语云:"此书,皕宋楼藏书有钞本,谓从《永乐大典》中录出。"乾隆四十三年(1778年),清廷敕修《满洲源流考》,曾征引《辽东行部志》。由此可知,此时内府已有辑本。缪荃孙《辽东行部志》跋曰:"壬寅夏日,剑舟居士属馆上供事,从《永乐大典》中录出《辽东行部志》一卷,金王寂撰。""壬寅岁"为乾隆四十七年(1782年)。据喻春龙《清代辑佚研究》(上海古籍出版社2010版)考证,"剑舟居士"为清人沈叔埏。沈叔埏(1736—1803年),浙江秀水人,乾隆五十二年(1787年)进士,尝充四库馆、武英殿分校8年。但是,《四库全书》《武英殿聚珍版丛书》均未收入《辽东行部志》,原因不详。《辽东行部志》有《藕香零拾》本、《晨风阁丛书》本、《辽海丛书》本。张博泉《辽东行部志注释》以《藕香零拾》本为底本,校以《晨风阁丛书》本,由黑龙江人民出版社于1984年出版。张博泉还有《〈辽东行部志注释〉匡谬》一文,刊于《史学集刊》1986年第4期。

《鸭江行部志》一卷是王寂于明昌二年(1191年)任提点辽东路刑狱时,"以职事,有鸭绿江之行"而作,起自二月初十日,止于三月十二日,含诗26首,后有脱阙。《鸭江行部志》也为《满洲源流考》所征引。由此亦可知,其重辑成书的时间大约与《辽东行部志》同。所藏钞本(有盛昱印章)今存于北京图书馆,题《鸭江行部志》一卷;《辽海丛书》所收节本题《鸭江行部志节本》一卷,附民国朱祖谋(朱孝臧)考证。整理本有两种:一是罗继祖、张博泉《鸭江行部志注释》,由黑龙江人民出版社于1984年出版。这个本子系整理者于1963年从旅顺博物馆陈钟远钞本借钞得来,而陈钟远钞本则来自北京图书馆所藏钞本。二是贾敬颜《〈鸭江行部志〉疏证稿》,见《北方文物》1989年第1—3期;

其《五代宋金元人边疆行记十三种疏证稿》(中华书局2004年版)一书亦收。

总的来看,王寂文献的辑佚工作做得比较充分,王寂现存作品的收集已经较为完整,除非又有新的资料发现。但是,王寂文献的整理工作仍有很大的拓展空间。例如,《拙轩集》版本众多,需经梳理后对其进行完整的校勘和注释,这无疑是亟待填补的研究空白。《辽东行部志》和《鸭江行部志》虽然已有注释,但仍有可以补正之处,同时其校勘也有可以探讨的空间。

(二)生平与思想研究

关于王寂的生平,《金史》虽无传,但有几处涉及,分别是《金史·世宗本纪》《金史·章宗本纪》《金史·河渠志》《金史·刑志》。宇文懋昭《大金国志》卷二十八、元好问《中州集·王都运寂》也都对王寂有简要介绍。此外,元好问《续夷坚志·京娘墓》还载有王寂一则逸事。不过,其内容因有鬼女等情节而更近于志怪小说,故不足为训,但有关资料和情节却透露出王寂生平的某些真实情况,经过甄别后可采信。例如,其中"摄礼部尚书,数日而薨"之语,可补其仕履。

周惠泉《金代文学论》(东北师范大学出版社1997年版)对于王寂生平有新的考述,包括生卒年、外贬原因、召回时间等。王庆生《金代文学家年谱》(凤凰出版社2005年版)对王寂生平史料钩稽详尽。杨忠谦《论金代中期的文化生态及隐逸自适诗风的形成》(《求索》2006年第9期)涉及了金熙宗"皇统党狱"事件,并考证了王寂之父因有先见而自行退隐避祸的史实。李焱《王寂交游考论》(辽宁师范大学2012年硕士学位论文)从文献学角度考察了王寂的交往情况,并涉及了相关作品。牛贵琥《金代文学编年史》(安徽大学出版社2011年版)、王庆生《金代文学编年史》(中华书局2013年版),均述及了王寂生平和创作,兼及相关评论。李刚、张旗《试述与金代澄州有关的六个历史人物》(《辽金历史与考古》2015年第0期)对王寂旧年随父亲王础生活在析木,以及1191年巡视澄州故地重游的情况做了简述。周峰《易县双塔庵金代王寂摩崖题记考释》(《文物春秋》2017年第3期)

考察了刻于金世宗大定二十五年(1185 年)的易县双塔庵王寂摩崖题记,通过仅有的 30 字对包括王寂在内的 6 位金代士人的生平情况做了考证,这是对王寂生平及交游情况的重要补充。

关于王寂的思想研究,郭锐《金代文学家王寂与佛教》(《北方文物》2011 年第 1 期)认为,王寂因受家庭与社会的影响而具有佛教情结,这对其交往视野、诗文创作、生活态度都产生了重要影响。许鹤《王寂生平与思想考辨》(《阜阳师范学院学报》社会科学版,2011 年第 3 期)亦同于郭锐之说。孙宏哲《金代诗文与佛禅研究》(吉林大学 2016 年博士学位论文)以王寂为"佛禅影响金代文人士大夫的典型个案",辟专节从"王寂文学创作佛禅意蕴的表现"和"王寂受佛禅影响的原因"两个方面进行了探讨。

此外,胡传志《金代有关北宋文献三考》(《徐州工程学院学报》社会科学版,2015 年第 1 期)认为,王寂《辽东行部志》记载的途中所见由苏轼所书的陈舜俞《施食放生记》,可补苏轼研究之不足;又记王寂之子所寄葛次仲《集句诗》,从中亦可查明该诗的出处。可见,这些资料可为北宋文学研究之参考。师莹《金代国朝文派研究》(山西大学 2017 年博士学位论文)将王寂归为"国朝文派"成熟期代表作家,从"对金朝的自信"、"受佛道的影响"和"行部志对文学体裁的丰富"等方面,对王寂的文学创作进行了论述。

(三)诗歌研究

元好问《中州集·王都运寂》、《四库全书总目提要》卷一六六《拙轩集》提要、《金文雅·作者考》等,都载有关于王寂诗文的评论。

近代,王礼培《论金元两代诗派(续第九期)》(《船山学刊》1935 年第 4 期)评论王寂诗歌:"金代兴于北鄙,作者寥寥,元遗山其首出也。赵秉文、刘秉忠、李俊民、王若虚诸人,体格略同,撑持一代风雅。有王寂者,独能镵刻清厉,不趁风会,体近江西。若虚诋江西而推东坡,乃其所作不能近似。戎马倥偬,此事遂微矣乎。"其论本于《四库全书总目提要》。

当代,张晶《辽金元诗歌史论》(吉林教育出版社 1995 年版)从民族文化的角度透视了辽金元三代诗史的走向与风貌,并在论及大定、明昌诗坛时涉及了王寂。张晶认为其诗"风格拗峭,气骨苍劲",尤其七古更见"造语拗峭、奇突不平",如《客中戏用龙溪借书韵》,"把歌行体的壮阔豪宕与江西派的生新拗峭融为一体"。周惠泉《沦落天涯的诗人王寂》(《文史知识》1996 年第 6 期)多为王寂资料的汇集,认为王寂"诗风平淡简古",与张晶论点有异,但未能具体展开论述。王锡九《论大定、明昌时期的七言古诗(一)》(《江苏教育学院学报》社会科学版,1999 年第 3 期)认为,王寂思想上受佛道的影响极深,在人生观和生活态度上追求隐退恬淡,因此称其"思想庸俗,格调低下"。至于诗歌艺术,则认为王寂的七古有三个比较明显的特点:一是不在奇诡怪异上花功夫,而是追求错综跌宕、豪健奔放;二是写景纵放自如、灵活变幻;三是借景抒情,意韵浓厚。胡传志《金代文学研究》(安徽大学出版社 2000 年版)认为王寂是汉族文人拥护女真政权的代表,具有"圣朝的心态",其诗反映了"金源盛世"的景象。在具体评论中,着重论述了王寂的题画诗和纪行诗;在艺术特征上,认为王寂的诗歌风格多样,或刚健雄迈,或平易闲淡,或尖新奇险,其诗风在金代中期起着重要的传承作用。同时,也认为王寂的词作香艳软媚,绮丽多情。这是展开得较为充分的对王寂诗歌(含词)的论述,看到了王寂诗歌风格的多样性和丰富性。邓绍基《金元诗的发展》(《荆州师范学院学报》2002 年第 4 期)从宗唐宗宋的角度谈了金元诗的发展,认为称王寂诗"有戛戛独造之风"或嫌过誉,但称其"在大定、明昌间卓然不愧为作者"诚为确论,并认为王寂的诗歌路数大抵宗宋,与当时推崇宋诗的风气趋于一致。王德朋《金代汉族士人研究》(中国社会科学出版社 2006 年版)对王寂有简略介绍,并以《易足斋》诗赏析为例,认为诗人以闲适的笔触描写了自己平淡自然、知足常乐的自在生活。吕肖奂《王寂题画诗析论》(《广州大学学报》社会科学版,2006 年第 10 期)从金源诗人与画家的关系、金源绘画与诗歌共同的隐逸倾向、画与诗在审美对象选择上的民间特色,以及王寂在处理绘画主题时的诗歌表现力等方面论述了王寂的题画诗。张怀宇《王寂诗歌研究》(黑龙江大学 2008 年硕士学位论文)揭示了晚年仕途挫折对王寂精神上的重大影响，而正是这种影响使其诗歌形成了悲凉的基调。同时，将王寂诗歌分为四个题材，并逐一进行了分析。其中，在艺术上则以“清刻镵露”说为切入点，探讨了王寂诗歌的艺术特点。杨忠谦《政权对立与文化融合——金代中期诗坛研究》（人民出版社2010年版）认为，金代中期诗坛标志着金诗风格的转变。在论及大定、明昌诗坛时，认为王寂诗歌师法江西派，有逞奇斗巧的倾向，同时表现出“中隐”的人生思想，并认为这种思想的形成受到了佛道的濡染，是王寂仕宦生涯遭受挫折的反映。李楠《金代文学家王寂研究》（内蒙古民族大学2010年硕士学位论文）认为，王寂诗歌具有苍凉悲凄、清劲豪迈和清新自然等多样风格。此外，还对所存王寂诗词做了简注。郑静娴《王寂〈拙轩集〉诗作研究》（河北师范大学2011年硕士学位论文）将《拙轩集》中的诗作分为三类进行研究，侧重于诗名有“情”类的研究，颇有新意。此外，附录还对《拙轩集》部分作品做了注释，尤侧重于七言。陈都《论国朝诗人王寂》（《名作欣赏》2012年第33期）对王寂生平及其诗歌的内容、艺术特点等做了介绍，认为王寂艺术造诣出众，其创作反映了一定的时代倾向。孙宏哲《金代文学家王寂文学创作的佛禅意蕴》（《求索》2013年第3期）认为王寂运用佛禅思维与表达方式，创作出了大量具有浓厚佛禅意蕴的文学作品，从而形成了其区别于同时代其他作家的创作特色。张哲《金代题画诗研究》（内蒙古民族大学2014年硕士学位论文）辟专节论述了王寂的题画诗，从思想内容、艺术特色、文献价值三个方面入手，对王寂的题画诗做了解读。许鹤《试析王寂纪行诗的特点》（《重庆科技学院学报》社会科学版，2016年第7期）对王寂的纪行诗从题材内容方面做了探讨，认为王寂纪行诗具有描摹风物、搜奇猎异，吊亡怀旧、慨叹人生，天涯沦落、悲己嗟人等特点，并拓展了传统纪行诗的题材和意义。张怀宇《由王寂谐谑诗透视金代中期文化生态》（许昌学院学报2017年第6期）对王寂诗歌中的少量谐谑诗做了研究，认为这些谐谑诗映射出了金代中期文化的某些特点，如“国朝文派”的崛起、文人交往的日益频繁、苏轼影响的日趋深入、禅宗对诗歌的渗透以及南方文学中谐趣因素向北方的传递等。此外，从王寂的谐谑诗中还可寻绎出其后诗坛流行“尖新”诗风的迹象。

综上所述,关于王寂诗歌的研究,无论针对某一题材还是某一体裁,学界都推出了具体研究成果,但对于王寂整体的诗歌创作来说,这些似还不够。例如,王寂的纪行诗、交游诗、禅诗数量很多且各有特色,但对此却还没有专门的讨论。此外,对于王寂诗歌艺术特色所做的总结,各家也颇为不同,甚至相互矛盾,如《四库全书总目提要》的"清刻镵露"与周惠泉的"平淡简古"。再如,关于王寂诗歌的艺术渊源,元好问称"依仿苏才翁",而王礼培却说"不趁风会,体近江西",张晶则认为"把歌行体的壮阔豪宕与江西派的生新拗峭融为一体"。各家之说或许都有对于王寂诗歌理解独到的一面,亦部分揭示了王寂诗歌的真实特征,但如何对这些颇为不同的看法做出诠释,并在平衡各家之论的同时抓住王寂诗歌特征的主要方面,是需要进一步探讨的课题。

(四)词研究

关于王寂词的研究,清人的见解颇新。况周颐《蕙风词话》论及金词时将王寂词列入其中,认为"南宋佳词能浑,至金源佳词近刚方。宋词深致能入骨,如清真、梦窗是。金词清劲能树骨,如萧闲、遁庵是。南人得江山之秀,北人以冰霜为清。南或失之绮靡,近于雕文刻镂之技;北或失之荒率,无解深裘大马之讥",这对于研究王寂词是一重要参照。《蕙风词话续编》涉及王寂的某些词句,虽有所关注,但评价过于微观。丁绍仪《听秋声馆词话》称王寂《红袖扶》词牌《钦定词谱》未收、备体未录,不排除为其自创的可能,这也给后人研究王寂词提供了一个角度。

进入现代以来,我国台湾学者黄兆汉《金元词史》(台湾学生书局1992年版)关注王寂较早,以为"元老之词,风流蕴藉,清丽缠绵,甚得《花间》之风神"。胡传志《金代文学研究》(安徽大学出版社2000年版)涉及了王寂词,称其香艳软媚、绮丽多情,可惜未能充分展开。陶然《金元词通论》(上海古籍出版社2001年版)认为:"金王寂《醉落魄》(百年旋磨)等词中即已有平仄通叶的现象。金元之际道教词中这种例子更多。"这是从词的韵律角度进行的观察,细致入微,与清人丁绍仪之说声气相通，对研究王寂词不无启发。李艺《金代大定、明昌时期绮艳词风回潮研究》(《民族文学研究》2005 年第 4 期) 以王寂为例，认为大定、明昌时期的金词不仅受苏词的影响，而且柳永“俗”词派的痕迹也能看到，清真派的手法、技巧也曾盛行。此外，李艺《金代词人群体研究》(首都师范大学出版社 2008 年版) 以“词人群体”为新视角，结合金代社会的审美趋向等来审视金词创作，认为王寂词具有消闲之趣、绮艳之风。胡梅仙《论金代大定、明昌词的田园牧歌情调》(《湖北民族学院学报》哲学社会科学版，2005 年第 1 期) 从特定时代地域和多元民族文化背景下的儒道合一的文人心态以及对苏学的接受取向等方面，阐述了大定、明昌词的田园牧歌情调，认为王寂词正是在多元文化碰撞的过程中，敏锐而不自觉地融入了北方的质朴和豪爽。其后，胡梅仙《金代大定、明昌词新质探讨》(《湖北社会科学》2005 年第 3 期) 认为，金词在大定、明昌间融入了北方地理文化的质素，从而因词的传统渊源和时代风气而造就了雄健、旷逸、自然、清新的多重风格，并以王寂词为例，认为闲适抒情是金代文人士大夫所向往的最高境界，而王寂词一览无余的质朴坦白以及表现出来的豪气正是典型的北人风格。胡梅仙对王寂词的论述较为深入，具有比较广阔的文化视野，这与《蕙风词话》的评论是一致的，给人以启发。王定勇《金词研究》(扬州大学 2006 年博士学位论文) 对王寂词有专项论述，认为其词近承金初，远宗北宋，上追《花间》。其词婉约，多为闺怨艳情、伤春悲秋之作。另外，王定勇《论金源词人王寂》(《民族文学研究》2009 年第 3 期) 认为，拙轩词带有鲜明的政治色彩和正统意识，其玩世心态为词坛注入了新风，也开启了后世散曲的玩世风潮。于东新《关于金代大定、明昌词风的文化考察》(《齐鲁学刊》2010 年第 4 期) 认为王寂词在主体精神上隐逸与自适并重，并以《鹧鸪天》为例做了说明。此外，于东新《多民族文化背景下的金代词人群体研究》(河北大学 2010 年博士学位论文) 以《醉落魄 · 叹世》为例论及王寂词时认为，其词以白话口语入词，俳谐滑稽、浅白俚俗的风格颇类散曲。究其原因，就在于政治环境以及北方地域文化和女真民族性格的影响。同时，词体的发展上也有对于北宋绮丽艳冶词风的继承。李楠《论金代王寂词的艺术特质》(《集宁师专学报》2009年第1期)将王寂词的艺术特质归纳为:以"酒"为主要意象来表达内心世界及生命情怀,"清冷寂寥"是其词的主要基调,词境追求"清疏"品格。同时,还擅用"闺怨"题材来抒发仕途、人生的苦闷。此外,李楠《金代文学家王寂研究》(内蒙古民族大学2010年硕士学位论文)认为王寂词题材丰富多样,既有清丽缠绵的爱情词,也有苦闷无奈的行役词,还有迟暮之思的祝寿词以及悠然平和的闲适词。词风刚柔并济,既清丽婉转,又清疏旷达,亦雄迈亢爽,是金源词风的重要代表。刘锋焘、魏玮《金代大定词坛的代表——王寂词述论》(《词学》2014年第2期)认为王寂词抒豪气与狂情,写身世之叹与羁宦之慨,又多写离思闺愁,折射着盛世的时代风情。就艺术技巧而言,王寂词展现了才气与才艺,或作回文,或化用前人诗句,或琢字,尤喜用典。但总的来看,王寂词虽然风格多样,却没有形成一种主体风格,因此成就算不上太高。我国台湾学者陶子珍《大定、明昌文苑之冠——金代王寂词之情感意涵及创作心态析论》(《汉学研究集刊》2016年第22期)认为,王寂词中所流露之情感意涵主要有宴饮酬唱之欢喜、羁旅行役之苦楚、分离相思之悲痛、淡然无求之洒脱;其创作心态之特征可归纳为圣朝自豪之感、玩世冶游之习、勤政报国之志、抑郁不平之气、隐居避世之思。张怀宇《由拙轩词看金词由俗入雅的发展趋向》(《陕西学前师范学院学报》2016年第9期)认为,金词从属于词自产生以来由俗入雅的发展进程,拙轩词便是明显的例证:在传播方式上,由合乐之歌词转向案头之文词;在思想意境上,由浅俗轻艳转向清雅深情;在创作心态上,由逸乐纵情转向言志写心。拙轩词雅俗兼综的状态正是词之由俗入雅的发展在金代词坛的体现。

综上所述,当代学者对王寂词的研究较为深入,切入的角度也比较多,虽观点时有交叉,但总体比较一致。但是,一些研究仅提出了观点,论述则不够充分。另外,有些观点还需要深入论证。

(五)文章研究

《金文最·阮元序》用"雄健"一词概括大定以后的文章,以为其

“直继北宋诸贤”。这一评论对于王寂文章的研究是一重要参考。《四库全书总目提要》对王寂古文虽有“博大疏畅”的评价,但仍需深入论证。庄仲方《金文雅·作者考》关于王寂“诗文清拔”的论断则是对“博大疏畅”说的重要补充,与《金文最·阮元序》“雄健”之说意旨相近。

当代学者周惠泉《金代散文浅论》(《晋阳学刊》1985 年第 3 期)承接清人之说并做了进一步发挥,认为金代散文上承辽与北宋,继承了唐宋古文运动“易排而散,去靡而朴”的积极成果,沿着反对浮华轻艳文风的健康道路继续发展。在论及王寂时,认为其前期散文时有“吾爱吾庐事事幽,此生随分得优游”的闲适情趣,后期散文则出现了“我亦伤流落,老泪不成行”的消极情调,并以《三友轩记》为例进行了分析。不过,周惠泉对王寂散文的论述有些不够深入,对王寂前后期散文风格的概括似也嫌轻率。康金声《金代辞赋概览》(《山西大学学报》哲学社会科学版,1993 年第 3 期)认为,金赋风格以雄健豪壮、骨力遒上为主,自然平淡、恬静冲和居次,并且其语言有明显的散文化倾向。同时,认为王寂《岩蔓聚奇赋》表达了道家思想,具有“取材新颖,构思奇巧,寓意不凡,寄托遥深,语言奇崛,形象特立”的特点。康金声的论述比较细致、具体。许结《金源赋学简论》(《西南师范大学学报》哲学社会科学版,1996 年第4 期)认为,金赋的繁荣主要源自金代词赋取士制度,称王寂《岩蔓聚奇赋》风神矫健、损悲自达,显然受到了冲淡高远之北宋赋风的沾溉。但限于篇幅,该文未做深入讨论。郭预衡《中国散文史(中)》(上海古籍出版社 2000 年版)将王寂列为金文六家之一,以为王寂之文虽“不逮滹南、滏水”,但在大定、明昌时期却颇具代表性。同时,认为其诗文虽称羡隐逸,但其人实非隐者之流,而且认为王寂之文“颇似六朝词臣之笔”,“作为盛世之文,也是入时之作”。于景祥《中国骈文通史》(吉林人民出版社 2002 年版)在论及王寂骈文时认为,“总体上王寂之骈文以清雅朗畅为主要特征,有时虽很典丽工巧,但也因其以气命词,大都无晦涩靡丽之累”。其《岩蔓聚奇赋》“更为放达,有苏轼《前赤壁赋》的风概”,“文章气势跌宕,开合变化,畅达无累”,“标志着金代中期,即大定时期骈文的成熟和自出机杼”。于景祥对王寂骈文的评价与郭预衡的评价互为表里,可印证发明。此外,于景祥对王寂赋作的评价也具有指导意义。王永《女真民族性格与金代散文风格关系管见》(《中央民族大学学报》哲学社会科学版,2006 年第 3 期),论述了金代女真民族性格浸染到北方地区作家散文创作的情况,认为这体现在三个方面,即勇悍猛鸷的个性与气骨格调的劲健、纯朴质实的旧俗与剀切直言的追求、纵酒聚谈的嗜好与叙事传奇的倾向,并认为传奇志异是王寂散文不同于前代作家的最大特色。其后,王永《王寂散文与金代中期文风指向》(《中文自学指导》2006 年第 1 期)认为,王寂散文的风格可归纳为叙事的条达舒畅和内容的传奇志异。谷春侠《〈蔓聚奇赋(应为“岩蔓聚奇赋”——笔者注)〉“戛戛独造”说悬解》(《齐齐哈尔大学学报》哲学社会科学版,2007 年第 3 期)别出新解,认为王寂《岩蔓聚奇赋》所咏之物为竹,但却不直言,而是通过特性、功用、用典三个方面来进行暗示,从而体现了王寂一贯“尚奇争胜”的创作个性。这一论断颇为新颖,亦可谓一家之言。此外,李楠《金代文学家王寂研究》(内蒙古民族大学 2010 年硕士学位论文)认为王寂散文以记体文为主,重在达意,平易晓畅。

总的来说,当代学者在前人研究的基础上对王寂散文做了更为深入的探索,基本勾画出了王寂散文风格的大致轮廓。

(六)行记研究

罗继祖《读〈鸭江行部志〉小记》(《社会科学战线》1988 年第 1 期)将王寂行记的内容归纳为探胜、访旧、征献、吊古四个方面。智喜君《〈鸭江行部志〉所识点滴》(《鞍山师范学院学报》1992 年第 2 期),对该行部志所涉灵岩寺、华表山、鸡山县、鸡山等做了地理方面的考证。崔德文《辽代铁州故址新探》(《北方文物》1992 年第 2 期)以王寂两行记为据,对辽代铁州故址进行了考证。佟宝山《金人王寂〈辽东行部志〉中的阜新》(《辽宁工程技术大学学报》社会科学版,1999 年第 4 期)以《辽东行部志》中的记载为参照,考察了辽金时期阜新地区战乱后的经济发展状况以及当地的佛教文化。陈钟远、刘俊勇《〈鸭江行部志〉沿途纪事杂考》(《北方文物》2003 年第 3 期)结合考古资料和有关文献，对王寂的沿途纪事进行了考证，并对罗继祖、张博泉《鸭江行部志注释》有所补正。姜念思《辽金元三代懿州治所考》（《北方文物》2007 年第 4 期）据《辽东行部志》及考古资料，对辽金元三代懿州治所进行了考索。张帆《王寂所著行部志中辽金美术史料举隅》（《北方文物》2007 年第 4 期）利用两部行记及有关史料，考察了金代辽东地区的绘画情况。张士尊《千山灵岩寺考——〈《鸭江行部志》注释〉（应为“鸭江行部志注释”——笔者注）补正》（《北方文物》2010 年第 4 期）就《鸭江行部志》所记的灵岩寺，结合其他文献和考古发掘重新进行了考证，并对罗继祖、张博泉《鸭江行部志注释》有所补正。葛超《王寂“行部志”研究》（内蒙古民族大学 2014 年硕士学位论文）关注到了王寂行记中的文学性，认为王寂行记具有鲜明的艺术特色，如清晰流畅的叙事、“博大疏畅”的风格和富有感染力的修辞等，并认为行记所录诗歌也具有“清刻镵露”等特点。刘达科《王寂二行部志中佛教史料举隅》（《江苏大学学报》社会科学版，2014 年第 6 期）注意到了王寂行记叙及炽盛光佛信仰以及禅宗渗透、流传辽东的史实，认为其内容使不少当时辽东一带佛教存在和活动的踪迹得以流传后世，为佛教史研究提供了宝贵的学术资源。李刚《千山正观堂遗址考》（《辽金历史与考古》2014 年第 0 期）以《鸭江行部志》提到的金世宗母亲贞懿皇后曾在灵岩寺正观堂静修为线索，考察了正观堂的确切地点，认为华表山就是千山，灵岩寺遗址在今祖越寺附近，正观堂则位于祖越寺东南小山山顶玲珑塔东侧约 20 米的台地上。周向永《〈辽东行部志〉所涉部分女真营寨地望研究》（《辽金历史与考古》2014 年第 0 期）对《辽东行部志》中所涉及的女真营寨地望进行了考证，认为王寂所经大部分女真营寨在今铁岭市境内，少量在邻市附近。王彦力、吴凤霞《从金人王寂所记佛寺、高僧看辽金佛教文化传承》（《北方文物》2014 年第 3 期），通过《辽东行部志》和《鸭江行部志》所记述的佛寺、僧侣及佛教文化探讨了辽金佛教的传承关系。吴凤霞《〈辽东行部志〉有关辽朝历史的记述及其价值》（《辽金历史与考古》2015 年第 0 期）认为，《辽东行部志》有关辽朝的历史记述与其他相关史料相互印证，或可补《辽史》之阙略。同时，认为这些历史记述的思想价值在于承认了辽朝与金朝相承袭的关系，肯定了辽朝经略辽东之地的历史功绩。周向永《王寂〈辽东行部志〉反映出的金代铁岭邮驿状况》(《辽金历史与考古》2015 年第 0 期)认为，根据王寂《辽东行部志》中所记载的金代辽东地方邮驿方面的情况，可以概括出金代辽北的邮驿以及邮驿制度赖以存在的交通发展的一般状况。王峤《〈辽东行部志〉史料价值研究》(《绥化学院学报》2015 年第 9 期)对《辽东行部志》进行了深入考察，认为《辽东行部志》对于《辽史》《金史》两书的“地理志”均有补充，而且在金代辽东地区基层社会的民俗方面和女真语言文字方面均保留了丰富的史料。许鹤《王寂边疆行记文史价值探析》(《阜阳师范学院学报》社会科学版，2017 年第 3 期)认为，王寂的两部行记保存了金代辽东地区丰富的地理、历史、山川等方面的知识，具有重要的史料价值，同时认为行记洋溢着浓郁的文学气息。安大伟、张宝珅《金代东北文献〈鸭江行部志〉考略》(《图书馆学刊》2017 年第 8 期)对王寂《鸭江行部志》的主要内容及版本做了介绍，并说明了其所具有的关涉金代东北方面的重要史料价值和文学艺术价值。

学界关于王寂两部行记的研究，多集中在史地学范畴，但对其中所录的散文和诗歌却关注甚少。然考二行记可知，它们虽为史地类著作，但诗文间杂，具有很强的文学色彩。因此，如果我们放开眼界，从文学的角度对其进行研究，无疑能为王寂的行记研究拓展更大的空间。

第一章　王寂生平与思想

王寂《先君行状》称，“其先出于周灵王太子晋之后”（《拙轩集》卷六）①。据传，太子晋因直言进谏而被废为庶人后，迁居至山东琅琊（今属山东青岛黄岛区）一带，其后代便在此繁衍下来。因其本为王族，故时人称其为“王家”，后沿用成姓。

由王寂的父亲而上，六世祖名王昼，为北宋魏国公王旦的堂弟。王旦（957—1017 年），字子明，北宋名臣。太平兴国五年（980 年）进士，累官工部尚书、同中书门下平章事、集贤殿大学士，卒后追封太师、尚书令、魏国公，谥“文正”。王旦的父亲王祐曾在五代时的后汉与后周为官，入宋后“以直道不容，不登大用。尝手植三槐于庭，曰：‘吾后世子孙，必有为公者。’至文正信然，故世号其门曰‘三槐王氏’”（《拙轩集》卷六《先君行状》）。苏轼任湖州时，应王旦的孙子王巩之请而撰的《三槐堂铭》，广为流传，由此亦可见王氏家族德业之深厚。王寂在为父亲祝寿时曾说：“天公报寿岂无意，要识三槐种德深。”（《拙轩集》卷三《上大人通奉寿三首》）可见，其亦颇以家世自豪。

王旦的堂弟王昼，“为人勇果，善骑射。咸平初，以灵夏之役，累功迁供备库使。景德中，命率所领戍雄州，以御契丹。是时，鸣镝满郊，每战辄胜。一日，轻兵追北，夜阴霾，迷所向，误堕溺津，为辽人逻得之，羁縻于景州南部落，子孙因家焉”（《拙轩集》卷六《先君行状》）。

---

①　书中所引《拙轩集》皆统一以本后注形式标明，内容以文津阁《四库全书》本为底本，并校以文渊阁《四库全书》本、《武英殿聚珍版丛书》本等。校勘本另行出版。

“三槐王氏”遂有一脉在北方生根，王寂即出于此。

王寂的“曾大父文进，轻财乐施，世称长者。大父昇，尚书比部员外郎。父臣忠，崇禄寺丞、成州录事参军，卒赠朝列大夫”（《拙轩集》卷六《先君行状》）。可见，王寂先祖亦多在辽朝为官。

王寂的父亲王础（1096—1177 年），二十七岁举进士第，释褐补弘文馆校书郎，转奉圣州市判，调忻州秀容县丞，亦皆为辽官。辽保大二年（1122 年），女真下奉圣州。[①] 王础入金，历任海州析木令、真定平山令、定州唐县令等职。任上惩治豪强，抚爱百姓，兴办学校，颇有治声。“其后又历中、西、南京、平阳、京兆转运判官”，后迁“归德府判官”。大定四年（1164 年）辞官。“性嗜书卷，未尝去手。有诗百篇，平淡简古，如其为人”，“喜竺乾学，从香林比丘悟柔传出世法。岁晚，饭蔬衣褐，翛然如僧”（《拙轩集》卷六《先君行状》）。大定十七年（1177 年）卒，年八十二。王础的为官和为人，对王寂日后的成长产生了深刻影响。

王寂的母亲清河张氏，乃汾州西河主簿张孝端之女，于王础卒后五年去世。王寂有弟二人：大弟王寀，字元辅，任修武校尉，又曾得监亳州酤，早卒；幼弟，名不详，字元成[②]，任进义副尉、前同监睢州酒。[③]

王寂的原配夫人张氏早卒，续娶的夫人姓氏不详。王寂有子钦哉、直哉、邻哉，俱为能吏；有女昭余，适左国公孙茂。

---

① 辽保大二年，在金为天辅六年。《金史·本纪第二·太祖》：“（天辅六年）九月……丁丑，奉圣州降。”（中华书局 1975 年版，第 38 页）

② 据周峰《易县双塔庵金代王寂摩崖题记考释》（《文物春秋》2017 年第 3 期），王寂幼弟字“元成”。

③ 王寂两弟官职较微，皆为从八品，或皆荫其父王础而得官。王础于归德府判官致仕。归德府判官为从六品。按金代官制，六品官可以荫子孙二人。

第一节　王寂生平

一、年少时光

王寂于金太宗天会六年(1128 年)出生[①],此年正是北宋灭亡的第二年。其时,女真帝国已经崛起,它吞辽灭宋,基本确立了自己的疆域:南到淮河,西至陇右,北至外兴安岭火鲁火疃谋克,东至库页岛。中国也由此进入了又一个多民族政权并峙的时代。金在统一中国北方大部分领土后,与南宋时有战事,但却不再一味采取攻势,因双方的力量开始向均衡方向发展。金朝为巩固统治,开始发展生产力,并将注意力由武功转到文治方面。在文化上,金人在努力保持自身民族精神的前提下,全面学习中原文化,逐渐融入华夏文明,其后经过三十多年的努力,迎来了号称“金源盛世”的大定、明昌时期。可以说,王寂正是随着金朝的日益强盛而成长起来的。因此,金朝走向“盛世”的社会历程对他的文学创作自然产生了深刻的影响。

金熙宗当政时期(1135—1149 年),王寂度过了青少年时代(八至二十二岁),这也是他的求学时期。据其《鸭江行部志》载:“皇统辛酉,吾先君来为析木令,始识子安之父……乃遣子安从先君学。自是与子安同砚席者再岁。”皇统辛酉即皇统元年(1141 年),这时王寂十

① 关于王寂生卒年有二说:其一,罗继祖、张博泉《鸭江行部志注释》(黑龙江人民出版社 1984 年版)之“王寂小传”作(1127—1193 年),王庆生《金代文学家年谱》(凤凰出版社 2005 年版)同此;其二,周惠泉《金代文学家王寂生平仕历考》(《文学遗产》1986 年第 6 期)作(1128—1194 年),许鹤《王寂生平与思想考辨》(《阜阳师范学院学报》社会科学版,2011 年第 3 期)同此。鉴于前说与史料多有不合之处,而周惠泉、许鹤又考论甚详,故从后说。

四岁，受业于自己的父亲。对于当时为学的情况，王寂成年后在《拙轩》一诗中回忆道："拙轩少也绝交朋，闭门坐断藜床绳。据梧手卷挑青灯，目力自足夸秋鹰。"（《拙轩集》卷一）良好的家学以及自身的勤学苦读为王寂后来的进士及第和文学创作打下了坚实的基础。勤学之下，王寂"二十许，初就举选，肄业县廨之后园"[①]。

但在这段时期，王寂也并非一味地苦读，学文之余，习武骑射也成为他重要的活动。这使王寂颇有其先祖王昰"为人勇果，善骑射"的风采，可谓不坠家风。正如王寂《跋群獐出谷图》所云："我家崆峒南，丁年习骑射。每忆逐群獐，应手相枕藉。"（《拙轩集》卷一）[②]习文练武之余，王寂的生活内容亦丰富多彩，元好问《续夷坚志》中对此有一段记载："他日寒食，元老为友招，击丸于园西隙地。"[③]所谓"击丸"这项运动，据元代署名"宁志斋"的《丸经》所载，其主要规则是：场地多设在野外，场上设窝，即球穴，窝边插小旗为标记；参与者挥动球杆将球击入窝内为胜，胜则得筹。专家推测其与现代高尔夫球运动可能有某种源流关系。[④]"击丸"也叫"捶丸"，是一种富贵人家的球戏，《丸经·集序》言："宋徽宗、金章宗皆爱捶丸。"由此可见，王寂家境之殷实，生活状态之无忧无虑。此外，这段时期王寂不仅像心称意，还时有一掷千金的豪纵之举："忆昔短衣精骑射，千金市马宁论价。寻春不惜锦障泥，归醉且无官长骂。"（《拙轩集》卷一《谢王仲章惠淮马》）

年少时期的王寂亦不乏爱情体验，这从其后来所写的词作中可见端倪。例如，其晚年之作《望月婆罗门·怀古》词云："宦萍此身，叹别后、迹俱陈。独有芳温一念，红泪罗巾，凭谁妙手，为写寄、崔徽一幅真。聊慰我、老眼黄尘。"（《拙轩集》卷四）"芳温"，即美好、温存之意。

---

① ［金］元好问：《续夷坚志·京娘墓》，中华书局1985年版，第6页。（当年为科举年，王寂之父任平山令。）

② 金代以十七岁成丁，可见王寂当时应在十七岁左右。

③ ［金］元好问：《续夷坚志·京娘墓》，中华书局1985年版，第6页。

④ 参见崔乐泉：《体育史话》，中国大百科全书出版社1998年版，第27—30页。

(蔡松年《江神子慢》词云:“萧闲平生淡泊。独芳温、一念犹未衰歇。”①)细品此词,王寂似在回忆自己早年曾经历过的一段美好而又令人惆怅的爱情。元好问的笔记小说《续夷坚志》中便记录了一则关于王寂艳遇的逸事。也许正是因为王寂出身名门、年轻俊秀,而且风度翩翩、文武双全,所以才引发了好事者的想象,以致敷衍出一段风流韵事:

都转运使王宗(寂)元老之父础,任平山令。元老年二十许,初就举选,肄业县廨之后园。一日晚,步花石间,与一女子遇。问其姓名,云:“我前任杨令女。”元老悦其稚秀,微言挑之,女不怒而笑,因与之合。他日寒食,元老为友招,击丸于园西隙地。仆有指京娘墓窝场者,元老因问京娘为谁。同辈言:“前令杨公幼女,字曰京娘,方笄而死。葬此。”元老闻杨令之女,心始疑之。归坐书舍,少顷女至。娇啼宛转,将进复止,谓元老曰:“君已知我,复何言也!幽明异路,亦难久处。今试期在迩,君必登科,中间小有龃龉。至如有疾,亦当力疾而往。当见君辽阳道中。”言讫而去。元老寻病,父母不欲令就举。月余小愈,元老锐意请行,以车载之。途次辽河淀,霖雨泥淖,车不能进。同行者鞭马就道。车独行数里而轴折。元老忧不知所为。忽有田夫,腰斤斧负轴而来,问之,匠者也。元老叹曰:“此地前后二百里无民居,今与匠者值,非阴相耶!”治轴讫,将行,俄见一车,车中人即京娘也。元老惊喜曰:“尔亦至此乎?”京娘曰:“君不记辽阳道中相见之语乎?知君有难,故来相慰耳!”元老问:“我前途所至,可得知否?”京娘即登车,第言“尚书珍重”而已。元老不数日达上京,擢第。明昌中,为运使,车驾享太室,摄礼部尚书。数日

① [金]蔡松年:《江神子慢·赋瑞香》,见唐圭璋:《全金元词(上册)》,中华书局1979年版,第24页。

而薨。①

如此传奇故事，因有鬼女加入而不足为训，但王寂的浪漫风流确为金代才子之魁。其词作亦颇多艳情内容，心理刻画尤其细致入微，非当事者不能道，于是在不经意中便成为作者的“自供状”。如《采桑子·用司马才叔韵》云：

西风吹破扬州梦，歇雨收云，密约深论，罗带香囊取次分。

冷烟衰草长亭路，销黯离魂，羞对芳樽，刚道啼痕是酒痕。

马蹄如水朝天去，冷落朝云，心事休论，蘸甲从他酒百分。

不须更听阳关彻，销尽冰魂，惆怅离樽，衣上余香臂上痕。

十年尘土湖州梦，依旧相逢，眼约心同，空有灵犀一点通。

寻春自恨来何暮，春事成空，懊恼东风，绿尽疏阴落尽红。

（《拙轩集》卷四）

情事成空，留给词人的是深深的惆怅，但惆怅只是一时的，年少的时光终究是美好的。丰富而充实的生活内容不仅塑造了王寂健全的人格和强健的体魄，还让他的这段“年少时光”充满了快乐，以至于晚年的王寂在回忆起这段时期时曾不无感慨地说：“记当时行乐，年少如狂。”（《拙轩集》卷四《望月婆罗门·元夕》）

① ［金］元好问：《续夷坚志·京娘墓》，中华书局1985年版，第6—7页。

二、妙年登科

金朝作为女真族建立的政权，立国之初以武不以文，但在武力征伐之余，亦渐渐注重文化建设。经过初期的“借朝异代”，金朝开始重视对生长于金源文化土壤的文化人才的培养和选拔。海陵王天德三年（1151 年），金朝“并南北选为一，罢经义策试两科，专以词赋取士”①。这项重要举措废除了南北选制，统一了科举，对金代选拔人才起到了积极的促进作用。于是，包括王寂在内的一大批士人便在这一年通过科举考试脱颖而出，成为金代中期的政治人才和文学人才。

海陵王天德三年，王寂由白霫出发，赴上京参加会试，一路备尝艰阻，结果一举中第，时年二十四岁。青少年时期的勤学苦读终于在此时有了收获，而且比父亲当年登第时还小了三岁，王寂晚年在回忆起当初的情景时仍极为自豪，说：“忆昔登科正妙年，鞭笞龙凤散神仙。金钗贳酒春无价，银烛呼卢夜不眠。”（《拙轩集》卷二《天德辛未，家君守官白霫……为赋诗以自遣》）妙年登科，如同神仙，金钗换酒，夜夜无眠，欢乐的感受无以复加。王寂由此步入仕途，向着充满机遇的未来前进。

进士及第对王寂人生的影响甚为重大，这不仅为他开启了步入仕途的大门，使他进入了士大夫的行列，而且对他的文学创作也产生了深远的影响。

首先，进士及第使王寂内心本有的“国朝意识”更加牢固。王寂生于金太宗时期，在熙宗时期求学受教，可谓生于斯、长于斯。因此，从出身上来说，王寂是地地道道的金朝人，而进士及第更是将他与金朝政权紧密地联结在一起，使他形成了对自己身份更为牢固的认同感和对金朝政权切实的归属感。由于是金朝自己所选拔的人才，在政治上

---

① 《金史·志第三十二·选举一》，中华书局 1975 年版，第 1135 页。

与北宋和辽都没有牵连,因此,他在政治态度上自然与金初"借朝异代"[①]的那批文人不同。正因如此,入仕之后,王寂表现出强烈的仕进愿望,愿意为金朝政权服务,其"辅佐帝王之心、勤政爱民之意比较强烈"[②]。即使到了晚年,历经仕途挫折,早已萌生退隐之意,但在被章宗召回时,王寂仍然在谢表中说:"清谈废事,肯将拄漫吏之颐;老气未除,犹足击奸贼之齿。"(《拙轩集》卷五《谢带笏表》)"臣敢不佩鱼自警以不眠,解貂无从于彝饮。垂绅画策,赞股肱庶事之康;搢笏称觞,报冈陵万年之福。"(《拙轩集》卷五《梦赐带笏,上表称谢,觉而思之,得其五六,因补其遗忘云》)忠君爱国之心、为朝廷服务之意,仍溢于言表。

这种牢固的国朝意识使得王寂抱有强烈的以金朝为正朔的观念,如其被贬蔡州时所作的《一剪梅》词云:

> 悬瓠城高百尺楼,荒烟村落,疏雨汀洲,天涯南去更无州。坐看儿童,蛮语吴讴。
>
> 过尽宾鸿过尽秋,归期杳杳,归计悠悠,栏杆凭遍不胜愁。汝水多情,却解东流。
>
> (《拙轩集》卷四)

词中"天涯南去更无州"一句显然是针对南宋的。蔡州以南是南宋疆域,金、宋自"隆兴和议"以来已友好多年,并且南宋的文化亦大有可观之处,但王寂却罔顾事实蔑称南宋为"无州",这显然是基于政治立场的一种表述,从中可见其固有的国朝心态。再如,其《别高丽大使二首》云:"万里朝天礼告成,归途冰泝积峥嵘。""君侯此去应前席,为赞忠嘉事圣朝。"(《拙轩集》卷二)这是把高丽大使来访说成"朝天",

---

① "借才异代"指金初(建国到海陵朝)文坛尚无生长于金源文化土壤中的属于金朝自己的作家,基本上都是来自于辽宋等异朝的汉族文人。其中,由辽入金的文人主要有韩昉、虞仲文、张通古、左企弓等,由宋入金的文人主要有宇文虚中、高士谈、蔡松年、张斛等。

② 胡传志:《金代文学研究》,安徽大学出版社 2000 年版,第 169 页。

称自己的国家为“圣朝”。《送田元长接伴高丽告奏使》则说：“圣朝万里息烽烟，冀马吴牛尽稳眠。蜗国弄兵贪裂地，蚁臣将命恳呼天。”（《拙轩集》卷三）此外，还有《上南京留守完颜公二首》中的“圣朝敦睦重分封”“赫赫金源帝子家”（《拙轩集》卷二）等。如果有人认为上面的话未免有些外交辞令化，那么可以看王寂为其父祝寿所作诗中的语句：“圣朝文物方求备，会补遗书访济南。”（《拙轩集》卷三《上大人通奉寿三首》）可见，王寂的“国朝意识”是一种自然的流露，在其心中早已根深蒂固。国朝意识体现了金代中期汉族士人对金朝政权的认同感，激发了汉族士人建立金源文化的责任感，从而为“国朝文派”的形成奠定了心理基础。

其次，进士及第使王寂的身份发生了改变，由此给其带来了交游上的重大变化。及第前，王寂侍父随官，交游对象多为同学、亲友、玩伴；及第后，王寂开始以官员和士大夫的身份与各界人士交往。当年，与王寂一同中进士的还有蔡珪、刘汲、边元鼎、元日能、刘瞻、王元节、乔扆、宋楫、王邦用等人①。这些人与王寂一同活跃在大定、明昌时期，不仅是金代中期的政治人才，还成为“国朝文派”的代表。随着王寂进入官场，交游对象更趋广泛，也更为开放，不仅有科场同年、上下级同僚，还有诸多文人学士、释道之流。王寂在与这些人交往时多有诗文往还，甚至经常与他们在一起举行文人雅集、诗酒酬唱等活动。这些交游活动不仅对包括王寂在内个体的文学创作产生了积极影响，而且在广泛的意义上形成了一批具有相同文化背景的文人群体。这一文人群体中的多数人出生在金朝，并且在金朝成长、求学、就选、参加科考，以及出仕。因此，他们的存在、交流和互动，使得他们团结为一个整体，同时相同的人生背景以及视金朝政权为正朔、金朝为祖国的观念，也使得他们对于金朝自身的文化建设产生了强烈的自觉意识。于是，他们便成为金代中期“国朝文派”存在的基础。

王寂登科时正值妙年，意气风发，而金朝也处于国力的上升时期，

---

① 参见薛瑞兆：《金代科举》，中国社会科学出版社2004年版，第107—111页。

即将进入盛世。于是，时运、国运的两相促发，使得王寂意气自雄，其诗、词、文也便常有豪迈飙举之气，从而传递出盛世文学的气息。

三、仕路黄杨

进士及第后，王寂没有马上赴选，所以并未得官。海陵王贞元二年(1154 年)，王寂及第后的第三年，其父王础迁西京路转运判官，王寂侍父于云中："予顷年侍先君，自云中解官，道出鸡山。"(《鸭江行部志》)[①]侍父随官这段经历颇不寻常，它使王寂进一步接受了父亲的言传身教，从而为日后处理政务打下了坚实的基础。同时，这段时间王寂亦广泛交游，因其父而结识了一批当世名士，如姚孝锡等人。姚孝锡(1099—1181 年)，字仲纯，号醉轩，江苏丰县人。北宋宣和六年(1124 年)进士，授代州兵曹。金太宗天会三年(1125 年)，金举兵攻宋，陷忻州、代州，进逼太原。时州将议降，官属恐惧，姚孝锡却"投床大鼾"，"不以为意"。姚孝锡入金后不仕，中年以后放浪山水，以诗酒自娱，自号"醉轩"。元好问《中州集》有传，并收其诗三十二首。王寂有《姚君哀词》一篇记其生平。这些交游的经历无疑使王寂开阔了人生视野，也对其文学创作产生了影响。

海陵王正隆二年(1157 年)，即王寂及第后的第六年，他赴吏部选，得官于辽东(官职不详)，时年三十岁。其时正值海陵王末期，政局不稳，时局也不太平。正隆五年(1160 年)，北方移剌窝斡发动叛乱，直到世宗大定二年(1162 年)才被平定。这在王寂的《还乡》诗中有所反映："乱后人烟到处稀，马寻归路驶如飞。谁怜膝上狂文度，却作辽东老令威。闾里旧游浑似梦，交亲相对漫疑非。形容变尽君休问，大胜游魂不得归。"(《拙轩集》卷三)

大定二年，王寂三十五岁，任太原祁县令，从七品。[②] 其时，世宗即

① 书中所引用《鸭江行部志》者皆统一以文后注形式注明，内容以罗继祖、张博泉《鸭江行部志注释》(黑龙江人民出版社 1984 年版)为本。

② 《金史・志第三十八・百官三》："诸县。令一员，从七品。"(中华书局 1975 年版，第 1315 页)

位不久，内外矛盾交错，百废待兴。王寂《送故吏张弼序》云：“大定改元之再岁，予为县于太原之祁。时边烽未息，千里转输，予以朝命从事于四方。”（《拙轩集》卷六）该文多少反映了当时的社会情况。不过，王寂也正是在“兴陵朝（世宗葬于兴陵——笔者注）以文章政事显”[①]，逐渐显示出自己为官、行政方面的才干，并赢得了时人的称许。世宗在位近三十年，开启了大金王朝的盛世。“当此之时，群臣守职，上下相安，家给人足，仓廪有余，刑部岁断死罪，或十七人，或二十人，号称‘小尧舜’，此其效验也。”[②]为祁令的三年，祁县的风土人情给王寂留下了美好的印象。邑吏张弼为人忠直，一直追随左右，与王寂同进共退，艰难险阻备尝：“弼天资畏慎，义不为乾没，予由是推置腹心。初不以群吏处之，以至险阻艰难无不同者。今予之去祁二十有四年，中间音书讯问，执敬如初。及予自从官出蔡守，弼又能不远数千里，跋涉畏涂，踵门过我。予惊闻其来，倒衣以迎，话旧通夕，恍如梦寐。”（《拙轩集》卷六《送故吏张弼序》）此外，祁县延祥观的观主程履道与王寂是方外之友，交情甚厚。延祥观原是北宋里豪私宅，徽宗时期荒废了，入金后乡人集议募钱修建，但修建过程中却因种种人事上的纠纷而一直未能建成。直到程履道到来后，延祥观才最终凭其德望建成。对此，王寂多年后在《祁县重修延祥观记》一文中有所记述。祁县的往事勾起了王寂的回忆，令他满怀深情：“予为祁三年，乐其土风信厚，将去不忍。”“予今白首流浪，方求田问舍，期归老于祁焉。”（《拙轩集》卷六）

大定五年（1165年），王寂三十八岁，改方山令，从七品。此时，王寂已步入中年，初入仕途的新鲜感也已经消失，仕宦生涯似乎进入了倦怠时期。王寂任方山令的第二年，妻子张季玉去世，续娶某氏，姓名不详。此外，任方山令期间，父亲王础致仕，从此家族的生活重担便全部落在了王寂身上，正如其《曲全子诗集序》中所言：“自尔洊罹忧患，生寡食众，贫不能生。兄弟狼狈，糊口于四方。”（《拙轩集》卷六）王寂在方山令任上一干就是五年，这也使他颇为不耐。当时，金朝实行官

① ［金］元好问：《中州集·王都运寂》，中华书局1959年版，第102页。

② 《金史·本纪第八·世宗下》，中华书局1975年版，第204页。

资循回升转之法，此法令汉族士人升迁较慢。[①]“旧格，随朝苦辛验资考升除者，任满回日而复降之。如正七满回降除从七品，从五品回降为六品之类。”[②]若按三十个月为一任计，则由正七品升至正五品需二十五年。这一制度无疑对汉族士人的政治热情有所挫伤，故当时有云：“古人谓十年窗下无人问，一举成名天下知。今日一举成名天下知，十年窗下无人问也。”[③]王寂在诗文中也对此流露出了不满，如其《方山闻有代者，坐中或至潸然》诗云：“五年不去任推挤，惭愧铅刀试割鸡。妻子久甘尘满甑，儿童尝笑醉如泥。恨无遗爱宽齐市，空有余愚污冉溪。此去会应书下考，于潜痴女勿轻啼。”（《拙轩集》卷二）

大定十年（1170 年），王寂四十三岁，奉召入朝为谏官，应是左右补阙或左右拾遗一类的官职，正七品。[④]虽然品阶不高，但终于摆脱了“五年不去任推挤”的尴尬，并且进入了朝廷中枢。按理说，境遇的改变应使王寂为之振奋，但入谏职后，王寂的态度却颇为矛盾。其《受谏职夜久不寐》云：“责重还忧力不任，中宵未寝念之深。姚虞已拱垂衣手，山甫空劳补衮心。仗马不鸣羞短豆，野麋有志老长林。横身会有涓埃报，莫笑年来便学喑。”（《拙轩集》卷二）诗歌在表达初为谏官深感责任重大的意思之外，还透露出自己内心的某种忧惧。“姚虞已拱垂衣手，山甫空劳补衮心”，似在称颂皇帝无为而天下大治，无须谏官多语，但下面却说：“仗马不鸣羞短豆，野麋有志老长林。”仗马句典出《新唐书·李林甫传》：“林甫居相位凡十九年，固宠市权，蔽欺天子耳目，谏官皆持禄养资，无敢正言者。补阙杜琎再上书言政事，斥为下邽令。因以语动其余曰：‘明主在上，群臣将顺不暇，亦何所论？君等独不见立仗马乎？终日无声，而饫三品刍豆；一鸣，则黜之矣。后虽欲不鸣，得乎？’由是谏争路绝。”野麋句则出于唐人张怀《吴江别王长史》

---

① 参见王德朋：《金代汉族士人研究》，中国社会科学出版社 2006 年版，第 79 页。

② 《金史·志第三十五·选举四》，中华书局 1975 年版，第 1206 页。

③ ［金］刘祁：《归潜志》，崔文印点校，中华书局 1983 年版，第 74 页。

④ 《金史·志第三十七·百官二》：“谏院……左补阙、右补阙正七品。左拾遗、右拾遗正七品。”（中华书局 1975 年版，第 1278 页）

诗:“驽马虽然贪短豆,野麋终是忆长林。”由此看来,王寂对自己所处的谏官位置颇有忧惧之感,对皇帝身边的人也很不信任,甚至因此而萌生了退隐之念,正如他所自嘲的“横身会有涓埃报,莫笑年来便学喑”。

世宗时期,女真统治者在全面接受中原传统文化的同时,开始推行女真民族文化教育,创立女真策论进士科,并将汉语经典译成女真文字。[①] 种种举措使得包括汉族士人在内的女真、渤海、契丹等各族士人聚集在一起,为政权效力,并共同创造了金朝自己的灿烂文化:“一代制作能自树立唐、宋之间,有非辽世所及,以文而不以武也。”[②]但不能否认的是,女真统治者因囿于自身狭隘的民族意识而“分别蕃汉”,造成了民族间的隔阂与猜忌。金代作为一个以女真族为核心建立起来的少数民族政权,虽然有很多汉族士人参与到政权之中,但却少有进入政权核心者。皇统七年(1147 年),因女真皇室权力之争而引发的“田珏党狱”,株连甚广,许多汉族士人也被卷入其中,以至于“田珏党事起,台省一空”[③]。这一事件所造成的消极影响,至金末也未能消除。即使作为一代明君,世宗在强调“天下一家”的同时,一旦涉及民族利益,也会变得褊狭起来。大定七年(1167 年),世宗为救济女真屯田军户,欲签汉人佃户入军籍,而将其所佃官田分给女真人。宰执唐括安礼谏曰:“猛安人与汉户,今皆一家,彼耕此种,皆是国人,即日签军,恐妨农作。”世宗斥曰:“卿习汉字,读诗书,姑置此以讲本朝之法。前日宰臣皆女直拜,卿独汉人拜,是邪非邪? 所谓一家者,皆一类也,女直、汉人,其实则二。朕即位东京,契丹、汉人皆不往,惟女直人偕来,此可谓一类乎?”[④]历史学家吕思勉先生也认为,金朝诸帝中世宗的民族成见是最深的。[⑤]

---

① 参见薛瑞兆:《金代艺文叙论》,载《中山大学学报》(社会科学版)2015 年第 2 期。

② 《金史·列传第六十三·文艺上》,中华书局 1975 年版,第 2713 页。

③ 《金史·列传第二十六·张浩》,中华书局 1975 年版,第 1862 页。

④ 《金史·列传第二十六·唐括安礼》,中华书局 1975 年版,第 1964 页。

⑤ 参见吕思勉:《吕著中国通史》,华东师范大学出版社 1992 年版。

世宗的偏见多少对当时的政治生态产生了微妙但却深刻的影响。王寂的另一首诗《予叨谏员，恨无补报，矧年来归计未成，昼夕梗于胸中，作诗以见意》便表达了更为深切的忧虑："漏尽钟鸣谁执咎，望轻责重难为功。老蚕无地可作茧，惊雁见月思伤弓。言忠政恐祝三佞，句好岂辞黄九穷。吾非匏瓜能不食，朝暮喜怒从狙公。"（《拙轩集》卷二）

大定十二年（1172 年），王寂四十五岁，转大理寺评事，按囚于泰安，正八品。[1] 摆脱了"伤弓惊雁"的谏职，转赴地方，对王寂来说也许是个解脱，而且所任的也是他所擅长的处理地方性事务的官职。

大定十四年（1174 年），王寂四十七岁，任平州观察判官，正七品。

大定十七年（1177 年），王寂五十岁，任辽东路转运司同知，从四品。

大定十八年（1178 年），王寂五十一岁，任真定少尹兼河北西路兵马副都总管。

大定十九年（1179 年），王寂五十二岁，任通州刺史，正五品。

大定二十二年（1182 年），王寂五十五岁，受命催租于河朔。其时作《平夷道中二首》云：

> 河阳白发近来添，行役劳劳岁已淹。仕路黄杨何日进，宦情橄榄几时甜。未妨徐邈时中圣，自笑东坡不受痁。箕斗虚名将底用，慨然舒笑一掀髯。
>
> 归思秋来日日添，拟将余恨寄江淹。东华久厌踏红软，北牖常思负黑甜。世路穷通端是梦，人情寒热动如痁。儿曹纵有英雄手，第恐英雄未及髯。
>
> （《拙轩集》卷二）

虽然仕途平顺，但王寂却有"仕路黄杨"之叹，并且对做官发出了

① 《金史·志第三十七·百官二》："大理寺…… 评事三员，正八品，掌同司直。"（中华书局 1975 年版，第 1278—1279 页）

“宦情橄榄几时甜”的追问。旧说黄杨生长缓慢，遇闰年还要萎缩，因此以“仕路黄杨”比喻仕途困厄；橄榄初食味苦，久而回甘，因此以“橄榄几时甜”比喻宦情，有苦中思甜之意。这虽然反映了王寂不满足于现状、汲汲于仕进的心理，但其中却也包含着较多对于“世路穷通”“人情寒热”的宦途的无奈体验。

大定二十三年（1183 年），王寂五十六岁，迁中都副留守，从四品。[①]

大定二十六年（1186 年），王寂五十九岁，改户部侍郎，正四品。[②]至此，王寂历三十年而官至四品，并且“以文章政事显”，从而赢得了时人的称誉。

四、蔡州之贬

金代是自然灾害发生得较为频繁的历史时期，尤其是水灾。大定八年（1168 年）、十一年（1171 年）、十七年（1177 年）、二十年（1180 年）、二十六年（1186 年），黄河都有规模不等的决口，所谓“数十年间，（黄河）或决或塞，迁徙无定”[③]。其中，就是大定二十六年世宗末期的那次水灾，致使王寂的个人命运遭受了巨大的打击，几乎令王寂一蹶不振，甚至丧失了进取之意。大定二十六年八月“戊寅，尚书省奏，河决，卫州坏。命户部侍郎王寂、都水少监王汝嘉徙卫州胙城县”[④]。“寂视被灾之民不为拯救，乃专集众以网鱼取官物为事，民甚怨嫉。上闻而恶之。既而，河势泛滥及大名。上于是遣户部尚书刘玮往行工部事，从宜规划，黜寂为蔡州防御使。”[⑤]这一年，王寂五十九岁，刚刚改

---

① 《金史·志第三十八·百官三》：“诸京留守司……副留守一员，从四品，带本府少尹兼本路兵马副都总管。”（中华书局 1975 年版，第 1305 页）

② 《金史·志第三十六·百官一》：“户部……侍郎二员，正四品。”（中华书局 1975 年版，第 1232 页）

③ 《金史·志第八·河渠》，中华书局 1975 年版，第 669 页。

④ 《金史·本纪第八·世宗下》，中华书局 1975 年版，第 194 页。

⑤ 《金史·志第八·河渠》，中华书局 1975 年版，第 672 页。

任户部侍郎不久，却因此而被贬官。关于王寂被贬的原因，周惠泉先生认为颇为可疑，他在《金代文学学发凡》中提出了自己的看法：

> 关于王寂外贬的原因，《金史》所述颇为可疑。从王寂大定二十六年冬出守蔡州以后所谓“平生自信不谋伸，媒孽那知巧乱真”（《丁未肆眚》）、“尔辈何伤吾道在，此心惟有彼苍知”（《日暮倚杖水边》）的一再表白中，可以看出其中似乎包含着不小的冤枉。特别是当其由提点辽东路刑狱任上内召还京时所作《谢带笏表》，“清谈废事，肯将拄漫吏之颐；老气未除，犹足击奸贼之齿”云云，明白无误地表达了对于搬弄是非、陷人于罪的“奸贼”的痛切义愤。至于媒孽人罪者当系何人？与王寂先后处理黄河泛滥事的户部尚书刘玮可能是一个主要人物。刘玮其人虽称通敏干练，却素有推过揽功之名。据《金史》卷九十五刘玮传，金世宗称其“极有心力，临事闲暇，第用心不正耳”；金章宗亦以其“固甚干，然自世宗朝逮辅朕，于事多有知而不言者。若实愚人则不足论，知及之而不肯尽心，可乎？”“夫为宰相（按，刘玮后曾‘入拜尚书右丞’，位居宰相之职），而欲收恩避怨，使人人皆称己是，贤者固若是乎！”而本传传赞亦以为刘玮“见避事之责，其视前人多有愧矣”。大约正是在关乎立身大节的重要问题上蒙受了不白之冤，才使王寂这位“兴陵朝以文章政事显”的特出人物失去了在《金史》中立传的机会，以至生平材料殊为寥寥。千载之下，仍然使人不能不为作家深感惋惜。[①]

持相同意见的还有学者许鹤：“实际上，面对势如猛兽般的洪水，王寂和王汝嘉二人可能确实是一筹莫展，痛视民众受灾而无有拯救之措施，而对于地方官组织民户网鱼供官府食用以致百姓积怨特深之事，王寂极有可能还一直蒙在鼓里。如果说他确实是‘专集众以网鱼

① 周惠泉：《金代文学学发凡》，东北师范大学出版社1994年版，第205页。

取官物为事'之人，那在贬官蔡州以至以后很长一段时间，他就不可能再对此事还一直耿耿于怀。"[①]许鹤还从王寂平昔勤政爱民方面力证其"确实是蒙受了不白之冤"，如大定二十六年张文中所撰的《乐山庙王使君谢雨感应记》，就对王寂的政绩及勤政爱民之心颇为称道："大定丙午之冬，使君王公寂自尚书户部侍郎来牧是郡。下车之始，拊疲瘵，击强梁，未几报治。……是岁夏秋旱甚，民有忧色。公以八月初吉，遣汝阳令诣乐山迎所谓圣水者，置之舞雩上。阅三日，公为祝辞以祭。是夕雨作，阖境沾足，岁则大熟。"[②]以上两人的说法固然是一种推测之言，缺乏证明王寂无辜的切实材料，但从情理来看还是说得通的。

对于这次被贬，王寂心不能平，认为自己是被小人陷害。正是因为心不能平，所以，王寂在诗文中多处留下了对自己遭受无妄之灾的激愤告白，其中有愤懑，如"吾生赋拙直，浪许近骨鲠。与物例多忤，所动坐愆眚"（《拙轩集》卷一《小儿难夫子辨》）；有心悸，如"江湖佳处多纲罟，侧足恐为人所制。揞床钻灼事交病，宁处不材从此逝"（《拙轩集》卷一《辙中毙龟》）；有幽恨，如"擢贾之发罪莫数，君恩犹许牧边州。梦寻蓟北山深处，身在淮西天尽头"（《拙轩集》卷二《思归》）；也有自伤，如"平生自信不谋伸，媒孽那知巧乱真。暗有鬼神应可鉴，远投魑魅若为邻"（《拙轩集》卷二《丁未肆眚》）。

被贬发生在冬天，王寂来到蔡州时已是第二年春天了，正如其诗所言："向辞北阙犹飞雪，及到南州便得春。"虽然王寂尚能自我安慰："知有胜游供胜具，况宜闲处着闲身"（《拙轩集》卷二《初到蔡下已有春意》），但他的心情终究是很压抑的。在来到蔡州后的夏天，王寂在写给挚友文伯起的信中说："丙午冬，某自地官出守蔡州，终日兀然，如坐井底。闭门却扫，谢绝交亲，分为冻蛰枯[illegible]，无复有飞荣之望，其况可知。"（《拙轩集》卷六《与文伯起帖二首》）贬谪事件还造成了王寂的

① 许鹤：《王寂生平与思想考辨》，载《阜阳师范学院学报》（社会科学版）2011 年第 3 期。

② ［清］张金吾：《金文最》，中华书局 1990 年版，第 322 页。

朋友圈在一段时间内的沉寂。或许是为了避嫌，一些人与王寂疏远了，这时仍与他亲近的少数朋友自然让他十分感激："某自改官，余人例皆旅退，独足下与郑秀才相陪信宿。翼日解携，靳靳不忍诀去，此情未易忘也。"(《拙轩集》卷六《与文伯起帖二首》)

贬谪事件给王寂带来了巨大的心理冲击，诸多不平之情交织在一起，使他的内心备受煎熬。这也给他的文学创作带来了深刻影响，以致出现了如《三友轩记》《岩蔓聚奇赋》这样的作品。可以说，贬谪事件的发生间接地促成了王寂创作上的一个暴发，并由此催生出了一批风格相似的作品。这些作品内蕴激愤感慨之情、兀傲不平之气，表现夸张，气质独特，颇具艺术感染力。

即使这一事件过去了很久，王寂也早已遇赦并且官路回转，但它给王寂所造成的心理阴影仍然很久都不能消除。晚年，王寂出巡东北，在途中所作的行记中，仍不时流露出对当初陷害自己的那些小人的愤怒之意。如行经医巫闾山时，王寂便有感于广宁庙"栋宇庳漏，旁风上雨，无复有补完者"，而"淫祠袄鬼，厌饫血食"，"因赋长韵以发其不平之气云"：

千古广宁庙，□楣榜旧题。名乘中祀典，秩赐上公圭。百鬼舆台贱，群山部伍低。地封连蓟北，天遣镇辽西。桧影森旌节，松声殷鼓鼙。雕梁通蜥蜴，画栋落虹蜺。像古虫书藓，庭卑蚓篆泥。垂杨空袅袅，蔓草自萋萋。香火何尝到，牲醪不见携。觋巫俱扫迹，樵牧漫成蹊。物理多侥幸，人情固执迷。城狐炉鹊尾，社鼠按豚蹄。居士争求福，彭郎为娶妻。吾生多坎轲，末路易推挤。白玉虽云洁，青蝇奈尔栖。人言何恤是，神鉴自昭兮。扼腕声悲壮，垂头气惨悽。虺隤伏枥马，进退触藩羝。苟不登槐府，何如钓柳溪。乞骸谋已决，掣肘事仍睽。仰视威灵在，潜通肸蠁齐。迟迟归未得，残日乱鸦啼。

（《辽东行部志》）[①]

长诗赋予广宁庙威严贵重的气质，它在众山之中挺然独出，像俯视部属一样俯视着群山。但是，神祠虽然地位尊贵，气质威严，却又显出颓败消沉的气息，与其形成鲜明对照的是那些香火旺盛的“淫祠祆鬼”。在王寂笔下，千古广宁庙在物理的推排下失去了人们的尊崇，只能任由城狐社鼠肆意嚣张，大得其志。作者由广宁庙联想到自己——自己不就像这广宁庙一样，虽然高贵清正，有天心神鉴为凭，但在人言面前终究无以自解，只能“扼腕声悲壮，垂头气惨悽”吗？面对现实的黑暗，他想选择归隐，但又脱不开世网的羁绊，以至于在困窘的现实面前无能为力。也许只有和他有着相同际遇的广宁庙才能够理解他吧，但神祇却又寂默无声，从而令这位无以解脱的老人只能发出“迟迟归未得，残日乱鸦啼”的悲叹。

贬谪事件不仅对王寂当时的名誉和宦途产生了影响，或许还使他身后受累。按理说，以王寂的地位和文学成就，《金史》应该有传，然则或许就是缘于这一事件的影响，不仅《金史》于其无传，而且后世在提及大定、明昌间的文学人物时，对他亦较少涉及。比如，元好问《中州集》为诗人立传时，对王寂言之甚少，所载诗歌亦仅寥寥数首。

五、行部辽东

王寂于大定二十六年被贬后，大定二十七年（1187 年）即因“皇太孙受册”蒙恩遇赦。《金史》载：“二十七年……三月……辛亥，皇太孙受册，赦。”[②]皇太孙，即后来的金章宗；受册，即接受册命成为皇帝的正式继承人。遇赦后的王寂如释重负，通过写诗表达了自己的欣喜之情：“九天汉诏与更始，万里湘累得自新。天地生成知莫报，一杯何日

① 书中所引用《辽东行部志》者皆统一以文后注形式注明，内容以张博泉《辽东行部志注释》（黑龙江人民出版社 1984 年版）为本。

② 《金史·本纪第八·世宗下》，中华书局 1975 年版，第 197 页。

与封人。”(《拙轩集》卷二《丁未肆眚》)这一年,王寂六十岁。

大定二十八年(1188 年)秋,王寂六十一岁,移守沃州。

大定二十九年(1189 年),王寂六十二岁,受命提点辽东路刑狱,驻辽阳。①

明昌元年(1190 年),王寂六十三岁,奉命“出按部封”,巡视辽东一带。其《辽东行部志》载:“明昌改元春二月十有二日丙申,予以使事,出按部封,僚吏送别于辽阳瑞鹊门之短亭。”此时的王寂虽然已经步入人生暮年,但却又开始了新的跋涉。据《辽东行部志》记载,王寂行部辽东的具体行程为:十二日丙申,至沈州;十三日丁酉,次望平县;十四日戊戌,次广宁府;二十日甲辰,次闾阳新县;二十一日乙巳,次同昌县;二十二日丙午,次宜民县;二十四日戊申,次胡土虎寨;二十五日己酉,至懿州。三月四日戊午,至庆云县;五日己未,至荣安县;九日癸亥,次柳河县;十一日乙丑,次韩州;十六日庚午,次南谋懒千户寨;十七日辛未,次松瓦千户寨;十八日壬申,次特拨合寨;十九日癸酉,宿辟罗寨;二十日甲戌,次叩畏千户营;二十一日乙亥,次和鲁夺徒千户;二十二日丙子,次鼻里合土千户营;二十三日丁丑,次咸平。四月二日乙酉,至清安县;三日丙戌,复归咸平;七日庚寅,次铜山县,后归。王寂此行到达了东京路境内之沈州、广宁府,咸平府路境内之懿州、咸平、韩州(其中懿州在章宗泰和时期划属北京路大定府)。其未至者如曷苏馆路、婆速府路、复州等,则明年复按。所谓“祗服王命,周按部封,雪孤穷无告之冤,去乾没横行之蠹”(《辽东行部志》),正是王寂此行的使命。

明昌二年(1191 年),王寂六十四岁,在结束辽东之行后又开始了巡视鸭绿江的征程。其《鸭江行部志》载:“明昌辛亥岁二月己丑,予以职事有鸭绿江之行,僚属出饯于望海门,会食于白鹤观之鹤鸣轩。”具体行程为:十四日癸巳,次澄州;十九日戊戌,在析木;二十日己亥,

---

① 《金史·志第三十八·百官三》:“按察司……使一员,正三品,掌审察刑狱、照刷案牍、纠察滥官污吏豪猾之人、私盐酒曲并应禁之事,兼劝农桑,与副使、签事更出巡案。”(中华书局 1975 年版,第 1307—1308 页)

至汤池县(北图钞本作“阳池”,误);二十二日辛丑,次辰州;二十五日甲辰,次熊岳县;二十八日丁未,次曷苏馆。三月四日壬子,在复州;八日丙辰,自永康次顺化营;九日丁巳,次新市;十日戊午,宿龙岩寺;十二日庚申,赴大宁镇。此次出巡自明昌二年二月初十日始,至三月十二日止,历时月余。此行限于辽东半岛之澄州、曷苏馆路和复州(大宁镇在曷苏馆路之西)。鸭绿江在婆速府路,该路亦在此次按部范围,而《鸭江行部志》却未提及,应有佚文。①

综上,据王寂《辽东行部志》所记,其出巡经一个月零二十五天,历二十五个住宿点;据《鸭江行部志》所记,其出巡经一个月零二天,历十五个住宿点。考察王寂的两次出巡可知,他在每一处停留的时间大约只有两三天,大部分时间是在赶路;从所经之地来看,他几乎用双脚丈量遍了辽东大部分地区。王寂的这两次出巡可以说是其中年劳生生涯在晚年的一个延续。试看他经过一家野寺时所写的题壁诗:“断桥环曲水,萧寺枕横坡。佛壁书蜗篆,僧窗网雀罗。天高延月久,地润得春多。粥板催行李,驱驰奈老何。”(《辽东行部志》)野寺中召唤僧人吃饭的粥板竟成为催促他起程的征铎,而年老体衰的他对此却无可奈何。

王寂在明昌元年及二年的两次出巡,促成了他的两部行记的诞生,即《辽东行部志》和《鸭江行部志》。两部行记从内容和体裁上来说属于史地类作品。王寂以时间为经、所历之地为纬,详细记录了他所经过之处的历史沿革、古迹、文物、物产、习俗、人物等,这些资料无疑对于我们了解金代中期东北辽东一带的历史文化情况具有重要的史料价值。与此同时,王寂在行记中亦有很多关于自己内在心绪及情感的抒写,这些内容夹杂在行程记叙和史料考证之间,以叙述和抒情相结合的形式表现出来,并且若叙之不足,则歌以咏之。《辽东行部志》有诗歌 59 首,《鸭江行部志》有诗歌 26 首。这些诗歌使得两部行记充满了文学色彩,进而使得两部行记不仅可以被作为客观地反映当

① 以上亦可参见王庆生:《金代文学家年谱(上册)》,凤凰出版社 2005 年版,第 162—163 页。

时历史文化的文献来看待，还可以被作为自叙性的文学作品来欣赏。总之，王寂的辽东之行为我们留下了两部宝贵的有关金代历史及文学的作品。

巡按辽东之后，王寂进中都路转运使，正三品。不仅如此，章宗还赐带笏以示荣宠，这令王寂感激非常。他上《谢带笏表》，表达了愿为新皇帝效命的恳切之情："伏念臣去国五年，挈家万里，自谓永捐于沟壑，岂期再造于阙庭。重惜残年，特加异数。清谈废事，肯将拄漫吏之颐；老气未除，犹足击奸贼之齿。"（《拙轩集》卷五）

明昌三年（1192 年）七月，王寂六十五岁，与大理卿董师中覆校《名例篇》。[①] 次年致仕，寻起复，摄礼部尚书。

明昌五年（1194 年），王寂卒，年六十七岁，车驾享太室，谥"文肃"。

王寂晚年官位接连擢升，备受荣宠，使其一生仕宦之劳获得了补偿。

有关王寂生平仕履，参见表 1－1。

表 1－1　王寂生平履历简表

时间	年龄	履历
天会六年（1128）	一岁	出生
皇统元年（1141）	十四岁	父为析木令，从其学，与李子安为同学
皇统四年（1144）	十七岁	丁年习骑射

① 《金史·志第二十六·刑》："明昌三年七月，右司郎中孙铎先以详定所校《名例篇》进，既而诸篇皆成，复命中都路转运使王寂、大理卿董师中等重校之。"（中华书局 1975 年版，第 1022 页）《名例篇》是古时律书的首篇，犹如今天律法的总则，包括刑名与体例。如《晋书·刑法志》："律之名例，非正文而分明也。……法律中诸不敬，违仪失式，及犯罪为公为私，赃入身不入身，皆随事轻重取法，以例求其名也。"《唐律疏议·名例》亦云："名者，五刑之罪名；例者，五刑之体例。……故以名例为首篇。"金朝法律上承唐，下仿辽和北宋，其中唐律对金代法制的形成具有重要影响。金章宗即位后，以制、律混淆，于明昌元年置详定所，审定律令，故有覆校《名例篇》事。

续表

时间	年龄	履历
皇统五年(1145)	十八岁	娶妻张氏
皇统六年(1146)	十九岁	初就举选
天德三年(1151)	二十四岁	进士及第,不赴选
贞元二年(1154)	二十七岁	侍父于云中
正隆二年(1157)	三十岁	赴吏部选,得官辽东(官职不详)
大定二年(1162)	三十五岁	任太原祁县令,从七品
大定五年(1165)	三十八岁	改方山令,从七品
大定六年(1166)	三十九岁	妻张氏卒
大定十年(1170)	四十三岁	入朝为谏官,正七品
大定十二年(1172)	四十五岁	转大理寺评事,按囚于泰安,正八品
大定十四年(1174)	四十七岁	任平州观察判官,正七品
大定十五年(1175)	四十八岁	自白霫审理冤狱,归游觉华岛
大定十七年(1177)	五十岁	任辽东路转运司同知,驻咸平,从四品;父王础卒,丁忧
大定十八年(1178)	五十一岁	起复真定少尹兼河北西路兵马副都总管
大定十九年(1179)	五十二岁	任通州刺史,正五品
大定二十年(1180)	五十三岁	仲弟王寀卒
大定二十一年(1181)	五十四岁	姚孝锡卒,撰《姚君哀词》
大定二十二年(1182)	五十五岁	母张氏卒,丁忧;起复,受命催租于河朔
大定二十三年(1183)	五十六岁	迁中都副留守兼本路兵马副都总管,从四品
大定二十四年(1184)	五十七岁	因事过通州
大定二十五年(1185)	五十八岁	显宗薨,经营葬事
大定二十六年(1186)	五十九岁	改户部侍郎,正四品;卫州河决,处置不当,黜为蔡州防御使
大定二十七年(1187)	六十岁	因“皇太孙受册”蒙恩遇赦

续表

时间	年龄	履历
大定二十八年(1188)	六十一岁	秋,移守沃州
大定二十九年(1189)	六十二岁	受命提点辽东路刑狱,驻辽阳
明昌元年(1190)	六十三岁	二月,出按部封,巡视辽东
明昌二年(1191)	六十四岁	二月,出按部封,巡视鸭绿江;迁中都路转运使,章宗赐带笏
明昌三年(1192)	六十五岁	七月,与大理卿董师中覆校《名例篇》
明昌四年(1193)	六十六岁	致仕,寻起复,摄礼部尚书
明昌五年(1194)	六十七岁	卒,车驾享太室,谥“文肃”

第二节　王寂思想

王寂的精神世界可以归纳为以儒家为立身之基干,以道家为游心之渊薮,以佛家为生命之归趋。儒、道、释三家文化以不同的面向、不同的方式在王寂身上都有所体现,并且在其诗文创作中有所表达。儒、道、释三家文化对王寂精神世界的影响亦折射出金代中期时代文化的某些特征。

一、立身于儒

儒家思想是王寂的立身之本,也是王寂思想的主要方面。儒家文化对王寂的影响不仅停留在思想层面,还贯彻于王寂的现实行动中,王寂为学、就选、擢第及出仕为官的整个人生历程都是以儒家思想为核心构建起来的。可以说,儒家思想是王寂一生行动的指导思想,这也同中国古代士人大都自幼熏习和接受儒家文化的教育并一生践行之是相一致的。

王寂在教育方面受家学的影响很深，他十七岁就正式从父亲学。其父王础在辽时二十七岁举进士第，释褐补弘文馆校书郎。弘文馆为官署名，唐代武德年间置，掌校正图籍，教授生徒，是一个文化教育机构。辽代沿袭了唐代这一机构，设校书郎一职，掌校理典籍、刊正错谬。王础释褐后能够充任校书郎，可见其学问之优长。王寂十七岁从父亲学，接受的自然是以儒家经典为主的教育。况且，王寂为学十分刻苦，所谓"拙轩少也绝交朋，闭门坐断藜床绳"（《拙轩集》卷一《拙轩》）就是真实的写照。良好的家庭教育加上自身的刻苦努力使得王寂"二十许，初就举选，肄业县廨之后园"①，并在二十四岁之妙年一举登科。金代科举考试的内容与儒学密切相关："金代科举之制，略如辽、宋。……考试分词赋进士、经义进士两类，词赋考赋、诗、策论各一道，经义考经义、策论各一道。"②可见，当时的考试内容包含儒家经义等项，儒家文化是科举考试的重要支撑。因此，对儒家经典的深入学习便成为王寂最终科举登第的重要保证。王寂登进士第是在天德三年，据《金史》载："（天德）三年，并南北选为一，罢经义策试两科，专以词赋取士。"③但实际上，海陵王并南北选、罢经义策试两科、统一科举制度不是在天德三年，而是在贞元二年。《金史》记载，贞元元年（1153年）时尚分南选、北选。"《三朝北盟会编》卷一四四引张棣《金虏图经》：'次举又罢经义专经神童，止以词赋、法律取士，词赋为正科，法律为杂科。'"④不过，这已是王寂登第之后的事了。由此可知，当时他参加科考所考查的内容仍包括儒家经义。

登第后，王寂并未马上赴选，而是跟随父亲继续学习："予顷年侍

① ［金］元好问：《续夷坚志·京娘墓》，中华书局1985年版，第6页。

② 白寿彝：《中国通史（第七卷）·中古时代·五代辽宋夏金时期（上册）》（第二版），上海人民出版社2013年版，第806—807页。

③ 《金史·志第三十二·选举一》，中华书局1975年版，第1135页。

④ 白寿彝：《中国通史（第七卷）·中古时代·五代辽宋夏金时期（上册）》（第二版），上海人民出版社2013年版，第807页。

先君,自云中解官,道出鸡山。"(《鸭江行部志》)王础作为一代名士,为人为官,皆有可称。据王寂《先君行状》所记,王础为官任上惩治豪强、抚爱百姓、兴办学校,颇有治声。王础为人为官的儒者风范为王寂树立了榜样,深刻地影响着王寂的行为。张文中《乐山庙王使君谢雨感应记》对王寂有这样一段记载:"大定丙午之冬,使君王公寂自尚书户部侍郎来牧是郡。下车之始,拊疲瘵,击强梁,未几报治。"①由此可见,王础的言传身教给王寂带来了深刻而积极的影响。通过对儒家经典的学习和对其父儒者行为的效法,儒家思想已内化于王寂的精神世界,贯彻于他的实际行动之中。

儒家思想是王寂的立身之本,也是其行为的践履之处。同时,儒家思想与王寂为金朝政权服务、积极谋求仕进的愿望也有着直接的关联,是其"国朝心态"形成和巩固的心理基础,并体现为汉族士人以儒家文化为纽带对金朝女真政权的认同。金朝以武立国,最初谈不上文治,但在灭辽克宋的过程中拥有了辽、宋的广土众民,而为了能够更好地统治和治理新开拓的疆土,则取得原汉地人民,尤其是地方势力的支持就显得十分重要了。因此,女真上层统治者不得不重视中原汉文化的功用,并充分利用原有的文化资源为自己的政权服务,于是便开始引入中原经籍、招徕汉族士人。"太宗天会元年(1123)十一月,因为急欲得到汉族士人来统治新归附州县地区的汉族人民,始开科举取士。"②其后,金朝开展的文治亦以儒家思想为主导。太宗之后的熙宗,自幼接受中原汉文化教育,即位之初"兴制度礼乐,立孔子庙于上京"③,开启了金朝在都城兴建孔庙的先河。海陵王时期也大力推行崇儒政策,天德三年,"初置国子监",在中央设置孔庙,建学养士。世宗时期则进一步推行文治,广建孔庙,尊儒兴学:"天子留意儒术,建学

① [清]张金吾:《金文最》,中华书局1990年版,第322页。

② 白寿彝:《中国通史(第七卷)·中古时代·五代辽宋夏金时期(上册)》(第二版),上海人民出版社2013年版,第806页。

③ 《金史·列传第四十三·孔璠》,中华书局1975年版,第2311页。

养士，以风四方。举遗湮，兴废坠，旷然欲以文治太平。”[①]世宗之后的章宗，则更为重视自身的文化建设，全面引入了儒家文化，从而“儒风丕变，庠序日盛”[②]。经过几代女真统治者的努力，金朝基本确立了儒家思想在政治和文化上的正统地位，以儒家思想为修身立命之本的广大汉族士人自然成为金朝所依靠的主要政治力量。

王寂正是这广大汉族士人中的一员。由于他一出生就是金朝人，因此，自然不存在上一代由辽入金或由宋入金的汉族士人对金朝的异代疏离感，同时金代政权的科举取士等一系列对汉族政治文化制度的承袭，更是大大消除了汉族士人与女真统治者之间的矛盾。正因如此，对于王寂来说，儒家积极进取、谋求利泽生民的政治理想与其为金朝政权服务、谋求仕进的想法是统一的。他所奉行的儒家思想使他不仅积极参加金朝的科举考试，把出仕做官作为自己的人生选择，而且使他在漫长的仕宦生涯中始终保持着相对积极的态度。王寂为官在“兴陵朝以文章政事显”，就说明了他的态度以及做出的努力，而他的努力也得到了政权最高统治者的认同。因此，在章宗时期王寂接连超升并备受荣宠。上层统治者对于有才干的汉族士人的重视，体现了金朝以儒家为治国之道的政治选择。

儒家文化深植于王寂的思想，体现在其为官勤政爱民以及积极谋求仕进的现实行动中，但对于儒家义理之学，却未见王寂有所阐述。金朝与同时期的南宋相比，对儒家义理之学不甚重视，正如后人所总结的：“宋自南渡以后，议论多而事功少，道学盛而文章衰。中原文献，实并入于金。特北人质朴，性不近名，不似江左胜流，动刊梨枣。”[③]虽然金代后期以朱熹为代表的南宋理学传入了北方，使儒家义理之学在金代有所发展，但总体而言，儒家学术在北方金人那里更多地表现在士人的践履方面，而王寂正可作为这一方面的代表。

虽然对儒家思想的阐述不见于王寂的著述，但儒家的精神内涵在

① ［金］党怀英：《重建郓国夫人殿碑》，见［清］张金吾：《金文最》，中华书局1990年版，第1027页。

② 《金史·列传第六十三·文艺上》，中华书局1975年版，第2713页。

③ 《四库全书总目提要·集部·总集类·御定全金诗七十四卷》。

王寂的诗文创作中还是有所体现的。王寂的文章较少议论,不像宋代文人那样“开口揽时事,论议争煌煌”[①],但其叙述性文章(如记体文等)多以事彰理,蕴含着他对儒家思想的理解,平实而又不失深刻。例如,《瑞葵堂记》颂扬了临城尉王安中的善政:“昔时田里愁痛之声化为歌咏,民气以和。”文章把堂生瑞葵一事与王安中的善政做了联系,最后引用孟子之言收束全篇:“呜呼!凡百有官君子,莅民从政,不可以不诚。孟子所谓‘至诚而不动者,未之有也;不诚,而未有能动者’。如王君,其可谓至诚也已。”(《拙轩集》卷五)文章所蕴含的思想体现了王寂对儒家文化的深刻理解。再如,王寂晚年出巡东北,登熊岳县兴教寺经阁赋诗云:“飞甍缥缈拂层空,览胜观澜左右雄。秋气拍帘千嶂雨,夜潮舂枕半天风。盟寻鸥去沧浪上,目送鸿归灭没中。圣世文明方讲礼,征车行起叔孙通。”(《鸭江行部志》)诗歌寄托了为政以礼、贤人德治的儒家政治理想。但是,王寂诗歌对儒家思想的表达更多地体现为一种积极进取之意以及不畏困难、不肯屈服的强健奇崛之气。王寂晚年经历仕宦挫折后行部辽东时,心中颇有悲凉之感:“予以疲驽长路,困于跋涉,自念跃马食肉,壮年之事,今老矣,尚作此态宜乎?不胜其劳也。”他在诗中感叹:“深搀乌帽障黄尘,髀肉消磨浪苦辛。”但感叹之余,仍出之以劲健振拔之语:“按辔澄清须我辈,据鞍矍铄奈吾身。只凭忠信行蛮貊,岂有文章动鬼神。”(《辽东行部志》)儒家积极进取、舍我其谁、不计成败利害的精神气度呼之欲出。儒家“天行健,君子以自强不息”的精神在王寂诗歌中化为独特的气质,成为其诗歌清刻、雄放风格的内在源泉。

二、游心于道

在王寂的精神世界里,道家文化尤其是隐逸思想,亦占据着重要的位置。道家文化与儒家文化本就有互补的一面。因此,对于王寂来

① [宋]欧阳修:《镇阳读书》,见《欧阳修集编年笺注(一)》,李之亮笺注,巴蜀书社2007年版,第89页。

说,道家文化弥补了他精神世界中儒家文化所不能提供的自由适性的一面,为他营造了个人生活的一个理想境界,是其仕宦之余、劳生之暇游心于物外、暂脱尘笼的一味安慰剂。

古代士人秉承儒家思想,以天下为己任。王寂"兴陵朝以文章政事显",晚年主政蔡州,"下车之始,拊疲瘵,击强梁",凡此种种,都说明了王寂为官一直践行着儒家的价值观念和精神追求。但是,理想与现实之间仍有诸多困难需要克服,对于王寂来说,最大的困难就是要承受做官的种种辛劳和无奈。王寂自三十岁释褐为官直到寿终,劳生的体验贯穿于他生命的大部分时期,从而使其在发出"宦情橄榄几时甜"(《拙轩集》卷二《平夷道中二首》)的疑问之余,亦时时会产生"劳生之嗟"。

"劳生",源于《庄子・大宗师》:"夫大块载我以形,劳我以生,逸我以老,息我以死。"在王寂的诗中,"劳生"一词频频出现,并且总是与做官相联系,如"一天风雪叹劳生""劳生汩没海浮粟""行役劳劳岁已淹""劳生来往竟如梭""可能无地息劳筋"。其《拙轩》诗云:"一行作吏负且乘,简书夜下催晨兴。心劳政拙无佳称,高枕缓带吾何曾。年来安东逐斗升,吻胶背汗疲炎蒸。到官簿领交相仍,临事自笑无一能。督责老掾询聋丞,日畏罪罟空凌兢。"(《拙轩集》卷一)

此外,做官看起来高高在上,颐指气使,但那只是表面现象。对于王寂来说,真实情况却是:"君不见达官火色凌朝霞,传呼数里清堤沙。门人故吏听颐指,吹嘘一到枯生花。那知任重责亦重,朝服坐待晓鼓挝。撄鳞逆耳事可畏,四十未过两鬓华。"(《拙轩集》卷一《题刘德文乐轩》)做官给他带来的精神压力甚至会延伸到梦里,令其难安:"款接清谭思寓直,未忘习气梦催班。"为官的辛劳体验让他对轻松的生活充满羡慕:"信知天上玉堂好,何似江西道院闲。"(《拙轩集》卷二《寄李致美》)

以上还只是案牍之劳形、事务之劳心,除此之外,尚有宦游之劳身。王寂为祁县令时,便"千里转输……以朝命从事于四方"(《拙轩集》卷六《送故吏张弼序》)。其后为官,他亦多从事于地方政务的处理,凡军务、钱粮、刑狱、河务等皆事必躬亲,足迹至于方山、汴京、泰安、平州、白霫、咸平、真定、通州、河朔、保州、遂州、隆虑，从南至北、从中原到塞外，覆盖了金朝大部分地区，真可谓："劳生汩没海浮粟，薄宦飘零风转蓬。"(《拙轩集》卷二《张子固奉命封册长白山回以诗送之》)古时交通不便，道路难行，路途便在王寂的目光中延伸得格外遥远。渡辽河时，他说："我家河朔望咸平，飞鸟犹须半月程。尽道辽阳天样远，渡辽何况更东行。"(《拙轩集》卷三《渡辽》)宦途中的跋涉常常令王寂疲惫不堪，以至于叹问道："年来髀肉浑消尽，一事无成有底劳？"(《拙轩集》卷二《投宿青山院中夜不寐》)对此，他自答道："人生寄耳遽如许，底处息肩聊解鞍。"(《拙轩集》卷二《跋杨德懋雪谷早行图》)

大定二十一年，名士姚孝锡卒，王寂为其撰哀词，又作诗吊之。姚孝锡善于治生，家业富足，中年以后将家事付诸子辈，放浪于山水之间，以诗酒自娱。他不仅具有名士风度，而且在仕隐之间回转自如，从而赢得了金代众多名士的青睐。其死后，当时名士作诗吊者达数十人。王寂在挽诗中以"直从强健日，收得自由身"(《拙轩集》卷二《挽姚仲纯》)，婉曲地表达了自己无法像姚孝锡那样从宦途中脱身的苦闷。

做官除劳心与劳身外，还要面对政治的险恶和官场的倾轧。大定二十六年，王寂因受陷害而被贬至蔡州就是令他体验深刻的一次宦海浮沉。此外，王寂为官还时有临深履薄之感。作为汉族士人，王寂虽怀报国之志、济世之愿，但在以女真统治者为核心的政权内，他对仕宦的前景常常感到迷茫。金朝作为一个以女真族为核心建立起来的少数民族政权，汉族士人虽能参与政治，但却少有进入政权核心者。金初，宇文虚中就因家中藏有图书被诬为谋反而杀掉，还捎带上了高士谈。皇统七年发生的"田珏党狱"，株连甚广，许多汉族士人被卷入其中，以至于"田珏党事起，台省一空"①。这一事件对士风产生了十分消极的影响："盖自田珏党事之后，有官者以为戒，惟务苟且，习以成风。"②所以到了世宗时期，士人多以明哲保身为务，以致世宗感慨道：

① 《金史·列传第二十一·张浩》，中华书局1975年版，第1862页。

② 《金史·列传第二十七·孟浩 田珏》，中华书局1975年版，第1981页。

"朕观在位之臣，初入仕时，竞求声誉以取爵位，亦既显达，即徇默苟容为自安计，朕甚不取。"[①]但实际上，世宗本人对汉族士人就颇有猜忌之心，他曾说："所谓一家者，皆一类也，女直、汉人，其实则二。"[②]吕思勉先生也认为，在金朝诸帝中世宗的民族成见是最深的。[③] 到了章宗朝，章宗信任的虽是胥持国，但掌军国大权的却是仆散揆、纥石烈子仁、完颜匡、纥石烈执中等女真人。可见，汉族士人根本无法在政权核心容身，更谈不上有发言权了。

在科举方面，汉人与女真人亦呈不平等状态。虽然"终金之代，科目得人为盛"[④]，"金代诗人多出科举"[⑤]，但金朝推行汉化政策、实行科举制度，本质上还是为了笼络人心、缓和民族关系，而非量才授职、举贤用能。"为了培养治国人才，金朝设立只面向女真贵族的策论科考试，专门培养治国人才。面向汉人的考试，虽考试科目时有增减，但进士中的词赋科、杂科中的律科却一直未变。词赋科目的是培养宫廷词臣，律科培养律吏人才，目的是将汉人当作辞臣或胥吏，让其点缀生平、处理日常事务。再者，汉族进士与免试的皇亲、宰执子同杂用就选，故'士大夫有气概者，往往不就'。"[⑥]据学者刘浦江统计，在金代的158位宰执中，出自女真族的有101人，而汉族人只有40人。[⑦] 对此，元好问指出："盖金朝官制，大臣有上下四府之目：自尚书令而下，左右丞相、平章政事二人为宰相；尚书左右丞、参知政事二人为执政官。凡在此位者，内属、外戚与国人有战伐之功、豫腹心之谋者为多；潢、霫之人以门阀见推者次之；参用进士则又次之。其所谓进士者，特以示公

---

① 《金史·本纪第六·世宗上》，中华书局1975年版，第144页。

② 《金史·列传第二十六·唐括安礼》，中华书局1975年版，第1964页。

③ 参见吕思勉：《吕著中国通史》，华东师范大学出版社1992年版。

④ 《金史·志第三十二·选举一》，中华书局1975年版，第1130页。

⑤ ［民国］陈衍：《金诗纪事》，上海古籍出版社2003年版，"凡例"第1页。

⑥ 杨忠谦：《论金代中期的文化生态及隐逸自适诗风的形成》，载《求索》2006年第9期。

⑦ 参见刘浦江：《金朝的民族政策与民族歧视》，见《辽金史论》，辽宁大学出版社1999年版，第78页。

道、系人望焉尔。”[①]可见，金朝实施科举的最终目的还是在于维护女真人的民族利益。刘祁在《归潜志》中亦云：“大抵金国之政，杂辽宋非全用本国法，所以支持百年。然其分别蕃汉人，且不变家政，不得士大夫心，此所以不能长久。”[②]

因为“不变家政”，所以，汉族士人虽然有做官的机会，但却无法进入权力中心。他们不仅升迁的机会小，而且升迁之路也很艰难，更谈不上施展政治抱负、治国平天下了。正因如此，在金代，论及政治、军事、民生的文章十分少见，汉族士人对时局常默不作声，抱着“姚虞已拱垂衣手，山甫空劳补衮心”（《拙轩集》卷二《受谏职夜久不寐》）的消极心态，这与北宋士人“开口揽时事，论议争煌煌”的积极参政态度形成了巨大反差。由于现实没有给汉族士人提供用世的场所，并且晋升之路又比较艰涩，因此，他们大都不得不收起抱负，把目光转向吟诗作赋、书法绘画、应答酬唱等文人雅事，甚至转向山林薮泽，做那渔樵之思。金代文人之间流行着浓重的隐逸之思，他们共同的人格气质中亦有一种挥之不去的隐逸情结，这体现在文学上便是隐逸诗在金代大行其道。

做官既劳心又劳身，还要面对政治的险恶、官场的倾轧，理想和现实之间的巨大反差令王寂产生了归隐的念头，于是道家隐逸思想便成为他内心挥之不去的情结。王寂曾自陈个性：“野人强冠襟，任事多脱略。”（《拙轩集》卷一《题宝泉轩》）并说：“我今出试已大谬，画饼聊慰痴儿馋。茂林丰草麋鹿性，络脑不受黄金衔。”（《拙轩集》卷一《题刘器之秀野亭》）在《咏张宫师二疏东归图》中，王寂赞扬二疏的归隐之志：“贤哉二大夫，梦觉槐安穴。功名我何有，剑首吹一吷。约日俱移疾，乞身良勇决。”（《拙轩集》卷一）其《题高敬之所藏云溪独钓图》云：“吾家旧隐柳溪间，误落红尘不放闲。披图便觉清兴发，恍若坐我黄芦湾。”（《拙轩集》卷一）王寂在词中也表达了隐逸之思。例如，《人月圆

① ［金］元好问：《平章政事寿国张文贞公神道碑》，见《元遗山文集校补（中）》，周烈孙、王斌校注，巴蜀书社2012年版，第708页。

② ［金］刘祁：《归潜志》，崔文印点校，中华书局1983年版，第137页。

·再过真定,赠蔡特夫》云:“凭君问舍雕丘侧,准拟乞闲身。北潭涨雨,西楼横月,藜杖纶巾。”(《拙轩集》卷四)《鹧鸪天》云:“柳溪父老应怜我,荒却溪南旧钓矶。”(《拙轩集》卷四)《昭君怨·江行》云:“有酒须当痛饮,百岁黄粱一枕。瞰莫放愁闲,上眉端。”(《拙轩集》卷四)《洞仙歌·自为寿》云:“且贵人生适意,也不愿、堆金数中书,愿岁岁今朝,对花沈醉。”(《拙轩集》卷四)此外,王寂在《岩蔓聚奇赋》中亦云:“‘我以酒隐,处身纯俭。欣此物以有托,了吾生而无憾。’于是拨春瓮之嘈嘈,漉乳泓之湛湛。挹彼注兹,十分潋滟。追颜子之瓢饮,陋管氏之反坫。咀嚼石蟹之霜螯,狼藉荷盘之菱芡。”(《拙轩集》卷一)凡此种种,不管是“溪南旧钓矶”的渔隐之乐,还是“对花沈醉”的酒隐之趣,道家隐逸生活始终都是王寂精神上的向往、思想上的补充、生活中的慰藉。隐逸之思化作咏叹,成为王寂文学创作中最常表现的主题。

隐逸思想原非道家文化之专属,儒家对隐逸亦十分推重。孔子曰:“危邦不入,乱邦不居。天下有道则现,无道则隐。”(《论语·泰伯》)孟子云:“古之人,得志,泽加于民;不得志,修身见于世。穷则独善其身,达则兼善天下。”(《孟子·尽心上》)。不过,儒家更注重天下治平、人文化成的政治性一面,因此,“隐”只是面对无道现实的一种被动选择,亦含有静以待时的政治性考量内涵,并不是纯粹从个人出发做出的选择。但在道家文化中,“隐”更强调对于个人的意义,强调个人的自由和精神的解脱,个人意志超过社会考量而占有突出的地位。同时,隐逸的选择亦无关宏大的社会意义,而更多与个人的志趣有关。这一思想可以上溯自庄子,《庄子·秋水》云:“庄子钓于濮水,楚王使大夫二人往先焉,曰:‘愿以境内累矣!’庄子持竿不顾,曰:‘吾闻楚有神龟,死已三千岁矣,王巾笥而藏之庙堂之上。此龟者,宁其死为留骨而贵乎,宁其生而曳尾于涂中乎?’二大夫曰:‘宁生而曳尾涂中。’庄子曰:‘往矣,吾将曳尾于涂中。’”《庄子·刻意》亦云:“就薮泽,处闲旷,钓鱼闲处,无为而已矣。此江海之士,避世之人,闲暇者之所好也。”由庄子下启,西晋张翰的秋风莼鲈之思和东晋陶渊明的田园隐居之乐,最终都成为后世文人的精神图腾。尤其是陶渊明,更因所创作的隐逸诗而成为“古今隐逸诗人之宗”。从此，山水怡情、田园之乐便在文学世界开显，并成为文学中最为常见的主题。

王寂的隐逸思想远承袭自庄子，近沾溉于张翰，更与陶渊明的精神旨趣相接。在诗文中，它表现为对功利的超越和对个人志趣的满足，强调回归自然，过闲暇自在、适情顺性的生活。王寂《题张运使梦景图》云：“平生雅志一丘壑，小梦江山犹命驾。……披图撩我倦游兴，念念莼鲈乞长假。”（《拙轩集》卷一）《蓦山溪·退食感怀》云：“折腰五斗，所得不偿劳。松暗老，菊都荒，谁为开三径。”（《拙轩集》卷四）不过，陶渊明的弃官归隐不仅体现在诗文中，还体现在行动上，而王寂虽然深感做官之苦，并向往归隐之乐，但终其一生却并未将挂冠而去付诸行动。究其原因，或许有两个。

首先，现实的生计问题是制约王寂能否辞官的一个重要因素。王寂《客中戏用龙溪借书韵》云：“舍官就养诚所愿，百口煎熬食不足。逆行倒置坐迂阔，相负此生惟此腹。”（《拙轩集》卷一）封建时代，大家族往往聚族而居。因此，王寂做官所谋取的俸禄并非只供养小家庭中的几口人，而是要养活上百口的大家族，尤其是在王础辞官后，家族的经济更是一时陷于困顿，重担几乎全都落在了王寂一人身上。其《曲全子诗集序》云：“自尔洊罹忧患，生寡食众，贫不能生。兄弟狼狈，糊口于四方。渠亦黾勉赴调，得监亳州酤。”（《拙轩集》卷四）文中所述正是这一情况的反映。

金代，士人入仕之后可以享受较为丰厚的朝廷俸禄，同时还有各种赏赐，这些构成了官员日常生活的主要经济来源。金代职官分九品、四十二阶，“职有定位，员有常数”[1]，官员根据品级领取俸禄。《金史》列举了从正一品至从九品所有品级官员的俸禄情况，下面就以王寂任职时间较长的通州刺史（正五品）为例来做一下了解：

> 正五品：钱粟三十五贯石，麹米麦各八称石，春秋衣罗绫各五匹，绢各二十五匹，绵一百两。外官，刺史、知军、盐使，

① 《金史·志第三十六·百官一》，中华书局1975年版，第1216页。

> 钱粟三十五贯石，麹米麦各六称石，绢各十七匹，绵五十五两，公田十三顷。[①]

可见，俸禄包括钱、粮、衣、帛等，而且数量不少。如果在朝为官，还会时常蒙受特殊赏赐。大定二十年(1180年)正月，世宗即“命岁以钱五千贯造随朝百官节酒及冰、烛、药、炭，视品秩给之”[②]。当官员因病退职或年老致仕时，朝廷还会发给部分俸禄以示优待。因此从经济角度考虑，出仕做官不啻为士人的一个很好的选择。[③] 对此，王寂有句云：“为贫而仕，素惭四壁之空；得宠若惊，猥被万钱之赐。抚躬知愧，感泣何言。”(《拙轩集》卷五《梦赐带笏，上表称谢，觉而思之，得其五六，因补其遗忘云》)此亦可谓道出了自己为什么做官的心声。

然而，即便朝廷俸禄如此优厚，官员有时仍不免为生计忧愁。王寂《谢王仲章惠淮马》一诗便诉说了自己的窘境：“一行作吏遭羁束，五斗红陈家不足。骅骝卖却买驽骀，夜龁空槽敢食粟。年来可惜穷到骨，奔走不暇黔吾突。……投诗寄谢三叹息，羞涩倒囊无寸积。”(《拙轩集》卷一)诗中所云与其少年时代“千金市马宁论价，寻春不惜锦障泥”的豪奢行径相比，无疑形成了鲜明的反差。直到晚年，这种境况仍未改善，王寂《辽东行部志》载：

> 庚申，以军民田讼未判为留再宿。午饭后，信手取故书遮眼，乃《韩文公集》。开帙得诗云：“居闲食不足，从仕力难任。二者俱(韩诗原作‘两事皆’——笔者注)害性，一生恒苦心。”三复其言，掩卷为之太息。非韩公饱阅穷通，备尝艰阻，断不能作是语。予丁丑筮仕，凡四十年，俸入虽优，随手散去，家贫累重，生理索然，汗颜窃禄，则不免钟鸣漏尽之罪，谋身勇退，则其如啼饥号寒，行藏未决，闵默自伤。为作五十

---

① 《金史·志第三十九·百官四》，中华书局1975年版，第1342页。

② 《金史·本纪第七·世宗中》，中华书局1975年版，第174页

③ 参见王德朋：《金代汉族士人研究》，中国社会科学出版社2006年版，第173—175页。

> 六字云:“举家千指食嗷嗷,不食谁能等系匏。掠剩大夫汤沃雪,定交穷鬼漆投胶。春蚕已老不成茧,社燕欲归犹恋巢。莫待良田径须去,移文聊解北山嘲。”

更有甚者,王寂还写出了“生涯贫到骨,家具少于车”(《拙轩集》卷三《无题》)这样极为夸张的怨贫诗句。俸禄优厚尚且如此,没有俸禄则更可想而知了。所以,隐逸的想法固然美好,但在现实中却有种种不易实现的困难。由此也就不难明白,王寂为何对名士姚孝锡既能够隐居又善于治生极为钦羡,并发出“直从强健日,收得自由身”(《拙轩集》卷二《挽姚仲纯》)这样的感慨之言了。

其次,除做官之利禄外,对于做官之功名,王寂仍然是热衷的。金代,汉族士人相对于女真贵族的不平等处境固然是现实,但统治者为了笼络和利用汉族士人而对他们加以荣宠也是现实。王寂虽因处置卫州河决不当而遭贬谪,但很快就被赦免了。遇赦后,其作《丁未肆眚》云:“九天汉诏与更始,万里湘累得自新。天地生成知莫报,一杯何日与封人。”(《拙轩集》卷二)王寂对仕途之关切可见一斑。章宗召他回朝,并赐带笏,令他感激不尽,写《谢带笏表》不足以表达感激之情,又写《梦赐带笏,上表称谢,觉而思之,得其五六,因补其遗忘云》,受宠若惊之心态表露无遗。王寂在《题中隐轩》中云:“况知富贵不可求,侥求纵得终身忧,不如中隐轩中日日醉倒不省万事休。”(《拙轩集》卷一)可见对于富贵,他不是不想求,而是认为不可侥求,这也道出了王寂内心深处仍然汲汲于功名富贵的想法。

但是,仕与隐的矛盾仍然存在,两者在现实中无法共存。对此,王寂采取的办法是效仿白居易所提倡的“中隐”。中隐是朝堂之隐与山林之隐之间的一种折中做法。朝堂之隐,绍自汉代东方朔的“避世金马门”思想:“如朔等,所谓避世于朝廷间者也。……陆沉于俗,避世金马门。宫殿中可以避世全身,何必深山之中,蒿庐之下。”[①]朝堂之隐既可以得荣华富贵,又可以与时俯仰,明哲保身。朝堂之隐的提出,为

① 《史记·滑稽列传》,中华书局1959年版,第3205页。

那些既想投身于仕途又想保持自由和隐逸精神的士人提供了一个可行之道。正如西晋郭象《庄子注》所云："夫圣人虽在庙堂之上，然其心无异于山林之中。"然而，朝堂之隐虽能享受荣华富贵，但也不免有案牍之劳形，甚至枉道殉命之忧。所以，在朝堂之隐与山林之隐之间便产生了一个折中的方案——中隐，其提出者是唐代的白居易。白居易《中隐》诗云："大隐住朝市，小隐入丘樊。丘樊太冷落，朝市太嚣喧。不如作中隐，隐在留司官。似出复似处，非忙亦非闲。不劳心与力，又免饥与寒。终岁无公事，随月有俸钱。……人生处一世，其道难两全。贱即苦冻馁，贵则多忧患。唯此中隐士，致身吉且安。穷通与丰约，正在四者间。"①中隐思想由白居易提出后在其诗中反复出现，而且他还身体力行，使之成为一种独特的为官处世的方法。晚年白居易定居洛阳，历太子宾客、河南尹、太子少傅等职，常以诗、酒、禅、琴及山水自娱，践行了他所倡导的中隐思想。中隐思想的实质是：一方面，摆脱世俗事务的拖累，保持心地清静，持有隐逸情怀；另一方面，又不想走入山林过清苦的隐居生活，而是留在散官之位，享受丰厚的俸禄以及由此带来的享乐生活，从而在精神的隐逸和物质的享乐之间求得平衡。中隐思想还吸收了道家知足保和、恬淡退守和佛家的超越名利、随缘放旷等思想，所以一经提出便受到了士人的欢迎和推崇。例如，苏轼就曾为王绅的"中隐堂"赋诗五首(《中隐堂诗》)。此外，苏轼《六月二十七日望湖楼醉书五绝》(其五)诗云："未成小隐聊中隐，可得长闲胜暂闲。"②

面对仕与隐的矛盾，王寂最终将中隐思想作为自己处世的选择，并将白居易视为异代知音。受白居易的影响，他在诗中亦屡唱中隐，如《题中隐轩》云："我则愿师白乐天，终身衮衮留司官。伏腊粗给忧患少，妻孥饱暖身心安。况有民社可行道，随分歌酒陶余欢。"(《拙轩集》卷一)再如，《题刘德文乐轩》云："人生快意在富贵，富贵尚尔余何

---

① 《全唐诗》(第七册)，中华书局2013年版，第5011页。

② 《苏轼诗集》(第二册)，[清]王文诰辑注，孔凡礼点校，中华书局1982年版，第341页。

夸。刘君适意殆非此，其乐自谓真无涯。官闲事少忧患少，君恩饱暖及全家。寿亲余沥沾宾友，教子尚有书五车。百年万事付杯酒，部伍鼓吹鸣池蛙。眼前识破两蛮触，胸次不置千褒斜。”(《拙轩集》卷一)

从深层次上来说，白居易的中隐思想产生于他政治上遭受挫折之际，是他在宦海沉浮中认识到兼济之志已不可能实现，从而产生绝望心理后的一种退守。王寂所在的金代中期，政治环境虽然并不恶劣，但汉族士人的微妙处境，在某种程度上还是造成了中隐思想滋生的土壤。

通过对王寂隐逸之思的考察，我们可以了解他所面临的政治环境和人生选择较为复杂的一面，也可窥探汉族士人在女真政权下服务时具有矛盾心态的一面。

三、归宿于佛

王寂进入仕途后，因劳生之嗟而生隐逸之思，道家思想为其提供了抚慰精神的助力。虽然他未能真正实现归隐，但游心于道仍不失为尘劳之中的一剂解脱良方。进入晚年后，尤其是经历了贬谪的风波，道家思想已无法继续为王寂提供精神上的能量，原来的解脱良方也无法再医治他精神上的创伤。其《三友轩记》《岩蔓聚奇赋》等文，皆缘于被贬而作。察其文意可以看出，王寂欲从道家思想中寻求平息怨愤、解脱痛苦的办法，但结果似乎并不理想，文章中的兀傲之气、愤懑之情仍溢于言辞之外。在这种情况下，佛家思想渐渐进入王寂的视野，为其提供了解脱痛苦的方法。同时，对于晚年的王寂来说，辞官归隐已经不再是他所考虑的主要问题，生命的归宿成为需要他面对的事情。其《中秋月下有感戏效乐天》云：“此夜十分满，中秋万古情。素娥应不老，苍鬓可怜生。追想欢呼处，翻成叹息声。悲欢人自尔，月是一般明。”(《拙轩集》卷二)生命的短暂和宇宙的永恒所形成的巨大反差，引起了他情感的激荡以及对生命归宿问题的思索。于是，佛家思想不仅为他提供了解答的方案，还为他指出了“向上路”(《辽东行部志》)。

《辽东行部志》《鸭江行部志》皆作于王寂被贬之后,《拙轩集》中的很多诗文也创作于其人生后期。由此可知,三部文集基本反映了王寂晚年的心境。作品中有不少内容与佛家有关,显示出了王寂对佛学的浓厚兴趣。从一些作品中甚至可以看出,王寂不仅对佛学有深入的研究,还可能有禅修的经验,如《跋风柳忘牛图》云:“溪风淅淅柳丝柔,柳下蛮童钓晚洲。老牯安行无寸草,游鲦饱食弄沈钩。连羁治马真成虐,挟策寻羊未足优。何似人牛俱不见,短蓑高挂树枝头。”(《拙轩集》卷二)初看上去,这是一首题画诗,描写的是画中的田园风光,给人以悠然自得的感觉,但这首诗其实含有很深的佛学意蕴。“牧牛”这一意象,常被佛家拿来比喻修行,如《佛遗教经》云:“汝等比丘,已能住戒,当制五根,勿令放逸,入于五欲。譬如牧牛之人,执杖视之,不令纵逸,犯人苗稼。”①唐代普明禅师因此而作《牧牛十颂》,以发挥其义,说明禅修的境界。② 王寂的这首《跋风柳忘牛图》便与《牧牛十颂》一脉相承,以相同的喻体表达了相同的寓意,只不过是将十首诗浓缩成了一首。

再如,《辽东行部志》中的两首题画诗云:“画真犹是妄,何况画非真。正做梦说梦,知是身非身。”“幻出丹青手,今人一念差。如观第二月,犹见空中花。”第一首诗阐释了破除人生执念的道理,所表达的义理正如《金刚经》所云:“一切有为法,如梦幻泡影。如露又如电,应作如是观。”《金刚经》又云:“凡所有相,皆是虚妄。若见诸相非相,即见如来。”第二首诗意在说明人生与世界万象皆起于一念无明,是对佛学缘起性空理论的一个说明。“幻出丹青手,今人一念差”,可用五代延寿禅师《宗镜录》中的一段话做注解:“伏以真源湛寂,觉海澄清。绝名相之端,无能所之迹。最初不觉,忽起动心。成业识之由,为觉明之咎。因明起照,见分俄兴。随照立尘,相分安布。如镜现像,顿起根

---

① 《佛陀遗教经典》,释大恩、李英武注,巴蜀书社2001年版,第8页。

② 《牧牛图颂》由颂与图组成,颂有时又包括一短序。自宋代以来,这类作品很多,唱和者殆不乏人,都是沿承普明禅师的作品借牧牛谈禅修,在中国文化中具有深远的影响。

身。"[①]"如观第二月，犹见空中花"，则出自《圆觉经》："一切众生，从无始来，种种颠倒。犹如迷人，四方易处，妄认四大，为自身相，六尘缘影，为自心相。譬彼病目，见空中花，及第二月。"[②]这首诗将看画比作观第二月、见空中花，不仅见出王寂联想之妙，而且见出其对佛理的精熟。

王寂类似融合佛家义理的诗歌还有不少，这些诗歌引佛典往往信手拈来，融义理于物象之中，得理趣于言语之外。除诗歌外，还有文章，如《僧尼度牒》云："既得度以比丘身，当求证于菩提果。护持戒体，精进道心，往凭香火之因缘，增祝君王之寿算。"（《拙轩集》卷五）再如，《书金刚经后》云："伏以磨骨髓绕须弥顶，犹难报四重恩；舍身命等恒河沙，未如生一念信。辄伸宏愿，仰叩真乘。书《金刚般若波罗蜜经》，行菩萨利益不住相布施。"（《拙轩集》卷六）

除精神上向佛学趋近外，在行为上王寂也逐渐向佛家靠拢，乃至于如其所自况的"屏除嗜欲学山僧"（《拙轩集》卷一《拙轩》）。此种倾向从其作于晚年的行部志中即可看出，如《鸭江行部志》云："辛亥，上巳日。是日阴霾，终夕面壁块然坐。""乙未，饭罢经行。"面壁与经行都是佛家修行时所采用的方法，王寂以官员的身份在公务旅行中从事于此，若非对佛家怀有祈仰之心，恐不至于此。再如："壬辰，大风雪。……泉上，破屋数椽，残僧三四，颇习禅定，相与坐于石壁下，少顷乃归。"（《鸭江行部志》）遇到僧人，便和他们一起在石壁下静坐，可见王寂对佛学的兴趣非止于文字义理。

根据行部志中的记载，途中王寂每到一地，落脚休息之所多取寺庙，经过之处若有山间野寺，即使不是休息之所，他也要光顾一番。据统计，王寂两次出巡经过、居住、涉及的寺庙多达23处，有望平县僧寺、海云寺、闾阳新县僧寺、六合寺、同昌县南城萧寺、福严院、胡土虎寨水边野寺、建福寺、懿州宝严寺、灵山县佛寺、荣安县萧寺、柳河县僧寺、大明寺、崇寿寺、灵岩寺、辽阳储庆寺、法云寺、护国寺、辰州兴教

① ［宋］释延寿：《宗镜录》，西北大学出版社2006年版，第5页。

② 《圆觉经》，徐敏译注，中华书局2010年版，第9页。

寺、熊岳县兴教寺、云峰院、复州宝严寺、龙岩寺。在寺庙里，王寂不仅观瞻游览，还礼佛登塔："庚寅，游上方，礼九圣殿，登舍利塔，度水殿，瞻六祖画像。"(《鸭江行部志》)其间，他还会与寺僧交流、晤谈："庚戌，移宿于返照庵。是庵，盖僧介殊之故居也。予尝两过宁昌，皆宿于此，故北轩有予《自平州别驾审刑北道假宿宝严寺诗》。北轩杂花烂熳，所恨主僧行脚未归，不得款接晤语，为留三绝句，且图他日重来不为生客。"(《辽东行部志》)此外，他甚至还与和尚发生过一段"澄心庵"公案："癸亥……予寄宿僧舍，视其榜曰：澄心庵。予以周金刚公案，戏为短颂，以问主僧云：'心动万缘飞絮，心安一念如冰。过去、未来、见在，待将那个心澄？'僧虽尝讲经，绝不知个中消息，问之茫然，卒不能对也。"(《辽东行部志》)王寂欲同和尚谈禅说道，可惜和尚不是解人，"问之茫然"。

佛家以慈悲为本，认为众生平等，强调惜生、护生，力戒杀生，这些也对王寂产生了影响。王寂早年有过一段骑马射猎的经历："我家崆峒南，丁年习骑射。每忆逐群獐，应手相枕藉。"到了晚年，他对射猎的看法发生了变化："尔躯幸无罪，尔肉鲜可炙。毛脐竟自贼，何异狨与麝。水草苟自足，慎勿害农稼。恐逢曹景宗，数肋不汝赦。"(《拙轩集》卷一《跋群獐出谷图》)言语中对自己早年射杀动物的行为颇有忏悔之意。《辽东行部志》中有一段记载，更能说明问题：

> 戊午早，解鞅于庆云县。县本辽之祺州，皇统间，始更今名。予方解衣盘礴，从者携束蒲以献曰："适得双鱼，鲜可食也。"发而视之，气息奄奄，然即命贮之盘水中，少顷，植鬐鼓鬣，颇有生意。予叹曰："尔相濡以沫，相呴以湿，苟延斯须之命，何如相忘于江湖哉。"乃命长须持送于辽河之中流，圉圉然，洋洋然，幸不为校人之欺也。戏作小诗以祝之云："我哀濡呴辍晨羞，持送东城纵急流。此去更饥须闭口，莫贪香饵弄沈钩。"

行部途中，从者给王寂送来两条鱼，但王寂却没有把它们做成佳看吃掉，而是救活、放生了。与此形成对照的是，第二天王寂经过荣安县，借榻于萧寺僧舍，看见壁间有一篇文章《施食放生记》，于是“三复其文”，觉其“辞理俱妙”，乃录其文之大略。两件事情先后发生，都与放生有关，可见除事情本身有巧合的一面外，前后两天的记录亦是王寂的有意安排。在文中，王寂对放生一事做了一番颇含禅意的解释：

有大沙门于佛诞施食放生时，一居士谓沙门曰：“聚食施食，真汝悭贪，取生放生，真汝杀害。彼饿鬼等，以悭贪故，彼畜生等，以杀害故，不应利彼而随堕彼，云云。”沙门即应之曰：“以实不食，施少分食，作无数食，一切饿鬼，无不能食。以实不生，放今日生，令无尽生，一切畜生，无不能生。”

考察王寂佛家思想之渊源，不能不说有时代文化影响的因素。金代佛教兴旺，崇佛之风昌盛，寺院庙宇遍布北方大地，上层统治者信奉佛教者尤多，对佛教也多采取支持态度。金代士人多有热衷于佛学者，如佛教大师万松行秀就与许多文人都有往来，而李纯甫、元好问、李俊民等人也都曾注释过佛教方面的典籍。可见，金代社会上上下下的崇佛之风为王寂学佛提供了相应的外部条件。

王寂家族亦有学佛之传统，其父王础对王寂的精神世界有重要的影响。王寂十四岁时即在父亲的教导下读书，父亲不仅是他肉体生命的缔造者，也是他文化生命的开启者。王础中年以后由儒入佛，晚年皈依佛家，并最终解脱。如王寂《先君行状》所记：

中年以来，世味嚼蜡，因自号“退翁”。喜竺乾学，从香林比丘悟柔传出世法。岁晚，饭蔬衣褐，翛然如僧。过故山泉石佳处，杖屦终日，徜徉乎其间，如是者十有四年。一夕，奄遘微疾，阅数日，晨起如平时，沐浴易服，跏趺而逝。属纩之后，香闻满室，信宿乃歇，人皆异之。寿八十二，实大定丁酉四月初一日也。

（《拙轩集》卷六）

此外，王寂的叔父渊公亦学佛，并于晚年“顿悟，向上路”：“渊公者，盖予祖父之孽子也。早年祝发，听天亲、马鸣大论几三十年，所往携钞疏不下两牛腰。一日，顿悟，向上路。”（《辽东行部志》）故旧亲朋中，宝塔山龟镜寺的澄辉和尚与王础是方外之交，王寂早年侍父，与其亦有来往。同学李子安与王寂共同受业于王础，其妹出家为尼，曾送王寂小壶十枚。

时代文化及家族的影响只是外部因素，对于一个人精神世界的走向及其具体内容的确立真正起决定作用的还在于这个人内在的因素。同样是学佛，人生遭际和生命内在诉求不同，出发点和归宿也就有所不同。在人生遭际方面，大定二十六年的贬谪事件是王寂晚年转向佛家的一个诱因。贬谪的打击使王寂一蹶不振，几乎丧失了生活的热情：“丙午冬，某自地官出守蔡州，终日兀然，如坐井底，闭门却扫，谢绝交亲。分为冻蛰枯枿，无复有飞荣之望。其况可知。”（《拙轩集》卷六《与文伯起帖二首》）贬谪之痛、宦海之悲，再加上生命步入暮年，使得王寂对于人生的悲苦和无常有了更深的体会，并对佛家苦、空、无我等观念产生了共鸣，从而与佛家的精神世界逐渐趋于一致。在生命内在诉求方面，对于步入暮年的王寂来说，佛家能够为其终极追问提供答案，并指出具体可行的修行路径。在《辽东行部志》中，王寂写下了这样一段话，袒露了内心的想法：

> 渊公者，盖予祖父之孽子也。早年祝发，听天亲、马鸣大论几三十年，所往携钞疏不下两牛腰。一日，顿悟，向上路，遂语诸僧友曰：“佛法无多子，元不在言语文字。”乃以平生所业，束置高阁。自是遍历丛林求正法眼藏，又数十年，今已罢参矣。但不得一见为恨，乃作诗以为他时夜话张本云：“了却三根椽下事，一瓶一钵阅东州。逻斋生厌树生耳，罢讲似嫌石点头。起灭无波真古井，往来触物信虚舟。门人定喜归期近，松已回枝水复流。”

“顿悟,向上路”是指明心见性,即通常所说的开悟。“遍历丛林”是指悟后起修。《楞严经》云:“理则顿悟,乘悟并销。事非顿除,因次第尽。”所以,悟后还要在事情上继续磨炼、勘验。“罢参”是指参禅者大彻大悟,此时便不必继续参禅修习,因为已彻底得到解脱。王寂在记述其叔父罢参后,说:“但不得一见为恨。”为何“不得一见为恨”?答案显然不是因为亲情,而是缘于佛法。同时,也不是要和叔父做关于佛学思想、义理上的探讨,而是希望从叔父那里获得切实的修行经验。因为王寂强调了叔父顿悟后所说的话:“佛法无多子,元不在言语文字。”这段记录说明王寂对佛法的关切已进入具体的修证层面,这显然出于其内在的生命诉求,隐含了他在人生末期对于生命归宿的一种叩问。

中国文化中儒、释、道三家并立,其中佛家高深玄妙的义理、次第有序的修证,长久以来对文人学士有着强烈的吸引力。文人学佛,历代不绝如缕。文人通过对佛学的研究探索生命的奥秘,追寻人生的至理,佛教也因历代文人的参与而显现出浓厚的文化气息和人文色彩。宗教与文学在相互激荡中为中国文化增添了新的景观。通过对王寂晚年学佛的考察,我们可以看到他在宗教与文学、世法与出世法之间的种种思考、追求及求证,从而为中国文学及文化研究提供了一个有趣的案例。

第二章　王寂的诗歌

从数量上来说，王寂在金代作家中属于诗歌存世较多者。其中，《拙轩集》有诗190首，《辽东行部志》有诗59首，《鸭江行部志》有诗26首，再加上今人栾贵明在《四库辑本别集拾遗》（中华书局1983年版）中又据《永乐大典》残卷补辑得《咏五湖》等3首佚诗，共计有诗278首。王寂诗歌不仅数量众多，而且体裁完备、题材丰富，在艺术上独具特色。因此，王寂是金代中期诗歌较有成就者。

后人对王寂诗歌的评价亦颇高，清代四库馆臣云："诗境清刻镵露，有戛戛独造之风。"[①]《金文雅·作者考》云："元老诗文清拔，为滹南、庄靖二家先导。"[②]虽然元好问对王寂诗歌"依仿苏才翁太甚"提出了批评，但仍然承认其"诗固佳"[③]。当代学者对王寂文学的研究也更多集中于诗歌领域，并且论述颇多，但或因观察角度等的不同，意见时有轩轾。这也说明了王寂诗歌并非只有一个面目，其在艺术上有着复杂而多元的特点，要想一言论定，诚为不易。

笔者在前人研究的基础上，试从题材内容、风格、艺术手法、艺术渊源等四个方面对王寂诗歌进行分析和归纳，以期对王寂诗歌的特质有更为深入的理解。同时，对于前人所论亦有所辨析，以期能够折中众言。

---

① 《四库全书总目提要·集部十九·拙轩集》，海南出版社1999年版，第854页。

② ［清］庄仲方：《金文雅》，江苏书局1891年版，"作者考"第3页。

③ ［金］元好问：《中州集》，中华书局1959年版，第102—103页。

第一节　王寂诗歌的题材内容

就题材而论，王寂诗歌不外乎文人雅士所常写作的那些方面；就内容而言，其所反映的时代面貌也并不深广。虽然王寂长期任职于地方，但其诗歌对于社会民生等方面反映得较少。同时，即便为官多年，其诗歌亦少有涉及政治讽喻的内容。王寂诗歌多表现文人士大夫生活，内容不超过个人生活的范围和其感兴趣的方面。但即使如此，其诗歌仍然从一个侧面对金代中期的社会文化现象有所展现。

王寂诗歌按题材大致可以分为交游、纪行、题画、禅、咏史、抒怀、咏物等几类。当然，这种分类是出于研究的方便，各题材之间或有所交叉。诗歌的题材不同，所突显出的艺术表现手法就会不同，而作品呈现出的特点也会不同。所以，对题材进行分类研究，既可以领略诗人丰富的精神世界，也可以看到他在处理不同题材时的艺术驾驭能力。

一、交游诗

王寂的交游诗在其题材众多的诗歌作品中数量最多。以诗赠答，交流感情，历来是中国文人的传统。此风肇自两晋，于唐代渐盛，自中唐元和年间"元白酬唱"以来，交游诗遂成为诗歌的一大题材。金代中期，社会安定，政治修明，时代发展渐至鼎盛，恰如元好问《甲午除夜》所云："神功圣德三千牍，大定明昌五十年。"[①]随着大定、明昌时期承平既久，文治日修，文人士大夫多有诗酒升平之乐，文人之间的交往也日益频繁，从而使得诗歌酬唱活动更为盛行。据《鸭江行部志》载：

① 《元遗山诗集笺注》，施国祁注，人民文学出版社 1958 年版，第 396 页。

甲辰，次熊岳县，宿兴教寺。晚登经阁……旧闻京师名公皆有题咏，已刻石于楼下，命借副本，因得详观。盖玉照老人刘鹏南为之序。平章公张仲泽首唱“通”字韵诗，自余赓和者，张御史寿甫、郑侍讲景纯、蔡潍州正父、李礼部致美，如此凡二十五人。中间唯赵献之作赋，又不用元韵者四人。

王寂的交游诗大多产生于和友人的互动之中，《拙轩集》中约有70首，两部行记中也约有10首。以天德三年擢进士第为界，王寂一生的交游可分为两个时期。擢第前，王寂侍父随官，交游对象多为同学、亲友、玩伴，交游范围较为狭窄。擢第后，王寂的交游性质发生了重大变化，他开始以士人的身份与各界人士交往，尤其是释褐除官后，交游对象更是扩大到了官场。此外，王寂于释、道两方面的学问都颇为精通，并与方外之人多有交往，因此也留下了一些与方外之人的交游之作。

（一）多数作品融情入景，感情真挚

与交游对象关系远近、感情亲疏、地位高低等的不同，致使王寂的交游诗在感情表达上也有所不同。因此，其少量作品相对来说内容贫乏，并略显浮夸，如《上咸平帅耶律寿》云：

勋业凌烟冀未华，门森霜戟拥高牙。汉朝剑履元臣后，辽国貂蝉太后家。黄阁已闻虚鼎席，朱衣行引上堤沙。吹箫况是神仙侣，知看蟠桃几度花。

（《拙轩集》卷三）

此诗虽然语句典丽，对仗工稳，但缺乏真情实感，亦颇有谄谀之辞。这是因此诗乃特定场合下写给上级的应景之作，故难以表达出真实的想法。诗中颈联“黄阁已闻虚鼎席，朱衣行引上堤沙”与《上南京留守完颜公二首》其二的颈联“黄阁久闻虚鼎席，朱衣行引上堤沙”

(《拙轩集》卷二)只有一字的区别。首联“勋业凌烟鬓未华,门森霜戟拥高牙”则与《上韩运使寿用上萧帅诗韵》中的首联“建节十年鬓未华,印悬如斗拥高牙”(《拙轩集》卷三)在语句上也有一半雷同。可见,官位的差距使王寂的创作受到了限制,以致写作时缺乏真情实感,只能搜索典故、套用成句应酬而已。

除此之外,王寂大多数交游诗都写得情真意切。虽然也有应酬之作,但因作者与交游对象是平视的关系,其才情便得以充分发挥,故诗歌内容充实、用意允当,体现出了作者的匠心。如《送刘子高宰新安二首》之一云:

> 吾犨得邑古河南,政事应须出笑谈。但喜时平由圣主,不忧县小选中男。子文已惯三无愠,叔夜休辞七不堪。想见细民多受赐,长官如水吏羞贪。
>
> (《拙轩集》卷二)

颈联“子文已惯三无愠,叔夜休辞七不堪”,运用典故对刘子高出宰新安做出了一番叮嘱。上句出于《论语·公冶长》:“子张问曰:‘令尹子文三仕为令尹,无喜色;三已之,无愠色。旧令尹之政,必以告新令尹。何如?’子曰:‘忠矣。’”下句出于晋代嵇康拒绝山涛引荐的典故。嵇康曾作《与山巨源绝交书》,说明自己不能做官的理由:“有必不堪者七,甚不可者二……”尾联“想见细民多受赐,长官如水吏羞贪”,虽近于套语,但期许中饱含着对友人的祝愿,亦十分切合受赠人出宰做官的情境。

有些交游诗则因融入自身的真实感受而写得颇有感染力,如《别高丽大使二首》云:

> 万里朝天礼告成,归途冰泮积峥嵘。相从遽作春云散,款语何妨夜月倾。两地关河伤远别,一天风雪叹劳生。他年币玉重来日,对立罘罳眼更明。
>
> 送迓都忘百日劳,匆匆言别奈无聊。渡江相见迎桃叶,

分马能忘赠柳条。烟抹鸡林山隐隐，云横鹤野路迢迢。君侯此去应前席，为赞忠嘉事圣朝。

（《拙轩集》卷二）

这两首诗与前面的两首相比，典故用得少了，但却因此而使得境界不“隔”，诗意盎然。中间两联对仗精工，有隽永之味，可视为警句。如“两地关河伤远别，一天风雪叹劳生”，“两地”对“一天”，运用了数字巧对，饱含作者的惜别之意以及对人生旅途艰辛的喟叹，可谓发自肺腑。“烟抹鸡林山隐隐，云横鹤野路迢迢”，将离别时的伤感之情融入景语之中，言有尽而意无穷。这类交游诗虽然也是出于应酬，但因含有作者的真实感发，并融入当时的情境而有了打动人心的力量。再如《送刘师韩归云中二首》云：

匆匆杯酒促行舟，挽断征衫不少留。别友情怀虽作恶，还家滋味胜封侯。鸡催淡月间山晓，雁贴黄云马邑秋。老矣仲宣归未得，微君底处许依刘。

客里那堪送客行，迢迢烟水指归程。子规催促浑无赖，秋雨留连却有情。此日短亭轻折柳，何时长路重班荆。著鞭稳上青云去，莫惜因风蚤寄声。

（《拙轩集》卷二）

诗中描绘景色的两联“鸡催淡月间山晓，雁贴黄云马邑秋”“子规催促浑无赖，秋雨留连却有情”，体物深致，用语精工，将送别时的心情与离别时的景象融在一起，妙合无垠。两诗情感真挚，语重心长，表达出作者对友人的惜别之意，也透露出自己作客在外、欲归不得的惆怅心绪。

如果把悼亡之作视为交游诗的一种延伸，那么，王寂的悼亡之作可谓是交游诗中感情最为深致者。王寂悼亡诗的数量不少，这与王寂年寿较长有关。王寂卒年六十七岁，以古人而论，算是高寿者。在王寂人生的后期，友朋往往多殁，从而使悼亡之作多了起来。王寂的两部行记中便有5首悼亡之作,《拙轩集》中亦有《挽姚仲纯》《再游铁佛寺致奠王庭光》《哭二舍弟》《哭田去华》《哭僧义和二首》等多首。由于渗透着生离死别的哀伤,因此,这些诗作大都哀婉低回。如《再游铁佛寺致奠王庭光》云:

竹杖芒鞋过虎溪,素琴浊酒记仝携。嗟君死日无千驷。约我来时赠只鸡。满地余花春寂寂,半岩苍桧雨凄凄。悲凉人散黄昏后,万木号风野鸟啼。

(《拙轩集》卷二)

全诗意境凄迷、阴冷,悲戚之中有肃杀之意,同时在哀悼之中还融入了作者很深的暮年伤感。再如《哭僧义和二首》云:

瘦权平昔事风骚,痛矣吟魂不可招。庙里香炉从此去,杖头明月更谁挑。云披山顶浮螺髻,风鼓松声振海潮。他日东坡作真供,石泉槐火忆参寥。

竹杖芒鞋上翠微,山川良是昔人非。无心野鹤穿云去,洗钵山童带月归。醉墨旧书云老壁,胜游常扣赞公扉。老人手种堂前柏,不见苍皮四十围。

(《拙轩集》卷三)

第一首"庙里香炉从此去,杖头明月更谁挑",语意沉痛;"风鼓松声振海潮",尤显悲切。第二首"无心野鹤穿云去,洗钵山童带月归",稍感轻松;"老人手种堂前柏,不见苍皮四十围",则又显低回。

(二)少量谐谑之作反映金代诗坛崭新风貌

值得注意的是,王寂的交游诗中还有一些充满谐谑意味的作品,虽然数量不多,但却表现出有别于金初诗歌的新的动向,而这对于我们认识金代中期诗坛来说具有很好的参考价值。

此类作品亦可称为"谐谑诗"。顾名思义,谐谑诗是以诙谐、幽默、滑稽乃至嘲讽的语气为诗，亦有以文字为戏而颇有谐趣者，读之有令人忍俊不禁之效。谐谑诗诗风多轻巧、浅俗，是诗人游戏心态的产物，也有人称其为滑俗诗或谐趣诗。王寂的谐谑诗多产生于和好友的交往互动之中，因与交往对象关系亲密，故能“时把文章供戏谑”——以嘲弄为诗，以文字为戏。如《漕副刘师韩自辽西按田讼回，仆率僚友迎劳于郊。是夕仆酒战败绩，明日师韩传檄再三，竟不复出，盖渠豪于饮而仆素不能也。戏以此诗解嘲》云：

刘侯士论推豪迈，云梦胸吞无蒂芥。兴来和月卷玻璃，累举十觞嫌未快。我生不饮亦勉强，涓滴入唇亦狂怪。螳螂怒臂要当辙，大白相浮争胜败。初期坚壁老强敌，督邮自困平原界。鼓噪其如气已竭，偃旗弃甲投戎械。黎明檄战示巾帼，曾未致师先瓦解。君于以伯伦当季孟，我辱无功谩宗派。服而舍之古善政，骤胜且骄兵所戒。济水焚舟会有时，勿卑邾小撩蜂虿。

（《拙轩集》卷一）

再如《路逢安阳花酒，问之，云迓贰车于河上。戏以诗寄萧彭老》云：

惯曾歌酒醉秦楼，客路相逢为少留。油壁绣帘红粉面，银瓶丝络紫泥头。眼寒老杜肠先断，肺渴长卿涎欲流。遥想萧郎高会处，浅斟低唱木兰舟。

（《拙轩集》卷二）

两首诗从生活中撷取可笑元素，前者自嘲，后者嘲他，表现夸张，意态生动，充满谐谑之趣，正如《诗经·淇奥》之所云：“善戏谑兮，不为虐兮。”

这类具有谐谑意味交游之作的产生与王寂本人的性格有很大关系。王寂性格豪放，喜谐笑，这在其《辽东行部志》《鸭江行部志》中可以找到许多表现。如《辽东行部志》载：

> 辛亥，僧上首性润，邀予啜茶于东轩壁间……又《鹿苑寺诗》云："前旌临辋水，一雨霁兰关。"予戏谓坐客曰："前旌之说，大似松下喝道至。"其次云："怒浪平欺石，晴云犹恋山。"予曰："赖有此耳，坐上为之绝倒然。"

以此可见王寂善谐之为人。可以说，王寂豪放善谐的性格是这类作品产生的内在原因。

此外，谐谑作品的产生还与金代中期的文化生态有关。金初诗坛尚无谐谑之风，当时的诗人多为由宋入金者，因其"借才异代"，故作品多有低回苦闷之音。但随着时间的推移，此种情形逐渐发生了变化。金代中期，世运升平，"国朝文派"崛起，诗人的精神面貌焕然一新，给文坛带来了全新的气象。在此情形下，诗歌自然常带欢愉之音，因此谐谑之言时或不难与闻。金代中期文人交往的日益频繁，使得以文字为戏的情景十分常见，从而造就了谐谑作品产生的土壤。因为谐谑诗本就是诗人交往互动的产物，并且它还具有一般交游之作所没有的功能，即可以满足诗人消遣娱乐的需求，所以，诗人在交往中不免以文学的方式彼此戏谑、调侃一番，从而达到放松身心以及从现实生活中超脱出来的目的。刘祁《归潜志》便记载了这样一则趣事：

> 赵闲闲本好书，以其名重也，人多求之，公甚以为苦。……又，王武叔出馆补外，未赴，甚贫，会五月麦熟，将出京求济于交友辈，持素纨扇数十，诣公求书，公拒之。武叔素嗜酒不检，既出公门，大叫呼公，公闻而遽召，为书之。然每一扇头但书古诗一联，有曰"黄花入麦稀"者，有曰"麦天晨气润"者，有曰"麦陇风来饼饵香"者，盖嘲王求麦也。然王竟以其书多所获。①

① ［金］刘祁：《归潜志》，崔文印点校，中华书局1983年版，第100—101页。

类似的记载在《归潜志》中还有不少。

同时，文人之间的频繁交往也使得文人群体的自我文化意识得到了强化，从而对文学创作产生了显著影响。一方面，对于诗艺的锤炼、技巧的研磨起到了促进作用；另一方面，不免会使诗人产生较艺心理、炫技倾向。于是，依韵、次韵之作纷至沓来，以至于创作或因难见巧，或逞才使气，或以文字为戏。这在王寂的交游诗中也有较多体现，如《儿子以诗酒送文伯起，既而复继三诗，予喜其用韵颇工，为和五首》《伯起善用强韵，往复愈工，再和五首》，皆为和韵之作，并且一连和了10首诗，和的又都是险韵。可以说，这完全是为了逞才炫技。王寂以文字为戏的作品还有七言古诗《上周仲山少尹寿》，诗云：

姬公勋业千古高，云孙间出皆时髦。笃生夫子贤且豪，风义凛凛魁吾曹。词源万斛何滔滔，作赋竟欲续离骚。悬知富贵不可逃，乡人莫敢轻韩翱。长竿不肯惊鲦濠，引手一钓三山鳌。命也数奇时不遭，屈为州县真徒劳。不容吏手如桔槔，乾没遽止民无搔。近出幕府持旌旄，季孟伯厚胡为叨。朱门琉璃载蒸羔，先生盘饭独溪芼。众人醉死贪浊醪，先生漱石羞醨糟。仕者往往争锥刀，既角而齿宁非饕。黄金堆丘烂巾袍，公独视之如秋毫。乃知贤愚异所操，相去岂特九牛毛。久谙世味嚼空螯，径欲脱帻诛蓬蒿。吾君侧席登夔皋，如君才气宁容韬。苍生渴望方嗷嗷，要使万类归甄陶。礼乐具举弓矢櫜，乐职颂德追王褒。乞身归老只鱼舠，烟波万顷翻葡萄。蠹书卧看横长篙，冲烟破月时嬉遨。会逢石髓流青膏，嗅如香粳食如桃。方瞳瞭然牙齿牢，人间岁月从奔涛。久厌浊世薰腥臊，振臂一举辞卢敖。黄鹄飞去壤虫号，仿佛碧落闻云璈。

（《拙轩集》卷一）

全诗篇幅很长，但句句用韵，一韵到底，所用典故也层出不穷。再如《送王平仲二首》云：

潦倒少矍铄，瘰儒余愚迂。半面便健羡，无渠吾胡娱。
袖手久不偶，铺书如枯株。索寞各作恶，呼车姑须臾。

放浪曩肮脏，囊装将长扬。偃蹇晚倦献，徜徉藏光芒。
著雨苦龃龉，苍茫荒羊肠。黯惨厌渐险，彷徨伤王阳。

（《拙轩集》卷二）

两诗每一句的开头和结尾都使用联绵词，共连用32个联绵词，而且还要不出韵，殊为不易。虽然这些作品的技巧性掩盖了文学性，只能视为诗歌中的游戏之作，但也表现出了作者的文字功力。

总体来说，王寂的交游诗因具体情境不同而面目各异，风格也不统一，但比较注重与交游对象身份的契合。虽然不乏空泛之作，但在应酬之际也能或多或少地寄予作者的情思，从而使诗歌的内容不致流于平淡干枯。大多数作品因融入了作者的真情实感而能够打动读者，并且语言精练、情景交融，称得上交游诗中的佳作。此外，风趣谐谑和逞才炫奇的一些作品是作者文人习性以及时代文化的产物，虽然缺乏寄兴，但却展现出了作者高超的文字技巧，可谓是诗歌艺术中的另类奇葩。

二、纪行诗

"纪行诗"是记录、描写出行途中或到达某地所见、所感的一类诗歌。广义地说，诗人于行途中所写的诗都可归于纪行诗一类。中国最早的纪行诗可追溯至《诗经》，如《诗经·小星》云："嘒彼小星，三五在东。肃肃宵征，夙夜在公。寔命不同！"唐代的李白和杜甫都不乏有纪行诗佳作，尤其是杜甫，其《自京赴奉先县咏怀五百字》《北征》等，在叙写山水行役的同时融入了家国之思，提升了这一诗体的表现力和地位。两宋时期，纪行诗创作达到了高峰，黄庭坚、陈师道、陈与义、杨万里、陆游、姜夔等人都写有大量的纪行诗，并且佳作频现。金代亦不乏纪行诗作者，如党怀英、任询都出使过南宋，写下了多首纪行诗，为南北文化交流增色不少。

王寂的纪行诗多与东北有关。他一生多次远赴东北，其可考者有四次：一是天德三年（1151 年）赴上京参加殿试；二是大定十五年（1175 年）去白霫审狱；三是明昌元年（1190 年）巡按辽东；四是明昌二年（1191 年）巡按鸭绿江。尤其是后两次巡按，王寂以当时人的视角观察、体验了东北壮丽的山川风物和绚烂的人文景观，并在途中写下了两部行记，行记中有大量记录两次行旅的诗歌。

（一）对行途生活的日常化表现

不同于许多纪行诗以联章体组诗的形式表现某一特定主题，蕴含某一特定情感，因王寂行记采用日记体写就，往往随兴记录，记之不足则歌以咏之，故行记中的纪行诗没有统一的主题和风格，诗歌或庄或谐，皆有感而发，随物赋形。虽然它们不像联章体组诗那样有很强的联系性以及整合起来所具有的艺术感染力，但这些诗歌更贴近日常生活，也更为细腻、自然、生动。同时，由于采用了行记这一文体形式，因此，诗歌与行记中的记叙部分是联系在一起的，两者互为补充，构成了不可分割的整体。如《辽东行部志》载：

> 丙戌，复归咸平，路经西山崇寿寺。昔予官守于此，寺已荒废，今十有五年。颓毁殆尽，又非曩昔之比，低徊感怆，遂留诗于寺壁云："紫霞山寺久不来，往昔破碎今摧颓。一钵残僧饫藜藿，百身古佛眠莓苔。门楣金乌经雨泣，殿脊铁凤含风哀。安得使君鞭紫马，咄咄檀施随缘来。"

再如《鸭江行部志》载：

> 庚戌，啜茶于西园松下，茶罢，少憩于小轩，轩前花木颇有春意。予以旧圃荒芜，命老兵芟除灌溉，已而不觉失笑，予亦行人，何恋恋如是？真所谓"客僧作寺主"也。因题一绝句

于壁云:“莫道山城晚得春,柳梢梅萼已争新。出呼老吏治花圃,自笑行人作主人。”

前者叙述自己故地重游,感慨今昔之变,由此咏之以诗,抒发内心情感。后者叙述自己在临时住所欲整治园圃,芟除灌溉,竟忘记自己不是主人而只是过客,于是作诗自嘲。这些诗作的产生皆伴随着行途中的一些具体事件,离开了对事件的叙述,诗歌便显得不够完整。所以,这些叙述性的文字便充当了诗题或序引。这种诗文相间的表现形式,不仅对诗歌的缘起有充分的交代,而且对于作者当时的心理背景也有细腻的刻画,诗与文相互补充,相映成趣。

王寂行记中的纪行诗皆是以这种方式写成的,诗歌的产生往往源于生活中的平淡小事,但正是在这些平淡的小事中,诗人发现了其中所蕴含的诗意。如《鸭江行部志》记载,王寂路遇故人李子安的妹妹——已出家为尼的智相,她送王寂小壶十枚,是其“平生亦未尝见”的,王寂乃“谩作俚语,以答其勤”。再如《辽东行部志》记载,王寂入住于某千户营,主人向王寂出示瓦龟砚一方,“其阔六寸,长则倍之,至首尾盖足皆具,去其盖,则水贮其肩,墨磨其背”。王寂感到十分有趣,于是作《龟砚引》一篇。这种生活化的小事在旅行途中随时都能遇见,王寂将其记录下来,并撷取其中的诗意,使得这些诗歌读起来亲切有味、生动自然。

这些对行途生活做日常化展现的诗歌,使我们看到了一位旅行中的文人形象。他年事已高,但精神矍铄,在一路行走中,一寺一观、一瓦一砚、一草一木,皆触其心事,引其感怀:登山临水,则欣悦异常;重游故地,则慨叹连连;偶遇故人,则悲欣交集;徘徊于古迹之间,则发思古之幽情。品读这些诗歌,就像来到了作者身边,听他和我们娓娓叙谈。

(二)对东北山川风物的精彩呈现

从王寂纪行诗的内容来看,东北一带独特的自然人文风貌是其所表现的主要对象。陆游曾有诗云:“君诗妙处吾能识,正在山程水驿中。”又云：“挥毫当得江山助，不到潇湘岂有诗。”王寂出巡时虽然已进入人生的暮年，并且“饱阅穷通”，但仍然保持着旺盛的创作热情。更为重要的是，东北雄阔壮丽的山川激发了他的豪情，明净优美的风物给了他以精神上的慰藉。故而，他用诗笔对东北的山川风物做了精彩的呈现。

首先，对东北壮丽山川的品题。东北山势雄阔，景象壮观，如王寂描写医巫闾山：“千古广宁庙，□楣榜旧题。名乘中祀典，秩赐上公圭。百鬼舆台贱，群山部武低。地封连蓟北，天遣镇辽西。桧影森旌节，松声殷鼓鼙。”（《辽东行部志》）医巫闾山初见于《周礼·夏官·职方氏》：“东北曰幽州，其山镇曰医无闾。”《尔雅·释地》云：“东方之美者，有医无闾之珣玗琪焉。”[①]隋朝封医巫闾山为“北镇”，唐时为其赐号“广宁公”。在王寂笔下，医巫闾山威严而又庄肃。再如描写红娘子岛：“地控天岩险，天连四望低。荒烟连海上，残日下辽西。戍垒闲烽燧，戎亭卧鼓鼙。陋邦修职贡，安用一丸泥。”（《鸭江行部志》）关于红娘子岛，王寂记录说：“关禁设自有辽，以其南来舟楫，非出此途，不能登岸。相传隋、唐之伐高丽，兵粮战舰，亦自此来。南去百里，有山曰铁山，常屯甲士千人，以防海路。”（《鸭江行部志》）其他如速鲁忽山、磨石山、龙门山、西山石室等，王寂不仅一一登览，还乘兴赋诗。这些诗歌不仅是纪行诗中的佳作，而且即使放在山水诗的行列里也是优秀的作品。

其次，对东北地区历史遗迹的咏叹。王寂出巡的辽东一带是渤海国、辽国的故地，它们虽经时间的淘洗早已灰飞烟灭，但仍依稀可见当年的繁盛。如沈州古城（今辽宁沈阳），据王寂考证，唐时被高句丽侵据，唐季为渤海大氏所有，五代时随辽东之地尽入于辽。王寂经过时，“尚隐约有荒墟故垒，皆当时屯兵力战暴骸流血之地”。面对这古迹，王寂不能不发思古之幽情：“李唐遭百六，边事失经营。大氏十传世，辽人久弄兵。战场春草瘦，戍垒暮烟平。今日归皇化，居民自乐生。”（《辽东行部志》）再如高丽废城，王寂“驻立于颓基，极目四顾，想其当

① 《尔雅》，邹德文、李永芳注解，中州古籍出版社2013年版，第254页。

时营建,恃以为万世之计,后不旋踵已为人所有,良可叹哉。乃作诗以吊之”。诗云:“句丽方窃据,唐将已专征。国破千年恨,兵穷百战平。信知宗子固,不及众心成。试望含元殿,离离禾黍生。”(《辽东行部志》)这些吊古兴怀的诗句穿透时间的无情,展现了人类历史的发展和递变,给人以异代沧桑之感。

最后,对东北风物、气候的生动描写。金朝地处中国北方,而东北地区的地理位置则更为偏远,风物、气候大异于中原。王寂是河北人,在他眼中东北属于苦寒之地。他两次出巡都是在春天,因此对东北的春寒感受很深,如《辽东行部志》载:“壬申,宿特拨合寨。……晚登小山,山南杏数株,方蓓蕾矣。忽忆旧年京洛间,才元宵后,时有卖花声。今春将尽,方得见此,为赋三绝句。”诗云:“柳色含烟冻已回,杏花迎日暖初开。须知造化无南北,更远春风也到来。”“杏梢如怯晓寒轻,相对无言却有情。忆得上都春睡足,隔墙时听卖花声。”“朔漠杏花初破蕾,南州梅子已垂枝。寒乡倍费生成力,但得阳和莫恨迟。”诗中的脉脉惜花之意,格外动人。再如《辽东行部志》载:“己巳,次胡底千户寨……路旁有野花,状如金莲而差小,其叶琐细,大率如鱼藻,土人谓之耐冻青。生于祁寒,拨雪而见之,已青青然。予携以归,置之坐上,终日相对,伤其背时失地,为赋一诗。”诗云:“耐冻虽微物,严冬不敢侵。蕊嫌宫额浅,色胜羽衣深。戏点人间铁,闲铺地上金。蜡梅甘丈行,霜菊许朋簪。风雪窥天巧,泥沙惜陆沈。分无春借力,徒有岁寒心。采掇香盈把,歔欷泪满襟。栽移损生理,汝勿念知音。”诗歌将野花拟人化,把它与寒冷的抗争写得尤为动人。此外,王寂所作的类似诗句还有描写东北物产鸡儿花的:“花有鸡儿号,形殊意却同。封包敷玉卵,含蕊啄秋虫。”(《辽东行部志》)描写秋白梨的:“医巫珍果惟秋白,经岁色香殊不衰。霜落盘盂批玉卵,风生齿颊碎冰澌。故侯瓜好真相敌,丞相梅酸谩自欺。向使马卿知此味,莫年消渴不须医。”(《辽东行部志》)

东北不仅天气寒冷,而且气候多变,如王寂描写复州道中所遇大风:“昨宵月晕如手遮,今日黄云翻炮车。初闻窸窣动高树,渐觉飞砂卷平路。沧溟浪滚三山摇,恐是海若诛鲸鳌。昏昏日转更作恶,瘦马侧行吹欲倒。津吏告侬无渡河,枯河连海翻惊波。”(《鸭江行部志》)

此外，王寂的纪行诗还反映了金代佛教在东北地区的发展情况，以及绘画作品在东北地区的流传等。

王寂亲历东北，举凡所见皆详细记录，并作诗品题，其纪行诗已成为13世纪东北地区的自然景观和人文风貌最好的艺术见证。

（三）融身世之感，多悲凉之意

虽然王寂出巡时饱览东北风物，玩赏意兴颇浓，但在他的内心深处，却仍潜隐着较为复杂的思绪。这些思绪常常渗透于作品，使得他的纪行诗不时流露出悲凉之意。

首先，大定二十六年蔡州贬谪事件的影响。虽然王寂出巡时已经遇赦，但事情过去毕竟不是很久，贬谪给他造成的心理阴影还没有完全消除，以至于让他在不时的回顾中仍感到阵阵寒意。在咏东北名山医巫闾山时，王寂写它因“不妄作威福”而受到的冷遇：“垂杨空袅袅，蔓草自萋萋。香火何尝到，牲醪不见携。”接着，将它与自己的遭遇联系起来：“吾生多坎轲，末路易推挤。白玉虽云洁，青蝇奈尔栖。”（《辽东行部志》）他在写山的同时兼以抒怀，可谓是借他人之酒浇自己胸中块垒。在咏耐冻青时，王寂赞美耐冻青与寒冷抗争的无畏精神：“耐冻虽微物，严冬不敢侵。”继而怜惜它独力难支的困苦：“风雪窥天巧，泥沙惜陆沈。分无春借力，徒有岁寒心。”最后，他抒发感情道：“采掇香盈把，歔欷泪满襟。栽移损生理，汝勿念知音。”（《辽东行部志》）全诗在悲伤的情绪下结束，从中可见王寂对自身遭遇的感怀。

其次，以垂暮之年跋涉于长途的艰辛之感。东北的山川风物固然给王寂以慰藉，但长时间的奔波也让他倍感疲乏。同时，远离故乡，来到这苦寒之地，其思乡之情也异常浓烈。诸多情感往往交织在一起，融入王寂的诗篇。如行部鸭绿江之某日，他想到自己去年刚刚经历了辽东之行，一年已过，如今仍然跋涉在道路上，不禁心意怏怏：“癸丑，是日清明节，意绪不佳。自念来日无多，崎岖道路。去岁清明，自广宁赴同昌，今又寄迹于此。劳生有限，归计未涯，聊以小诗自嘲。”诗云：“去岁清明过广宁，今年投宿水边城。来春未改辽东节，更叱星轺底处行。”（《鸭江行部志》）行路的艰辛不仅体现在道路上，还体现在早起时的征铎声中。出巡途中,王寂往往在寺庙歇下不久,第二天一大早就要趁着月色前行,而此时僧人们都还在窗下酣眠:“两峡山高月半轮,五更人起马嘶频。无端又上长安道,输与僧窗饱睡人。”(《拙轩集》卷三《沁水山寺》)有时,他甚至要趁着月色在夜晚赶路:“赤日黄尘没马鞍,宵征聊快月波寒。饮风吸露易为足,何事区区口不干?”(《拙轩集》卷三《月下闻蝉》)行走在东北的山川平野、关河朔漠,令王寂体会最多的便是疲乏困顿:“踪迹年来遍朔南,消磨髀肉困征骖。居民胜日一百五,倦客流年六十三。水性依然人自老,树围如此我何堪。瓶无储粟犹归去,待有良田已是贫。”(《辽东行部志》)

宦游之路艰辛漫长,使得王寂不时产生归隐之念,但这已是一个无法实现的愿望,而愿望越是无法实现就越发强烈,以至于化作梦境萦绕:“戊辰,予昼寝,梦到故山,幅巾藜杖,盘桓于柳溪之上。既寤,予意谓造物者,责以漏尽钟鸣,夜行不休,故神报如此,作诗以颂。”诗云:“尝闻劳生佚以老,不谓区区老更忙。自笑顽躯楦青紫,谁求绝足鉴骊黄。苦无长策裨神主,大有闲山著漫郎。梦到故乡犹可喜,几时真个是还乡。”(《辽东行部志》)

王寂原本喜静,不喜燕雀喧噪,但在异地听到燕子的声音时,那呢喃的燕语唤起了他对家乡的回忆,令他惊喜异常:“予方解衣盘礴,忽闻檐间燕语,亟视之,盖自春山行未见也。因念燕以炎凉,儿女之计,不免羁栖于万里之外,可嗟也。”诗云:

> 平生便静今衰老,黄雀傍檐嫌啅噪。忽闻燕语绝可怜,亟出披衣任颠倒。呢喃似说经岁别,念我穷愁加慰劳。飞云轩在容借不?故里故园聊一到。不然为我达一信,问讯平安却相报。黎明与汝当远别,汝可低头听吾告。稻粱多处足罗网,闭口忍饥无抵冒。芹泥深累要安稳,艾叶傥来休急躁。明年按部定经此,与汝相期永为好。临行叮嘱主人翁,千万莫将天物暴。
>
> (《辽东行部志》)

诗中对燕子细碎而又温情的叮咛透露出作者浓浓的思乡之情。

文学是对现实的过滤和升华。王寂的纪行诗产生于外境对他的触发,也产生于他对自身情感的观照,向外来看,是他对沿途风物的歌咏;向内来看,是其暮年生命的悲思。两者交织,构成了他对宦游行旅的诗意性倾诉。

三、题画诗

北宋时期绘画兴盛,文人画及题画诗均得到了发展。随着金朝入主中原,尚画之风得以延续。金代中期,社会安定,经济繁荣,文人生活亦出现雅化倾向,绘画艺术受到了金代文人的普遍热爱。他们经常举行以赏画为中心的雅集,从而带动了题画诗的创作,王寂便是作者之一。

王寂对于绘画艺术非常痴迷,这从他所留下的数量众多的题画诗以及有关绘画的记录便可知晓。目前所存王寂的题画诗约有 40 首,数量之多仅次于金代后期的赵秉文。通过对王寂题画诗的考察,我们不仅可以见出其对这一题材诗歌在艺术处理上的特点,还可以了解到有关金代绘画的一些信息。

(一)展示文人雅趣,兼补画史遗阙

王寂的题画诗以及有关记录真实地反映了金代文人对于绘画艺术的热爱情况,表现了金代文人对于艺术的高雅趣味。如《鸭江行部志》载:

> 壬寅,故友玉林散人申君与之子携乃父《龙门招隐图》手轴以示予,予见之怃然。画,则广莫道人武元直也;作记者,无可居士蔡正甫也;书记者,善善道人左君锡也;题诗者,王元仲父子也。元仲父子今无恙,自余诸公,尽为鬼录。予掩卷流涕,殆不胜情。

王寂回忆的是一次围绕着绘画作品《龙门招隐图》而发起的文人雅集，众多文人不仅赏画，还作记、作书、题诗，这些墨迹都保留在画面的题跋上。文中所记的四位文人皆为金代名士。其中，作记者无可居士蔡正甫，乃宰相蔡松年之子蔡珪，正甫为其字。他天德三年与王寂一同登进士第，为“国朝文派正传之宗”。书记者左君锡，名光庆，君锡为其字。他官至右宣征使，能诗，善篆籀，尤工大字。题诗者王元仲父子，分别为王遵古和王庭筠。王遵古，字元仲，正隆五年(1160年)进士，仕至中大夫、翰林直学士。王庭筠是王遵古第三子，大定十六年(1176年)进士，官至翰林修撰，号黄华山主、黄华老人，为金代杰出的文学家。王寂在若干年后再次看到《龙门招隐图》，非常感伤，因为当时在场的多数人都已故去了，于是“因以小诗悼之”：“玉林宾主骨应枯，再见《龙门招隐图》。政似白翁旧诗卷，十人酬和九人无。”

王寂题画诗中涉及的金代画家有杨邦基、武元直、李元素、杨仲明、刘边等人。如《跋杨德懋雪谷早行图》中的杨德懋，即金代著名画家杨邦基，德懋为其字，又号息轩，华阴(今陕西华阴)人。天眷二年(1139年)登进士第，历任滦州军事判官、太原交城令、礼部主事、太府少监、翰林直学士等官职。擅长画山水、人物、鞍马，有《雪谷早行图》《秋江捕鱼图》《释迦出山像》《奚官牧马图》等画，时人将其比为北宋画家李公麟。王寂对杨邦基的画十分推崇，在另一首题画诗《题张运使梦景图》中说：“画工岂识梦中诗，他日须烦息轩画。”(《拙轩集》卷一)他为杨邦基所作的题画诗也最多，《拙轩集》中就有3题7首，除《跋杨德懋雪谷早行图》外，还有《题张子正运使所藏杨德懋山居老闲图，仍次元韵四首》《跋杨损之所藏杨德懋秋江捕鱼图二首》。再如《题高解元所藏武元直山水》中的武元直，字善夫，号广莫道人，北平(今北京)人。明昌时期名士，与著名书画家、诗人赵秉文友善，擅长山水画。画史著录其作品有《朝云图》《曙雪图》《莲峰小隐图》《渔樵闲话图》等，有些画上还有赵秉文的题诗。《题高解元所藏武元直山水》云：“洞清宗元不传法，此老无乃得之心？妙画通灵恐仙去，须防风雨夜堂深。斯人地下骨应朽，此画世间宁复有？莫与纷纷俗眼看，等闲却作丹青手。”(《拙轩集》卷一)可见，王寂对武元直的画技推崇备至，认为其已到了神乎其神的地步。其他金代画家如李元素、杨仲明等，原本在画史上少有记录，默默无闻，正是王寂的题画诗才使得他们的名字及作品为后人所知晓。

值得一提的是，画家刘边被王寂记录在了《辽东行部志》中：

> 庚午，次南谋懒千户寨。南谋懒，汉语岭也，以其近分水岭，故取名焉。借宿于术勃辇家，屋壁有两横幅画，江天风雪，水鸭鸂鶒，相对于枯荷折苇间。其水禽毛羽毫发可数，似有生意。乃命拂去尘埃，上有蝇头细字，仿佛可见，云："前翰林赐绯待诏刘边，七十七岁写生。"既称前翰林待诏，是必宣政间人，因本朝混一之后，流落于漠北时所作也。予且观且叹。

王寂对这位早年供奉于北宋宫廷而今流落在辽东一带的画师充满了同情，言语间颇有异代兴废之感。不过，从诗中也可以看出，王寂对于刘边画技的评价不如杨邦基、武元直那样高。诗云："纵非列神上，犹足入能品。丹青虽由学，精绝固天禀。"或许这也就是刘边最终流落江湖没能跻身上流的原因之一吧。

金代绘画及爱画之风十分炽盛，不仅绘画作品在文人士大夫之间辗转流传以及被收藏，而且绘画艺术也为民间所喜爱，爱画之风甚至及于远离中原文化圈的偏远地区。据王寂《辽东行部志》《鸭江行部志》记载，辽东一带如懿州、锦州、宗州、同昌、韩州、咸平、新市等地，都有绘画作品流布。这些作品在寺庙、驿馆、民居、公廨等处随处可见，按形式分，有壁画、绢画、纸画、屏画等；从题材上看也丰富多样，有山水、花鸟、人物、竹石等。对于所见画作，王寂皆作诗品题，从而留下了十分珍贵的有关民间绘画的记录。如《辽东行部志》载："乙丑，次韩州，宿于大明寺。……丁卯，予卧榻围屏四幅，皆著色画大曲故事。公余少憩，各戏题一绝句。"有学者考证："大曲是规模很大的舞曲……发展到宋代，教坊所奏有十八个宫调四十部大曲，其结构极为复杂……宋代大曲的特点是变抒情为叙事，或寓抒情于叙事之中，又能以歌舞敷演故事。”[①]再如《鸭江行部志》载：“丁巳，次新市，投宿于民家。其家亦颇好事，壁间画齐、赵、魏、楚四公子，予为各赋一绝句。”战国四公子是宋、金民间喜见的绘画题材，《日下旧闻考》卷一四六《风俗》引元人熊自得《析津志》云：“酒槽坊门首多画四公子，春申君、孟尝君、平原君、信陵君，以红漆阑干护之，上仍盖巧细升斗，若宫室之状。两旁大壁并画车马驺从伞仗俱全。”[②]可见，王寂的题画诗为金代民间绘画的流传情况提供了佐证。

（二）以镵露之笔再现画作神韵

王寂题画诗因画作内容不同而在写法上有所不同。有一种题画诗是属于借题发挥式的，虽名曰题画，但其实与画面关联不大，即画作只是诗歌借以表达思想感情的契机。例如，《题季札挂剑图》以叙事开篇，最后以议论做结，通过对季札与徐君交往的叙述，颂扬了季札重诺守信、义气凌云的美好品质。《咏张宫师二疏东归图》对汉代疏广、疏受两人的事迹进行了叙述，同时辅以议论，颂扬了二疏功成身退的高风亮节，写法与《题季札挂剑图》略同。在两首诗中，诗人对所咏之画具体画得如何并不关注，既不评也不赏，如果不看诗题，则完全可以将其看作咏史诗，即画作只是引发诗人对历史进行种种思索的媒介。类似的如《题张子正运使所藏杨德懋山居老闲图，仍次元韵四首》，借画中主题表达了隐逸理想；《题烟寺晚归图》《跋杨德懋雪谷早行图》，借画中意象抒发了怀抱；《辽东行部志》中的两首题画诗（“画真犹是妄”），以“观画”为喻谈了佛理；等等。这些题画诗在表达主旨时关注的不是画面本身，而是画作的主题，并由此生发出了诗人自己的想法。

还有一种题画诗则是以画面为中心，围绕画面进行表现的。诗人对画作进行了认真细致的观察，并在诗中对画作进行了描绘、评论、鉴赏。此时，画面是诗歌所要表现的主体，而不是引发议论和表现感情

① 程千帆、吴新雷：《两宋文学史》，上海古籍出版社 1991 年版，第 630—632 页。

② ［清］于敏中等：《日下旧闻考》，北京古籍出版社 1981 年版，第 2334 页。

的媒介。这种写法在王寂的题画诗中占多数，也最能体现其题画诗的艺术特色。王寂重视对画面的描写，善于以镵露之笔展现作品风貌、再现画面神韵，其描写带有很强的赏鉴意味，是作者主观审美的充分调动和尽情投入。这类题画诗在写法上往往极力铺排，甚至不遗余力，具有鲜明的特点。

一是深入刻画画面内容，穷形尽相。王寂善于抓住画面的细节做文章，从而给人以深刻印象。如“辛巳，予昼寝，既觉，观卧屏上三僧围棋于松下……为题一诗于屏上”，对画中三位僧人下棋的场面进行了描写。诗云：“人间龙象风骨奇，癯者精悍老不疲。得非石林洪觉范，参寥佛印相追随。茶瓜却去香火冷，曦驭不转松阴迟。口钳未欲作诗债，坐隐聊尔逃禅痴。黑矜骤胜见颜色，白负少衄方低眉。”（《辽东行部志》）下棋者的种种神态被王寂抓住并准确地描绘了出来，如果对画面没有进行细致观察的话，是无法写出这样的句子的。再如《王子告竹溪清集图》中对几位名士的生动描绘：“逸休方与圣贤对，观妙超然存目击。吹台名士意领略，手弄蒲葵坐摇膝。吾宗盘礴拊长松，似伤材大时难得。漳川野老气豪迈，陪谒龙颜只长揖。”（《拙轩集》卷一）画中人物神态各异，经过王寂的描摹，皆意态生动，似欲跃出纸面。

二是在对画面做精彩描写的同时传达出作品内在的精神气质。王寂题画诗对画面的再现以细节刻画为基础，但又不止于此，而是力图通过细节刻画传达作品的精神气质，从而使写形服务于写神。如《跋张舍人所收杨仲明天厩铁骢图》中对马的描写：“大宛山下汗血驹，麟鬐凤臆龙头颅。黑花细洒云满躯，倜傥不与驽骀俱。黄金络头老京都，注目落日思长途。圉人仗棰不敢驱，似听马语方踟蹰。”（《拙轩集》卷一）“麟鬐凤臆龙头颅”“黑花细洒云满躯”，精细刻画了马的外形；“黄金络头老京都，注目落日思长途”，写出了马的精神，表现出天厩铁骢志在千里、壮心不已的内在气质；“圉人仗棰不敢驱，似听马语方踟蹰”，则是通过圉人的神态表现马的气势，可谓从侧面着笔。这种描写取得了形神兼备的艺术效果，是王寂诗歌“镵露”特色的高层次表现。

三是通过描写创造出源于画面而又有别于画面的新的境界，这种境界甚至比画面本身更有艺术张力。这种描写不是对画面的简单重复,而是文学上的再创造。同时,这种由语言创造的意境是画笔没有体现也无法体现的。如《题张信道所藏李元素淮山清晓图》中对“淮山清晓”的描写:“晓来烟霭与风尘,面目参差未是真。中宵沆瀣一濯洗,突兀了观清净身。阳乌飞出扶桑路,却拂群阴披宿雾。朝晖千丈卧长虹,曙色半岩横匹素。须臾豁蹙渐分明,怪底悬崖化赤城。风传粥板僧定出,露湿野巢鹤梦惊。”(《拙轩集》卷一)这段描写本于画面,却又非画面所能局限,它以画面为依托进行了文学的再创造,形成了文字与画面争胜的艺术效果。作者从处于幽暗状态的黎明时分写起,再写日出后的清晨,既有远处、大处写意式的挥洒,也有近处、细处工笔式的勾勒,所写之景随时间的流转而变化,具有很强的动态感。“风传粥板僧定出,露湿野巢鹤梦惊”,是画面未能言而诗人拟想得之者。通过诗笔,王寂创造出一个由诗人自由驾驭的全新的艺术世界。正如黑格尔所说,诗作为语言艺术“能比任何其它艺术都更完满地展示一个事件的全貌,一系列事件的先后承续,心情活动、情绪和思想的转变以及一种动作情节的完整过程”[①]。

王寂这类题画诗多数是古体,因古体不受篇幅限制,便于铺张和发挥绘写之功。但在受篇幅限制的近体诗中,王寂仍然表现出了对画面极强的再现能力。如《跋杨德懋雪谷早行图》云:“冰冻云凝万木干,乱山重叠雪漫漫。人藏龟手借余暖,马缩猬毛凌苦寒。儿辈岂其专尚利,此翁无奈未休官。人生寄耳遽如许,底处息肩聊解鞍。”(《拙轩集》卷二)诗歌前四句生动地再现了早晨雪满山谷的景象,以及早行之人所感受到的寒冷。与王寂同时期的诗人蔡珪也有诗作《雪谷早行图》:“冰风刮面雪埋屋,客子晨征有底忙。我欲题诗还自笑,东华待漏满靴霜。”[②]蔡珪对画面的描述只有一句“冰风刮面雪埋屋”,对比王寂,似有敷衍之嫌。当然两诗篇幅和体裁不同,这种比较有失公允,但

① [德]黑格尔:《美学·第三卷》(下册),朱光潜译,商务印书馆1979年版,第5页。

② [金]元好问:《中州集》,中华书局1959年版,第41页。

仍可证明王寂题画诗具有善于描摹并能传达神韵的特点。

除对画面的再现外，王寂的题画诗有时也兼及对于画家及画作进行评论。如《题张信道所藏李元素淮山清晓图》云："玄晖旧笔绝俗韵，元素豪夺紫泥印。只今元素入穷泉，惜哉一代风流尽。"（《拙轩集》卷一）这是将李元素的山水画与南朝诗人谢朓的山水诗相比。再如《跋韦偃病马图》云："开元天宝谁能画，韩子规摹出曹霸。惜乎画肉不画骨，坐使骅骝减声价。"（《拙轩集》卷一）这是对唐代韩干、曹霸两位画家的画风做出的评价。这种对于画作的批评，体现了王寂的艺术趣味以及对绘画的鉴赏能力。

（三）继承兴寄传统，寄托隐逸之思

题画诗中无论赋法的铺排还是穷形尽相的描写，都是为兴寄服务的，艺术手法后面隐藏着作者的情思，画面的再现寄托着作者的理想，这也正是题画诗的主旨所在。没有兴寄的题画诗如同没有生命的仿制品，即便雕缋满眼也不具有打动人心的力量。所谓兴寄，就是赋予所题画面以人的精神、人的情感、人的理想。最初将兴寄融入题画诗的是唐代大诗人杜甫，如其《韦讽录事宅观曹将军画马图》即通过对曹霸所画九马的生动描绘，表达了对唐玄宗时代的追怀之情。就杜甫对九马的描绘，后人评论曰："画中见真，真中带画。"[①]但将时事之悲融入对马的写照，寄托深沉的感慨才是这首诗的主旨。杜甫题画诗中兴寄的运用对后人启发很大，沈德潜云："（杜甫）题画诗开出异境，后人往往宗之。"[②]王寂几首题画马的诗就深受杜甫的影响，如《跋韦偃病马图》《跋张舍人所收杨仲明天厩铁骢图》二诗，即通过对马的生动绘写寄寓了作者"烈士暮年，壮心不已"的奋斗精神。

王寂题画诗中兴寄最多的是隐逸理想，这种写法源自北宋以来的传统。宋代，随着文人画的兴起，借题画诗抒发文人思想、文人情怀的

---

① ［明］陆时雍：《杜诗详注》"引"，见倪海权：《唐诗三百首译注》，黑龙江大学出版社 2013 年版，第 104 页。

② ［清］沈德潜：《唐诗别裁集》，岳麓书社 1998 年版，第 147 页。

比较普遍，尤其是宋人在山水画中发现了隐逸的主题，并使其在题画诗中得以屡屡表现。例如，黄庭坚《题花光画山水》云："花光寺下对云沙，欲把轻舟小钓车。更看道人烟雨笔，乱峰深处是吾家。"①苏轼《书王定国所藏烟江叠嶂图》云："不知人间何处有此境，径欲往买二顷田。……桃花流水在人世，武陵岂必皆神仙。江山清空我尘土，虽有去路寻无缘。还君此画三叹息，山中故人应有招我归来篇。"②

王寂的题画诗，尤其是题山水画的题画诗多寄托着这种隐逸之思，表达了他对隐逸生活的向往。金代绘画受北宋的影响很深，山水画中多含渔樵之隐一类的内容，而王寂本人又具有浓重的隐逸情结，故面对这类画作时，不免要发挥其义。如《题张运使梦景图》云：

点鞭长算收余暇，忙里偷闲真倒蔗。北窗鼻息落庭花，一榻清风不论价。平生雅志一丘壑，小梦江山犹命驾。云低平野暗溪树，雨淋层峰补天罅。老农市酒唤归渡，渔伯舣舟枫树下。开囊检得春草句，挥洒短轴争脍炙。夜凉吹笛当抗衡，槐火石泉足更霸。披图撩我倦游兴，念念莼鲈乞长假。与君田里马牛风，蜡屐篮舆趁莲社。画工岂识梦中诗，他日须烦息轩画。

（《拙轩集》卷一）

画作名为"梦景"，即是指所画为梦中理想之世界，这一理想世界也是一山水隐逸之世界。画作表现了身在市朝而心在山水的文人旨趣，而画中的山水非仅是自然之山水，还是人文之山水；非仅有"云低平野暗溪树，雨淋层峰补天罅"的自然景观，还有"老农市酒唤归渡，渔伯舣舟枫树下"的人文意象。老农和渔伯都是中国传统文化中常见的隐逸象征，而"平生雅志一丘壑，小梦江山犹命驾""披图撩我倦游兴，念念莼鲈乞长假"等诗句，即是对画面的一种呼应，表达了作者内心深

① 《黄庭坚集》，凤凰出版社 2014 年版，第 208 页。

② 徐培均：《苏轼诗词选注》，上海远东出版社 2011 年版，第 69 页。

处对此梦境的神往。再如《题张子正运使所藏杨德懋山居老闲图,仍次元韵四首》云:

山崦人家落照间,笑携儿辈语柴关。应怜乌帽红尘客,有底功名不肯闲。

竹屋松窗水石间,野人门户不曾关。官租了却迎神罢,社酒鸡豚日日闲。

世路风波俯仰间,趑趄行恐堕机关。岂知野鹿便丰草,金络从渠十二闲。

张侯诗敏落黄间,杨丈规摹逼老关。二妙通灵恐仙去,夜窗风雨要防闲。

(《拙轩集》卷三)

诗歌在歌咏山居之乐、表现隐逸之趣的同时,写出了为官之苦。"世路风波俯仰间,趑趄行恐堕机关",透露出对官场险恶的忧惧之感,无疑将画中的隐逸主旨表现得更为深刻。

王寂题画诗中类似寄托隐逸之思的诗句数量不少,如《题高敬之所藏云溪独钓图》云:"钓翁蓑笠钓沧浪,一波不动风丝软。吾家旧隐柳溪间,误落红尘不放闲。披图便觉清兴发,恍若坐我黄芦湾。"(《拙轩集》卷一)《王子告竹溪清集图》云:"溪山佳处多荒僻,豹雾蛟涎断人迹。纵能陟险一登赏,重茧百休疲峻陟。岂知城市有林泉,杖屦相从都咫尺。"(《拙轩集》卷一)《跋杨德懋雪谷早行图》云:"儿辈岂其专尚利,此翁无奈未休官。人生寄耳遽如许,底处息肩聊解鞍。"(《拙轩集》卷二)《咏张宫师二疏东归图》云:"归艇渺烟波,晴楼醉松雪。"(《拙轩集》卷一)《题左阁使琼花后土像》云:"物理细思宁有间,牺樽毋忽沟中断。不如涂樗社栎两不材,得尽天年保无患。"(《拙轩集》卷一)

隐逸理想的寄托使得王寂的题画诗具有深刻的人文内涵,并且在广阔的社会层面上,反映了金代文人身处官场、面对政治时对于仕与隐追求上的矛盾心理。

四、禅诗

金代佛教兴旺，崇佛之风炽盛，寺院庙宇遍布北方大地。金代文化于儒、释、道三家兼容并包，并且有将三家合流的趋势。在这种环境下，士人多热衷于佛学，如佛教大师万松行秀就与李纯甫、赵秉文等许多文人都有往来，而李纯甫、元好问、李俊民等人也都曾注释过佛教方面的典籍。王寂家族本有学佛的传统，更兼时代文化的熏陶，故王寂很早便接触到了佛学，并倾心内典、栖志心宗，对佛学深有心得。进入晚年后，由于经历了仕宦挫折，再加上步入老境，因此，王寂的入佛之想更为浓烈，这一情况在其《拙轩集》和两部行记中都有不同程度的反映。

王寂的禅诗正是出于他对佛学的精深造诣，或者还含有他个人修证的经验总结。这些诗歌或者展现了佛门清净世界，传达出禅佛文化的独特内蕴；或者融禅理于生动意象之中，表现出盎然机趣。前者重在禅意的表现，后者重在禅理的表达。总之，王寂的禅诗是佛学与文学相结合的典范。

（一）展现佛门清净世界，传达禅佛文化内蕴

王寂的禅诗中有一种是描写佛门脱离尘俗的清净世界和僧人洒脱自在生活的。这类诗歌所表现的多是佛寺景观及其所在的山居环境，往往通过环境描写传达出山寺佛殿特有的气韵，从而给人以清净无扰、超凡脱俗的感觉。此外，对于僧人悠闲自在的生活诗中也有所反映，从而反衬出世俗中人扰扰攘攘、疲于奔命的生活状态。这类作品重在禅意的表现，使人一读之下，顿生对世俗的厌离之心和对佛境的清净之想。如《碧济泉清安寺》云："突兀层峰刻削成，嵌空金碧郁峥嵘。长松万壑海潮上，飞瀑半天山雨倾。白石清泉良负尔，红尘乌帽可怜生。僧窗不厌俗人污，暂息劳筋睡到明。"（《拙轩集》卷二）诗歌的前半部分描写清安寺胜境，给人以迥出于尘寰、不类人间的感觉；后半部分写作者在红尘中的奔忙情状。两相对比，更加衬托出佛门境

界的不同凡俗。再如《辽东行部志》中题水边野寺，诗云："断桥环曲水，萧寺枕横坡。佛壁书蜗篆，僧窗网雀罗。天高延月久，地润得春多。粥板催行李，驱驰奈老何。"诗中所写的寺庙只是一个不起眼的"水边野寺，旧无名额，殿宇寮舍，虽非壮丽，然萧洒可爱"。它虽然不像碧济泉清安寺那般高大壮丽，但自有一种幽深俏丽的可喜之处。诗歌最后一句感叹自己的驱驰奔走，饱含着诗人对佛门清净生活的喜爱之情和不舍之意。

王寂在"兴陵朝以文章政事显"，不仅公务繁忙，还经常宦游四方，因此对僧人悠闲自在的生活十分羡慕，而在羡慕佛门清净生活的同时，又对自己于尘劳中奔走的生活有一种无可奈何之感。如《沁水山寺》云："两峡山高月半轮，五更人起马嘶频，无端又上长安道，输与僧窗饱睡人。"(《拙轩集》卷三)诗人仅用寥寥数笔便刻画出一幅夜半出行图，最后以僧人之安睡反衬出自己的艰辛劳顿。虽然没有正面描写禅门清净世界，但一句"输与僧窗饱睡人"却让人顿生离尘出世之想。再如《题烟寺晚归图》云："上方直去天一握，归路转回山半腰。老衲迟迟缘底事，要乘佳月过溪桥。"(《拙轩集》卷三)僧人无俗务牵挂、自在洒脱的生活情态被刻画得十分生动。总之，通过对佛家清净世界、僧人悠闲生活的表现，王寂带给我们一个与世俗生活截然不同的世界，令人空诸所有，尘虑暂消。

佛家世界、禅寺生活虽然是清净无扰、超凡脱俗的，但它并不是死寂、空虚的，而是在清净之中荡漾着生机，超脱之中包含着朴素。这是一种世俗与出世俗的辩证，也是世间法与出世间法的圆融。禅佛文化中这种真俗不二的辩证关系不容易被人所理解，但通过禅诗的文学化表达却很容易让人有所会心。据《辽东行部志》记载，王寂于行途中经过一庵，名返照庵。"是庵，盖僧介殊之故居也。予尝两过宁昌，皆宿于此，故北轩有予《自平州别驾审刑北道假宿宝严寺诗》。北轩杂花烂熳，所恨主僧行脚未归，不得款接晤语，为留三绝句，且图他日重来不为生客，实大定甲午暮春二十有二日也。"诗云：

塞路飞沙没马黄，解鞍投宿赞公房。主人何事归来晚，满院落花春草长。

桃李山僧手自栽，不应容易向人开。绿苔满院重门锁，为问东风底处来。

树头树底花开尽，摆撼春风略不停。耐久何如种松竹，岁寒相对眼终青。

由记述可知，以上三首诗写于大定十四年（1174 年）。大定十七年（1177 年），王寂“贰漕辽东，以朝命按治冤狱，复寓于此。是时，始识殊公，过从者连日，临分时，殊乞言甚恳，因用前韵”。诗云：

杏子青青小未黄，绿阴如染可禅房。腹摇鼻息平生足，更觉空门兴味长。

僧者道机元自熟，《楞严》尘掩不须开。拥炉谛听谈无上，天雨花随麈尾来。

枕簟清和消日永，轩窗明快喜风停。道人不扫阶前地，爱惜莓苔一径青。

明昌改元（1190 年）之三月，王寂第三次来到返照庵，“自甲午抵今，凡十有七年，虽屋宇依然，而主僧示灭久矣。北轩花木芜废殆尽，感念存亡，令人气塞，遂复用前韵，此与刘梦得三过玄都观留诗况味殆相似焉”。诗云：

梁上遗经占硬黄，前身僧永后僧房。葛洪泽畔中秋月，此夕相逢话更长。

秾李妖桃满院栽，当年留宿正花开。而今树老僧行上，前度刘郎又独来。

露电浮生何足恃，风灯短景若为停。却寻旧日经营处，扑地杨花叶已青。

王寂三次经过返照庵：第一次未遇到庵主介殊，乃留诗纪念以图来日相见。第二次见到了介殊，且“过从者连日”，可见两人心意相通，十分相契，故王寂又作诗三首。最后一次，介殊“示灭久矣”，王寂“感念存亡”，又作诗纪念。前后十七年时间，王寂三次经过返照庵，遇合无时，存亡各异，留下了九首诗，可谓机缘甚深。我们从这九首诗中可以感受到佛门生活的清虚、寂静，但在这清虚、寂静中却蕴含着勃勃生机，僧人洒脱自在的修行生活亦透露出活泼明快、空灵透脱的审美意境。所以，俗人的来去、僧人的存亡虽然也在王寂笔下有所体现，但并没有表现出过多的哀伤情调。

王寂还有一些禅诗多使用佛家用语，内含佛家典故，使得诗歌含有较深的佛家文化气息，给人以文化上的感染力。如《题信大师松菊堂》云：“阿育浮图古道场，最宜花竹暗禅房。影侵罗什翻经席，香散生公说法堂。飞节芝丰轻岁月，辟寒金瘦傲风霜。他年远社归吾老，为我须留漉酒囊。”（《拙轩集》卷二）“影侵罗什翻经席”所说的“罗什”，即指东晋时期的高僧鸠摩罗什，他于后秦弘始三年（401 年）入长安，与弟子译成《大品般若经》《法华经》《维摩诘经》等著作，是中国四大译经家之首，也是中国佛教八宗之祖。“香散生公说法堂”则是引用生公说法、顽石点头的佛家典故。生公，即晋末高僧竺道生。《莲社高贤传》载：“竺道生入虎丘山，聚石为徒，讲《涅槃经》，群石皆为点头。”再如《辽东行部志》中王寂写给叔父渊公的诗：“了却三根椽下事，一瓶一钵阅东州。逻斋生厌树生耳，罢讲似嫌石点头。起灭无波真古井，往来触物信虚舟。门人定喜归期近，松已回枝水复流。”诗歌通过佛典的运用传达出佛家文化包罗万象、恢宏广大的气息，这些皆源于佛教在融入中原文明过程中所形成的深厚历史和文化积淀，如果能理解诗歌中所蕴含的意义，则可使人生出向法之心。

（二）融禅理于意象之中，机趣盎然

在王寂的禅诗中，有一些诗不以表现禅佛境界、僧人生活为主，而是重在传达禅学义理，表现作者禅修中的体验和感悟，具有很强的说理倾向。也可以说，这些诗是一种佛理诗，是诗人以禅学的修为和视角观察世界、理解人间万象的结果。王寂的这类禅诗具有内容上寓禅

理于生动形象，表达上洒脱自在而又机趣盎然的特点。

这些禅诗虽然在内容上以禅理的表达为主，但既然名之曰“诗”，就在于它具有文学的形象性，即它是通过文学意象来阐发禅理的。如《辽东行部志》载：

乙巳，次同昌。……是夕，假宿于南城之萧寺。僧屋壁间作山水四幅，初疑其真，即而视之，乃粉墨图染勒画而成者。因作二颂遗主僧智坦，他日遇明眼人，当出示之：“画真犹是妄，何况画非真。正做梦说梦，知是身非身。”“幻出丹青手，今人一念差。如观第二月，犹见空中花。”

两首诗皆具有很深刻的佛学内涵，语句皆本于佛教经典。第一首阐释的是破除人生执念的道理，正如《金刚经》所云：“一切有为法，如梦幻泡影。如露亦如电，应作如是观。”第二首意在说明人生与世界万象皆起于无明，亦如《圆觉经》所云：“一切众生，从无始来，种种颠倒。犹如迷人，四方易处，妄认四大，为自身相，六尘缘影，为自心相。譬彼病目，见空中花，及第二月。”两首诗虽然是阐述禅理，但并非佛教文献的变相征引，而是将禅理寄之于形象，通过艺术化的方式来表现的。此外，将这些哲理寓于人们日常可见可感的画、梦、月、花等形象，尤其使人易解易懂，即使不能了解诗句背后所阐释的道理，也能从生动鲜明的形象中获得感悟和启发。

再如《跋风柳忘牛图》云：

溪风淅淅柳丝柔，柳下蛮童钓晚洲。老牯安行无寸草，游鲦饱食弄沈钩。连羁治马真成虐，挟策寻羊未足优。何似人牛俱不见，短蓑高挂树枝头。

（《拙轩集》卷二）

这首诗粗看起来只是一首题画诗，充满了田园气息，给人以悠然自得的感觉，但细读之下，便会发现它其实是一首禅诗，有着很深的禅学意蕴，是一首阐发禅修经验的作品。它所表达的内容源于佛教中常见的"牧牛"意象。"牧牛"这一意象常被佛家拿来比喻修行，如《佛遗教经》云："汝等比丘，已能住戒，当制五根，勿令放逸，入于五欲。譬如牧牛之人，执杖视之，不令纵逸，犯人苗稼。"唐代普明禅师曾发挥其义，作《牧牛十颂》，向习禅之人传递禅修经验，对后世影响很大。王寂这首《跋风柳忘牛图》的内涵即承于普明禅师《牧牛十颂》中的寓意。这首诗虽然是在说理，但其禅理却出于鲜明的形象，而且，就算不能理解这首诗真正所说的道理是什么，单单欣赏诗中的形象也能够有所会心。

王寂的这类作品与禅宗偈颂和公案的渊源颇深，因而具有偈颂体诗歌的特点。偈颂是佛经中的一种文体，是在叙述经义后用韵文对其进行重述概括，以加深听者印象的一些唱词。随着佛教融入中国文化，偈颂便发展成为一种类似诗歌的佛教文学体裁，通常四句为一偈，禅门宗师常用它来表达佛理或传递禅修的经验。因偈颂常以口语对话的形式来表现，故有很强的互动性；又因它多出于日常生活的随机应现，充满机锋和禅趣，故具有洒脱自在的风格。王寂的禅诗也多表现出了这些特点，如《辽东行部志》中所记载的这样一则"公案"：

> 癸亥，次柳河县，旧韩州也。……予寄宿僧舍，视其榜曰：澄心庵。予以周金刚公案，戏为短颂，以问主僧云："心动万缘飞絮，心安一念如冰。过去、未来、见在，待将那个心澄？"僧虽尝讲经，绝不知个中消息，问之茫然，卒不能对也。

再如行部鸭江时，王寂遇到了少年同学李子安之妹尼姑智相，她派人送王寂"小壶十枚"。这些小壶"以线贯之，大率如数珠，坚完圆实，扣之有声，视其中，空空然"。使者向王寂索诗，王寂"谩作俚语，以答其勤"云：

> 我闻学佛比丘尼，得髓岂唯能得皮。胡为尚有这个在？此著更堕黠而痴。何如深种菩提颗，莫望空花结空果。岂知

磊落罢参人，倒置逆行无不可。

（《鸭江行部志》）

这些禅诗皆出于日常生活中的随机应现，生动活泼、机趣盎然。

王寂的禅诗有些还吸收了禅门语录以及公案中的内容，因此偈颂化倾向更为明显。如《题船子和尚图二首》云："雨笠烟蓑三十年，一篙投意便忘船。何如更拟吴江上，付与儿孙庆有缘。""夜静风高江水寒，归船空载月团团。须知钓得金鳞后，只是当时旧钓竿。"（《拙轩集》卷三）两首诗源于船子和尚的禅门公案，其事载于禅宗语录《五灯会元》。船子和尚为唐代高僧，他在秀州华亭吴江畔泛一小舟，接四方往来之人，随缘度日，时人莫知其高蹈，号为"船子和尚"。后夹山禅师问道于船子和尚，问答之间言语投机，船子和尚高兴地说："钓尽江波，金鳞始遇。"遂传授生平佛学予夹山，并作偈云："千尺丝纶直下垂，一波才动万波随。夜静水寒鱼不食，满船空载月明归。"①

由于禅门偈颂多以机锋示现，并且多应机于日常生活电光石火的瞬间，所以，偈颂类作品在突出理性思辨色彩的同时又充满了机趣，而这与诗的内在精神又是相通的。于是，禅理和诗歌的结合便犹如盐之入水、胶之入漆，呈现出了浑融的境界。

对于自己这类作品的偈颂化倾向，王寂是有明确认识的，他就曾多次将这些作品称为偈或颂。例如："僧屋壁间作山水四幅，初疑其真，即而视之，乃粉墨图染勒画而成者。因作二颂遗主僧智坦，他日遇明眼人，当出示之……"（《辽东行部志》）"丙辰，宝严僧上首溥公，出示墨竹四幅，且求颂焉。余以纷纭簿领中，草草作此云……"（《辽东行部志》）"予寄宿僧舍，视其榜曰'澄心庵'。予以周金刚公案戏为短颂，以问主僧云……"（《辽东行部志》）"有著色维摩居士像，其隐几示病，挥犀语道，俱有生意。……予因以两偈赞之云……"（《辽东行部志》）

---

① 参见《五灯会元(上册)·船子德诚禅师》，苏渊雷点校，中华书局1984年版，第275页。

至于偈颂类诗歌到底是不是诗，应该归于诗还是归于偈，也许唐代诗僧拾得说得更好：“我诗也是诗，有人唤作偈。诗偈总一般，读时须子细。”①

禅宗初起时不立文字，后来渐渐多作歌咏，僧人偈颂也就变得越来越文学化、诗化。禅师上堂、小参、拈古、勘辨时亦无不假诗句以呈现，遂流为风范。中唐以后，偈颂即辞藻华赡，多于诗趣。可见，禅宗的文学化、偈颂的诗化已成为禅宗发展演变过程中的一种趋势。用诗的形式表达习禅过程中的心得，促成了禅偈与诗歌相结合这样一种特殊的文学形态，而王寂的禅诗无疑为我们了解这一情况提供了生动的样例。

五、咏史诗、抒怀诗和咏物诗

王寂写有近 30 首咏史诗，包括《拙轩集》和行记中的作品。这些诗多为七言近体，少数是五言律。它们篇幅短小，议论精彩，写得很有特色，表现了作者对历史和人生的深刻思索。

对于历史人物，王寂基本上是站在道德立场而非事功立场来进行评论的。在王寂看来，历史上盛极一时的英雄人物，无论成功还是失败，都不足取。他们的事功最终会随着时间的流逝而湮灭，即所谓的“简策功名成废纸，岁时箫鼓闹荒村”（《拙轩集》卷二《寄题涿郡蜀先主庙》），而只有那些彰显了道德的人才能在历史和文化中永存，才能保有其价值，这也就是他所说的“蒙庄千古骨成尘，德业犹争日月新”（《拙轩集》卷二《题庄子祠堂》）。

在王寂的咏史诗中，七绝限于篇幅多以议论为主，集中地对历史进行批判，这种批判往往十分辛辣，讽刺的力度很大。如《沙丘》云：“白璧沈江夜鬼呼，明年当是祖龙殂。海中童子无消息，坐待长生岂不迂。”（《拙轩集》卷三）诗歌通过白璧沉江和遣童入海两个有代表性的事件对秦始皇求仙、求长生的愚行做了讽刺，鲜明有力，一针见血。再

① 《寒山诗注》，项楚注，中华书局 2000 年版，第 844 页。

如《铜雀台》云:"铜雀台荒桑柘围,老瞒曾醉柘黄衣。锡花片瓦将安用,留与诗人写是非。"(《拙轩集》卷三)作者辛辣地讽刺了曹操玩弄权术意欲篡夺皇位的贪婪,以及死前以遗嘱故弄玄虚的伎俩。这些评论往往通过抓住有代表性的事件表现历史人物的愚昧和虚伪,讽刺可谓简洁而又入木三分。类似风格的咏史诗还有《朝歌城》《细腰宫》等。

相较于七绝,七律的容量要更大一些,加入了对历史事件的描述,议论也更为从容。如《题伍员庙》云:

> 蚤年亡命入苏州,破越兴吴出坐筹。可惜捧心贻后患,遽令尝胆雪前羞。忠臣竟受鲸鲵祸,故国空伤麋鹿游。欲向波神问遗恨,胥山三月看潮头。
>
> (《拙轩集》卷二)

再如《寄题涿郡蜀先主庙》二首云:

> 当年竹马戏儿曹,笑指篱桑五丈高。时也共诛千里草,天其未厌卯金刀。宗臣呕血重三顾,嗣子不才轻六韬。故国神游得无恨,破垣风雨夜萧骚。
>
> 天下英雄惟使君,本初之辈不须论。初无尺土三分国,遽陨长星五丈原。简策功名成废纸,岁时箫鼓闹荒村。犹胜故国不归去,叫断西风杜宇魂。
>
> (《拙轩集》卷二)

虽然七律的批判性并未减弱,但相对于七绝来说,却颇有种缓缓道来的味道,并且议论中多了平和的风度。

王寂《拙轩集》中有10余首抒怀之作,多为因事有感,遽尔成诗的,如《散策》《元夕有感》《中秋月下有感戏效乐天》《柳城西闻蝉有感》《初到蔡下已有春意》《思归》《天德辛未,家君守官白霫……感叹久之,为赋诗以自遣》《病起》等。此外,在其行记中有些作品也可算作抒怀之作，如《辛丑夜，久不寐，步月中庭，偶得一绝句》《予行宜民道中……感今怀旧，漫作诗以自遣》《乙亥，次和鲁夺徒千户……乃作诗以自慰》《予顷年侍先君，自云中解官，道出鸡山，先君以幼岁尝随侍先大父过此，驻马徘徊，作诗以道其事，意甚凄苦。……以余思之，当日之情可见矣。为赋四诗，以摅怀抱》等。

王寂的抒怀诗多写愁绪和悲怀，很少有写喜悦之情的，这也印证了古人所说的"欢愉之辞难工，而穷苦之言易好"。当然，这也和他一生游宦，备尝苦辛，尤其是仕宦后期又经历了一次重大挫折有关。由于这些诗多是有感而发，所以感情真挚、饱满，非常具有感染力。如《元夕有感》云：

一生能见几元夕，况是东西南北人。残梦关河鳌禁月，旧游灯火马行春。岁华投老送多感，节物对愁争一新。自笑区区成底事，天涯流落泪沾巾。

（《拙轩集》卷二）

诗歌情调感伤，令人仿佛能看到作者的唏嘘之态。作者在诗中将过去与现在、京城与异地、佳节与悲愁等诸多事物进行对比，充分表现了年华消逝、人生流转的幻灭之感。佳句"残梦关河鳌禁月，旧游灯火马行春"曾为元好问所称赏。

王寂作诗喜用典，但他的抒怀诗用典却相对较少。这是因为他创作这类作品时所设定的阅读对象是自己，再加上写作时情感饱满，不需要做过多修饰，所以表达会比较直接。如《中秋月下有感戏效乐天》云："此夜十分满，中秋万古情。素娥应不老，苍鬓可怜生。追想欢呼处，翻成叹息声。悲欢人自尔，月是一般明。"（《拙轩集》卷二）全诗无一处用典，语言平易，明白如话，但却把对岁月流逝的感受升华到了人生普遍意义的高度，使得诗情浓郁而又意味深长。

有的抒怀诗属于随口吟出，类似口占一类。如《鸭江行部志》载："予顷年侍先君，自云中解官，道出鸡山，先君以幼岁尝随侍先大父过此，驻马徘徊，作诗以道其事，意甚凄苦。……以余思之，当日之情可

见矣。为赋四诗,以摅怀抱。"诗云:

父过鸡山每驻鞍,思亲诗句苦悲酸。而今却是鸡山下,白发孤儿泪不干。

忆昔先君拙宦游,一官匏系此淹留。重来岁月知多少,去日垂髫今白头。

旧游重到似前生,城郭人家几废兴。莫道山川尽依旧,岸应为谷谷为陵。

物色丁宁访旧人,旧人能有几人存。当时总角游从者,伛偻龙钟已抱孙。

四首诗虽然语言平易,但直抒作者心之所想,故而真切感人。再如《散策》云:

日涉家园三五回,虚堂俯瞰碧溪隈。酒杯有限愁难遣,诗句无穷花旋开。多是春分迟社到,要教燕子趁时来。风寒留雨迷杨柳,翠色迎晴拂旧埃。

(《拙轩集》卷二)

诗歌写出了春天将至时作者的独特感受。首联以赋入,点题。颔联融情入景:诗句随着旋开的花朵生出来,并且极为繁多,而愁绪却无法用有限的酒来排遣。这句诗运用了互文手法,可以理解为难遣的愁绪如同旋开的花朵一样繁多,诗句也因愁所难遣而不断地滋生。颈联写春天的景色明丽清新,但明丽清新中又含着浓重的愁思。这首诗没有用典,更少雕饰,但艺术构思的精致却给人以独特的美感。

此外,王寂还写有少量咏物诗,如《拙轩集》中的《咏虱》《鸡头》《春牛》《黄桃花》《程尚书油烟墨》等。这几首诗只是就所咏之物来写,并不在其中寄寓过多的思想感情,但通过用典等艺术手法的渲染,所咏之物却都得以充分展现。虽然内涵不深,但用笔"镵露",因此也值得称道。如《春牛》云:

土木形骸聊假合，丹青毛角巧相宜。老拳痛手交攻尔，粉骨碎身知为谁。不似惊狂持索处，正如觳觫过堂时。漆园傲吏真达者，未肯生为太庙牺。

（《拙轩集》卷二）

再如《程尚书油烟墨》云：

书生短灯檠，业苦孔之卓。百巧出寒饿，轻煤收纸幄。鱼胞杵万计，得此昆仑璞。坚沟终不变，良质信坚确。摩挲等肘印，肝肾要雕琢。是中自有乐，未许儿辈觉。堂堂地官伯，胸次吞河狱。隃麋优月给，拜次岂不数？人生几量屐，迅景惊飞雹。胡为事细碎？刻意追古朴。得非游戏耳，一笑供掌握。区区张与李，小道安足学。何当献天子，毛楮仝甄擢。增新汉文物，润色周礼乐。天章贶词臣，宛彼云汉倬。但恐醉常侍，狂登御床角。

（《拙轩集》卷一）

但是，王寂行记中的一些咏物诗却与《拙轩集》中的有很大不同，王寂在其中寄寓了浓烈的情思，给人以截然不同的感受。如《辽东行部志》载："己巳，次胡底千户寨……路旁有野花，状如金莲而差小，其叶琐细，大率如鱼藻，土人谓之耐冻青。生于祁寒，拨雪而见之，已青青然。予携以归，置之坐上，终日相对，伤其背时失地，为赋一诗。"诗云：

耐冻虽微物，严冬不敢侵。蕊嫌宫额浅，色胜羽衣深。戏点人间铁，闲铺地上金。蜡梅甘丈行，霜菊许朋簪。风雪窥天巧，泥沙惜陆沈。分无春借力，徒有岁寒心。采掇香盈把，歔欷泪满襟。栽移损生理，汝勿念知音。

相较于《拙轩集》中的客观冷静之作，这首诗有感而发，融入了作者旅途中的情思，很有感染力。

王寂的行记中还有咏杏花、咏燕子等的作品，都可以算作咏物诗。因产生于行途之中，歌咏的又是地方风物，故在前文将其作为纪行诗做了讨论。正因为它们不单单是咏物之作，而是有着相关的创作背景，并带有行途中独特感受的，所以表现出的情感与《拙轩集》中单纯的咏物之作有很大不同。

第二节　王寂诗歌的风格

关于王寂诗歌的风格，《四库全书总目提要》云："清刻镵露。"此外，《金文雅·作者考》云："元老诗文清拔。"这与"清刻镵露"说近似。

当代，随着金代文学研究的升温，关于王寂诗歌风格的评论，有些观点比较相近，但也有不少相异的看法，这既说明对王寂诗歌风格的认识存在着分歧，也说明王寂诗歌的风格具有一定的多样性。鉴于此，首先，应重视清人的"清刻镵露"这一评论，将其从概念上予以厘清，并对照王寂诗歌做出具体分析。其次，对于王寂诗歌风格中的其他多种元素也应予以重视，并在分析后得出合适结论。最后，应看到王寂诗歌的风格虽然存在着一定的多样性，但仍有主次之分，而只有主要风格才能作为王寂诗风的代表。唯其如此，才不至于把所有的特点都混为一谈，因为如果那样，就无所谓风格了。

根据前人的论述以及对王寂诗歌的具体分析，王寂诗歌的风格可以归纳为清刻镵露和雄放奇崛两种。此外，王寂诗歌还存在着尖新奇险的倾向和平易闲适的一面，这两个方面在王寂诗歌中不是主要的，尚不足以用风格论之，但它们在王寂的部分作品中有突出的体现，因此值得讨论，可以作为王寂诗歌风格之外的重要补充。

一、清刻镵露

“清刻镵露”说出自《四库全书总目提要》，其《拙轩集》提要云：“寂诗境清刻镵露，有戛戛独造之风。”“戛戛独造”的评价无疑含有褒许之意，而“清刻镵露”这四个字的评价，在历来的文学评论中只此一家，从未在别处出现过，因此也就成为王寂诗歌风格的独特概括。然而，何谓“清刻镵露”？对此，需要依文解义，对其做概念上的厘定。

“清”，本义是水清，与“澄”互训。《说文》曰：“清，朖也。澄水之貌。”[①]由此义出发，“清”在中国文化中衍生出了一系列含义，并延伸到文学审美领域。“清”作为文学审美观念最初出现在陆机《文赋》中，如“箴顿挫而清壮”“藻思绮合，清丽芊眠”“含清唱而靡应”“或沿浊而更清”。[②] 然而，“清”真正被确立为文学批评的重要概念则是在刘勰《文心雕龙》中。《文心雕龙》将“清”标举为称许文辞的核心概念，并由此派生出一系列与“清”组合的词语，如“清典”“清铄”“清采”“清允”“轻清”“清省”“清要”“清新”“清切”“清英”“清和”……[③]在此，“清”被赋予了“风骨”的含义，即“风清骨峻”之意。[④] 与刘勰同时代的钟嵘同样注意到了“清”的独特意蕴，他在《诗品》中十七次使用“清”来评论诗歌，并构成了“清刚”“清远”“清捷”“清拔”“清靡”“清浅”“清雅”“清便”“清怨”“清上”“清润”等词，从而与刘勰一起将“清”作为诗学评论的重要概念确立下来。[⑤] 其后，“清”便成为中国文学史，尤其是诗学史上内涵极为丰富、包容性极强的批评概念。“清”这一概念复杂、多义，不容易明确内涵，正如张安祖、杜萌若《“清”复

① ［清］段玉裁：《说文解字注》，中州古籍出版社 2006 年版，第 550 页。

② 参见张少康：《中国文学理论批评史资料选注》，北京大学出版社 2013 年版，第 71—73 页。

③ 参见［南朝梁］刘勰：《文心雕龙》，郭晋稀注译，岳麓书社 2004 年版。

④ 参见张安祖、杜萌若：《“清”复义说》，载《求是学刊》2003 年第 5 期。

⑤ 参见［南朝梁］钟嵘：《诗品》，张朵、李进栓注译，中州古籍出版社 2010 年版。

义说》所指出的那样，“清”是一个复义性很强的概念，与“浊”相对时，具有精纯、纯粹的含义；与“峻”“朗”结合时，又具有阳刚、劲爽的含义。[①] 对于王寂诗歌来说，“清”与“刻”结合时更倾向于具有清峻、清朗中的含义，即张安祖《唐代文学散论》中所说：“会通了‘清’的多重义项，抓住清阳之气与清秋之气刚健的共性而加以扬弃，融合成‘风清骨峻’的风格论，所说的‘清’兼包澄明、阳刚、劲爽等含义。”[②]

“刻”，本义是指用锋利的器物在质地坚硬的材料上划过的动作，比喻深切印入。其动作显示为力量，其结果体现为清晰。在文学审美上，“刻”常与“峭”组成“刻峭”一词，比喻文笔深刻挺拔。在“刻峭”一词中，“刻”有陡峻、高耸义。张衡《西京赋》云：“上斑华以交纷，下刻峭其若削。”薛综注：“刻峭，升高也。”[③]张邦基《墨庄漫录》卷十载：“唐人能造奇语者，无若刘梦得作《连州刺史厅壁记》……其他刻峭清丽者，不可概举。”[④]可见，“刻峭”与“造奇语”密切相关。因此，把“刻”理解为“峭拔”应符合纪昀的本意。

那么，将“清”与“刻”结合起来评价王寂诗歌，其所指为何呢？结合王寂诗歌，可将“清刻”理解为风格劲健，有峭拔之气。这是一种总体的综合性的特质，而非具体的某些艺术方法上的特色。其内涵指向诗歌的内在气质，而这一内在气质又来自于诗人自身的气质，诗歌正是诗人自身气质的艺术流露。对此，也可举元好问《自题中州集后》一诗印证发明：“万古骚人呕肺肝，乾坤清气得来难。诗家亦有长沙帖，莫作宣和阁本看。”[⑤]元好问所说的“清气”，即根植于北方大地的阳刚、劲爽之气，他标举“清气”这一概念明显含有与南方诗风对举的意思。此外，与纪昀同时代的庄仲方在评论王寂时也说：“元老诗文清

---

① 参见张安祖、杜萌若：《“清”复义说》，载《求是学刊》2003 年第 5 期。

② 张安祖：《唐代文学散论》，生活 · 读书 · 新知三联书店 2004 年版，第 52 页。

③ ［南朝梁］萧统：《昭明文选（上）》，韩放校点，京华出版社 2000 年版，第 45 页。

④ 《刘禹锡全集编年校注（下册）》，陶敏、陶红雨校注，岳麓书社 2003 年版，第 1014 页。

⑤ ［金］元好问：《中州集》，中华书局 1959 年版，第 571 页。

拔，为滹南、庄靖二家先导。”以上言论都为我们理解“清刻”的含义提供了借鉴。

王寂诗歌中的这种劲健、峭拔之气在其大多数作品中都有所体现，尤其是在总体格调较为悲凉、低沉的作品中，这种不甘于流俗、欲自振于平庸之中的精神气度表现得更为鲜明。如《跋韦偃病马图》描写病马的形貌、神态时云：“如何写此神俊物，剥落玄黄只皮骨。却思落日蹴长楸，风入四蹄追健鹘。呜呼往事今茫然，矫首有意谁其传？主恩未报忍伏枥，志士扼腕悲残年。”把病马比作志士残年，有自况之意，包含着对往日奋勇、壮丽岁月的追怀，情绪无疑是低沉的。但是，作者并没有一味地沉湎于对往事的追怀以及低沉的情绪中，因此诗歌结尾说：“安得老髯通马语，刍秣医治平所苦。行当起废一长鸣，要洗凡庸空万古。”（《拙轩集》卷一）劲健之气陡然而出，将全诗振起，显示出了峥棱的风骨。王寂被贬蔡州后作《日暮倚杖水边》，诗云：“水国西风小摇落，撩人羁绪乱如丝。大夫泽畔行吟处，司马江头送别时。尔辈何伤吾道在，此心惟有彼苍知。苍颜华发今如许，便挂衣冠已是迟。”（《拙轩集》卷二）诗的整体格调是悲凉的，作者自比为尽忠而被谤的屈原和直谏而遭贬的白居易，水国西风的摇落景象更是加重了作者的低回怨抑之感。但是，诗人并没有丧失信念，他在诗中直诉：“尔辈何伤吾道在，此心惟有彼苍知。”王寂晚年行部辽东，曾慨叹：“予以疲驽长路，困于跋涉，自念跃马食肉，壮年之事，今老矣，尚作此态宜乎？不胜其劳也。乃作诗以自慰云：‘深挽乌帽障黄尘，髀肉消磨浪苦辛。按辔澄清须我辈，据鞍矍铄奈吾身。只凭忠信行蛮貊，岂有文章动鬼神。南彻淮阳北辽海，可能无地息劳筋。’”（《辽东行部志》）全诗虽然情感悲凉，有浓重的自伤意味，但语气中仍充满峭拔、桀骜之气。再如《墨竹》之“题古节”云：“尊者老不枯，魁然挺高节。求心已无心，断臂犹立雪。”（《辽东行部志》）这本是一首禅诗，但却不见禅诗中常见的恬淡、超脱之气，反而寄寓着一种壮怀和追求的奋勇。从王寂的许多诗中我们都可以感受到诗人内在的气质：他虽因对现实有种种无奈而无法释怀，但却悲而不沮、怨而不弱，并且悲怨中时有振拔之气，从而使人能够感受到诗人的精神力量以及为人的风骨。

不过，以“清刻”来评论诗歌的风格终归是比较少见的，清人用此字眼亦似褒中暗含贬义。用电子工具检索文渊阁本《四库全书》，亦无以“清刻”论诗者。同时，“刻”字除前面所说的有陡峻、高耸义外，还有尖刻、刻意等义。至于“刻”之本义，《说文》曰：“刻，镂也。”[①]《尔雅·释器》云：“金谓之镂，木谓之刻。”[②]从字源上来说，“刻”从刀。古文中与文学创作有关的除“刻峭”外，还有“刻句”一词，即推敲、锻炼词句的意思。可见，用“清刻”来评论诗歌的风格，亦暗含着批评其诗歌不免有些刻意的意思。那么以此来看，王寂诗歌深于锻炼、刻意为之的痕迹或有所见，的确略少了一点天然浑涵之气，这也是我们细品王寂诗歌时不能不辨的。

“镵露”则较为容易理解一些，更多的是指艺术表现方面，有较为直露的含义。“镵”，原指古代的一种铁制刨土工具，类似犁头，做动词时有刺、凿义。《说文》曰：“镵，锐也。”[③]《玉篇·金部》曰：“镵，刺也。”[④]“露”则有表现、彰显义。《玉篇·雨部》曰：“露，见也。”《集韵·莫韵》曰：“露，彰也。”[⑤]两字合在一起用于诗歌评论，可以理解为辞气外显，感情直露，状物言情无有不达、无有不尽，但同时也包含着不够含蓄、言与意尽、没有余韵等含义。“镵露”一词具体在王寂诗歌中表现为以下特点。

一是在写景状物方面，往往穷形尽相、曲尽其妙，这在咏物诗、纪行诗和题画诗中体现得尤为明显。王寂诗歌中模山范水、玩赏风物的作品比较多，说明他喜欢写这类题材的作品，喜欢描摹物象。如《留题觉华岛龙宫寺》一诗描写岛上风光：“悬崖架壑置佛屋，突兀殿阁凌烟霞。乃知造物开神异，故压祇园布金地。四顾鲸波翼宝岩，玻璃环拥青螺髻。我生自厌薰膻腥，坐觉两腋生清泠。夜凉海月耿不寐，几欲举手扪天星。”（《拙轩集》卷一）寺庙因架在悬崖上而如凌空于烟霞之

① 张章：《说文解字（上）》，中国华侨出版社2012年版，第122页。

② 《尔雅》，邹德文、李永芳注解，中州古籍出版社2013年版，第222页。

③ ［清］段玉裁：《说文解字注》，中州古籍出版社2006年版，第707页。

④ 引自《汉语大字典》，四川辞书出版社1986年版，第4274页。

⑤ 引自《汉语大字典》，四川辞书出版社1986年版，第4078页。

间，下面就是大海，悬崖在大海上就像青螺髻。晚上，海月升起，人在寺中似乎能举手摸到天上的星星。佛寺、岛、悬崖、大海及海月等交相映错，杂以主体感受，给人以历历如画之感。再如，王寂行部鸭绿江时写路遇大风："昨霄月晕如手遮，今日黄云翻炮车。初闻窸窣动高树，渐觉飞砂卷平路。沧溟浪滚三山摇，恐是海若诛鲸鳌。昏昏日转更作恶，瘦马侧行吹欲倒。津吏告侬无渡河，枯河连海翻惊波。"（《鸭江行部志》）用"如手遮""翻炮车"比喻天气变化，十分新颖。此外，写风初起如何，渐渐又如何，细致生动。用"瘦马侧行吹欲倒"言风之大，形容得很有特色。这都是对物情的极力捕捉和精心描摹。此外，题画诗如《题张信道所藏李元素淮山清晓图》《题雪桥清晓图》《题张运使梦景图》等，对山光水色的描摹占据了大量篇幅，下笔不遗余力，往往淋漓尽致。

二是在叙事方面，往往充分展开、反复铺叙，并能抓住事件的一二细节进行刻画，写法上有委曲周详、徐徐道来的特点。如《小儿难夫子辨》一诗写作者与老翁辩论一事，从始至终一一道来，不避烦琐："会逢田舍翁，荷杖雪垂领。为问定何如？愚蒙庶几警。云昔东家丘，历聘入吾境。偶此值小儿，难诘豪且颖。丘也不能对，驱车返天井。邦人思其贤，想像刻顽矿。始予骇其言，嗔赤发面颈。夫子圣者欤，日月揭余炳。岂闻采樵斧，巧掩运斤郢。翁徒老于年，此事能不省？翁闻遽愀然，色厉声亦猛。辙迹今尚存，事况传已永。书生多大言，诡辩勿复骋。"（《拙轩集》卷一）其中不乏精彩的细节刻画，如写作者争辩之状："始予骇其言，嗔赤发面颈"；写老翁反驳之状："翁闻遽愀然，色厉声亦猛"。这些无疑都体现出了"镵露"的特点。再如《题季札挂剑图》叙述季札与徐君交往的事迹，铺叙得亦较为充分："平生会心少，四海一徐君。相逢适所愿，情话如兰薰。徐君顾长剑，意欲口不云。季子心许之，誓将归献芹。驻节不容久，骊驹促轻分。言还访旧隐，路人指新坟。干将挂高木，以示初意勤。"（《拙轩集》卷一）其中心理刻画方面则十分传神："徐君顾长剑，意欲口不云。"

三是在情感表达上，往往言与意尽，使人一览无余，多直呈而不曲传，不追求意在言外的含蓄。王寂诗歌在抒情时言和意往往是同步的，想到哪里就写到哪里，而且笔下之言就是心中之事，言尽而笔止，辞意显豁。如《元夕有感》云："一生能见几元夕，况是东西南北人。残梦关河鳌禁月，旧游灯火马行春。岁华投老送多感，节物对愁争一新。自笑区区成底事，天涯流落泪沾巾。"（《拙轩集》卷二）再如《日暮倚杖水边》云："水国西风小摇落，撩人羁绪乱如丝。大夫泽畔行吟处，司马江头送别时。尔辈何伤吾道在，此心惟有彼苍知。苍颜华发今如许，便挂衣冠已是迟。"（《拙轩集》卷二）两首诗均将心事明白道来，虽然诗中多处用典，但都是熟典，一望可知，不费猜疑，与直呈无异。

总体来说，王寂诗歌在表现手法上具有尚意的倾向，以意为之，"刻露见心思"。他喜欢写实，不喜欢写虚；喜欢铺排，不喜欢凝练；喜欢直呈，不喜欢曲传。同时，不仅以意为之，还以力为之，无论追摹、描画还是叙写、抒发，都予以努力呈现，有十分就写到十分。这些都是"镵露"的表现。"镵露"在王寂诗歌中还体现为较少采用比喻、象征、暗示等艺术手法，而多用直陈。其诗歌意象鲜明、清晰，少有晦涩、芜杂之病。当然，这也使得诗歌少了些含蓄、蕴藉的味道。以赋比兴的运用而论，王寂诗歌赋多而比兴少，多为正面着笔，直抒胸臆。

金代诗歌深受北宋诗歌的影响，而中国诗歌至宋代已出现了与唐代诗歌完全不同的风调。宋诗赋多而比兴少，元人刘埙说："宋人诗体多尚赋而比兴寡"，"唐诗之清丽空圆者，比与兴为之也"。[①] 钱锺书论唐诗与宋诗的区别时也说："唐诗、宋诗，亦非仅朝代之别，乃体格性分之殊。……唐诗多以丰神情韵擅长，宋诗多以筋骨思理见胜。……诗不外两宗：古之诗真朴出自然，今之诗刻露见心思。"[②]王寂诗歌继承了北宋以来的诗歌传统，从艺术渊源上来说，苏轼是其主要的效法对象。由于宋人之诗即具有以意为主导的倾向，逞思尚意，甚至不仅以意为之还以力为之，因此，宋诗议论多、思虑多，"刻露见心思"，而这也可以作为对王寂诗歌清刻镵露风格的一种解释。

① 顾易生等：《中国文学批评通史（四）·宋金元卷》，上海古籍出版社 1996 年版，第 977—978 页。

② 钱锺书：《谈艺录》，生活·读书·新知三联书店 2007 年版，第 3—4 页。

"清刻镵露"说无疑抓住了王寂诗歌风格的主要方面,所做概括是比较准确的。但也应看到,这一评价不能说明王寂诗风的全部。况且,"清刻镵露"这一评价出自于对《拙轩集》的总结,且仅限于《拙轩集》,而王寂诗歌除《拙轩集》所收的190首外,两部行记中还有85首。这两部行记作于王寂人生的晚期,虽然诗风总体上与《拙轩集》相近,但也有很多不同之处,作品更多地反映了王寂晚年的人生情怀和艺术风貌。因此,只有一并考虑到行记中的作品,集全斑成一豹,才能对王寂诗歌的风格做出全面评价。

二、雄放奇崛

清人的"清刻镵露"之评尚不足以概括王寂诗风的全部,当代学者注意到王寂诗歌还有其他风格特点,尤其认为王寂的七古很有特色。例如,张晶《辽金元诗歌史论》认为,王寂诗歌"风格拗峭,气骨苍劲",尤其七古更能见出"造语拗峭、奇突不平"[①];王锡九《论大定、明昌时期的七言古诗(一)》认为,王寂的七古不在奇诡怪异上花功夫,而是追求错综跌宕、豪健奔放、感慨淋漓、意气奋发,一些写奇异壮观景物的七古也不以雄奇拗峭、险怪刻削为特点,更主要地表现为纵放自如、灵活变幻[②];等等。王寂的七古确实很有特色,而这一特色正是王寂诗歌的总体风格在七古这一体裁上的表现,但它又不限于七古,只不过在七古上表现得更为明显。王寂诗歌的这一风格概而言之可称为"雄放奇崛"。

王寂多年游宦,晚年又行部东北,而北方雄阔的山川滋养了他,成为他诗文之助,从而使得清刻发为雄放,镵露引为奇崛。正因如此,王寂诗歌的艺术特质才得以充分展现,进而体现出了金代诗歌不同于南宋诗歌的刚健气息。雄放奇崛是清刻镵露的进一步发展,是王寂诗歌

---

① 张晶:《辽金元诗歌史论》,吉林教育出版社1995年版,第122—123页。

② 王锡九:《论大定、明昌时期的七言古诗(一)》,载《江苏教育学院学报》(社会科学版)1999年第3期。

臻于成熟后在审美上更充分的表达。以“雄放奇崛”来概括王寂的诗风，是对清人“清刻镵露”说的重要补充。

何谓雄放？“雄”，司空图《诗品》曰：“积健为雄。”郭绍虞注曰：“雄，刚也，大也，至大至刚之谓。这不是可以一朝袭取的，必积强健之气才成为雄。此即《孟子》所谓‘以直养而无害，则塞于天地之间’的意思。”①放，即放纵。杨廷芝《〈诗品〉浅解》曰：“放则物无可羁乎我。”②

山川风物是引起诗人感兴的重要媒介，也是诗歌表达情感的重要依托。如果没有明丽娟秀的风景，南人诗歌中就会少了许多婉转柔媚之气。同样，北方雄阔混茫的山水，无疑也会壮大北方诗人的胸襟，鼓舞起诗人的豪气。金代地处中国北方，北地的风光、景色及四时物产都与南方迥异，雄山大川赋予了北方诗人独特的艺术气质，使得其诗歌呈现出不同于南方的特质。在王寂笔下，“千古山河雄朔部”的代州、“玻璃环拥青螺髻”的辽东觉华岛、“千里控长淮”的蔡州，都呈现出南方山水所没有的雄放之气。如《过代》云：“金波曾醉雁门州，端有人间六月秋。千古山河雄朔部，四时风月入南楼。汉家战伐云千里，唐里英雄土一丘。系马曲栏搔首望，晚来闲杀钓鱼舟。”（《拙轩集》卷二）诗歌意象阔大，寄慨深沉，尤其是颔、颈两联，融古今于当下，抟万里于目前，颇有雄峙于天地之间的气概。王寂晚年出巡东北，得江山之助，诗歌更是充满雄放之气。如咏红娘子岛诗云：“地控天岩险，天连四望低。荒烟连海上，残日下辽西。戍垒闲烽燧，戎亭卧鼓鼙。陋邦修职贡，安用一丸泥。”（《鸭江行部志》）在王寂的描绘中，红娘子岛连天彻地，混囵中有莽苍之气。再如登熊岳县兴教寺经阁诗云：“飞甍缥缈拂层空，览胜观澜左右雄。秋气拍帘千嶂雨，夜潮春枕半天风。盟寻鸥去沧浪上，目送鸿归灭没中。圣世文明方讲礼，征车行起叔孙通。”（《鸭江行部志》）此诗一读之下豪气纵横，云烟满纸，仿佛为我们呈现出一幅泼墨大写意图。再如登明秀亭诗云：“倚空栏槛

① 郭绍虞：《诗品集解 续诗品注》，人民文学出版社1963年版，第4页。

② 郭绍虞：《诗品集解 续诗品注》，人民文学出版社1963年版，第23页。

出危墙，俯瞰巑岏枕渺茫。岚气拂檐冰尘润，水光侵席葛巾凉。门楣健笔云烟落，谷口丰碑岁月长。来者定知谁好事，旧居堂榜具瞻堂。”（《鸭江行部志》）虽然与前面几首诗相比此诗少了几分纵横之气，但意境阔大，却多了几分清雄之意。类似作品还有《题张信道所藏李元素淮山清晓图》《题雪桥清晓图》《跋韦偃病马图》《题高解元所藏武元直山水》《觉华岛》《留题觉华岛龙宫寺诗》《题左阁使琼花后土像》《题刘德文乐轩》《题中隐轩》等，这些诗多描写山川风物，下笔纵放不羁，明显带有雄健之气。

王寂还有一首咏东北名山医巫闾山的五言律诗，开篇云：“千古广宁庙，□楣榜旧题。名乘中祀典，秩赐上公圭。百鬼舆台贱，群山部武低。地封连蓟北，天遣镇辽西。桧影森旌节，松声殷鼓鼙。”（《辽东行部志》）王寂可谓写出了医巫闾山之为名山的气势，运笔如堂堂之阵，森然而井然，“放”或未有较多体现，“雄”则完全可以当之。与王寂同时代的诗人蔡珪也曾咏过医巫闾山，并深得后人赞誉，其开篇云：“幽州北镇高且雄，倚天万仞蟠天东。祖龙力驱不肯去，至今鞭血余殷红。”[1]元人郝经评曰：“煎胶续弦复一韩，高古劲欲摩欧苏”、“不肯蹈袭抵自作，建瓴一派雄燕都。”[2]两诗对比，蔡珪之作胜在思力奇伟，不作寻常语，然王寂之作中的雄放之气亦不遑多让。

雄放之余，王寂诗歌还兼有奇崛之气。“奇”，奇特之谓也，或曰出人意料，变幻莫测；“崛”，特起貌，或曰突出而不凡。“奇崛”用于评价诗歌风格，可以理解为内容变幻，构思奇特，笔力不凡，卓尔不群。这类作品不以温柔蕴藉之美摇荡人的心旌，而是通过如椽巨笔，以奇伟思力撼动人的心魄，从而给人以非同寻常的体验。王寂诗歌尤其是七古，题材上写奇状异，写法上多用赋法铺排，运笔恣肆纵放，使得诗歌呈流泻千里、荡然不返之势。此外，更兼想落天外，出人意表，常常呈现出或奇伟或恢诡的境界，从而给人以奇崛的艺术感受。如《龟砚

① ［金］元好问：《中州集》，中华书局1959年版，第34页。

② ［元］郝经：《郝文忠公陵川文集》，秦雪清整理，山西人民出版社2006年版，第109页。

引》云：

村家瓦砚伏灵龟，意谓天产非人为。足趺首尾如欲动，盖画八卦从庖牺。刳肠贮水濡毛锥，削背如砥磨玄圭。中边俯仰皆中规，十手对面宁容迟。得非匠氏中野观坏碑，揉泥想像得意生新奇。我知此物虽异制，其所由来非近世。陶泓乃祖尔苗裔，中表罗文而其弟。何不捧玉堂阁老金莲底，夜草麻辞拜房、魏。又不随春房场屋集计吏，衡石低昂较才艺。胡为流落沙漠之穷乡，何异越人章甫逐臭之都梁。苟不覆酱瓿，将支折脚之木床。惜也不为世用，而令人悲伤。嗟予与汝兮，生此龃龉。虽欲自效兮，不知其所。明日启行，则吾将以佩刀易汝，径携以归，要注虫虾于环堵。砚兮，砚兮，行当渡辽鼓枻于洪波，汝忽念枯鱼之过河。倏然踊跃兮，如陶壁之飞梭。回首眷眷兮，蹴蹋于蛟鼍。使予瞻望不及兮，涕泗滂沱。呜呼！汝转弃予兮，予将如何？

（《辽东行部志》）

全诗以想象构造奇境，将一方无甚奇特的瓦龟砚写得灵动无比、鲜活异常。诗歌境随思转，愈转愈奇，不仅将此瓦龟砚拟人化，还将其神异化。诗歌的主旨是材虽美却不为人所用，借此发出了不平之鸣。诗中奇异的想象、大胆的构思以及诗意的流泻奔走、回旋曲折，使得这种不平之气尤显兀傲。此外，参差的句法、跨踔的语意，也增加了诗歌的奇崛之感。有些语句似文似赋，嵌在七言句中尤显磊落不平。

王寂晚年行部东北，借山川之助，写奇状异的作品更为突出。如《鸭江行部志》载："己酉，游西山石室，上一石，纵横可三丈，厚二尺余，端平莹滑，状如棋局；其下壁立三石，高广丈余，深亦如之。了无瑕隙，亦无斧凿痕，非神功鬼巧，不能为也。土人谓之'石棚'。既无碑刻，故不知其所始。予为作诗，以记其异。"诗云：

片石三丈方纵横，平直莹净如楸枰。旁擔石壁作丈室，人力不至疑天成。此去东溟都咫尺，想见强嬴困鞭策。神仙游戏亦偶然，月斧云斤灭痕迹。骖鸾翳凤何时来？风雨洒扫绝纤埃。定应守护敕山鬼，陵迁谷变无摧颓。屹然万古临长路，曾阅汉唐如旦暮。山前怕有牧羊儿，更问金堂在何处？

全诗的主旨比较简单，仅仅是“记其异”。“其异”虽在诗前的叙述中做了描述，但诗歌仍能翻空出奇写出新意。王寂运用想象，将强嬴、神仙、鸾凤、山鬼等神异事物融于诗篇进行铺叙、渲染，为读者创造出一个迷离惝恍的世界。诗歌颇似李白《蜀道难》，甚至有李贺诗歌的影子。

再如《鸭江行部志》载：“戊午，宿龙岩寺。西去龙岩一舍而近，有山崛起，笔立五千尺，秀出诸峰，望之如浮图焉。予怪而问之，路人云：‘此速鲁忽山也。’速鲁忽乃‘尖刃’之意。山之绝顶有池方丈，有鲤鱼长余尺许，旧年人欲取之，投网于水，立有风雷之变，由是异焉。咸谓龙神晦蛰于此；岁旱，亦尝备牲醪，祷于池上。予谓深山大泽，实生龙蛇，又何足怪哉！虽然，吾闻神龙变化，无所不可，何为居此穷僻而甘心焉。岂非获罪于天，羁縻于此耶？戏作诗以嘲之。”诗云：

孤峰亭亭如笔卓，直恐去天无一握。樵童牧竖每登陟，茧足汗颜疲荦确。山巅涌泉成大潭，下彻海眼青于蓝。中有鲤鱼长尺半，金鳞火鬣绝不凡。往岁村夫投网罟，应手波翻起雷雨。况此本非池中物，狡狯岂容人力取。既能变化天地间，何苦局促留荒山。得非获罪于上帝，幸免老蹇囚连环。嗟哉无久淹鱼服，但恐轻遭豫且辱。快挽沧溟救旱苗，乘除功过聊相赎。

诗歌运用想象、夸张等手法表现鱼龙变化，有些境界令人不禁想起岑参的《热海行送崔侍御还京》：“侧闻阴山胡儿语，西头热海水如煮。海上众鸟不敢飞，中有鲤鱼长且肥。岸傍青草常不歇，空中白雪遥旋灭。蒸沙烁石然虏云，沸浪炎波煎汉月。”[①]此外，杜甫《渼陂行》说：“岑参兄弟皆好奇。”[②]将杜甫这一评价移于王寂此诗，似也未尝不可。这类作品凭想象、恃才力，非有奇崛之气者不能办。

后人常推崇金人的七古，明人胡应麟说：“（金人）七言歌行，时有佳什。蔡正甫《医无闾》、任君谟《观潮》……皆具节奏，合者不甚出宋元下。”[③]清人王士祯说：“《中州集》载刘迎无党长句数篇，风格独高。”[④]其实，王寂的七古亦不在这些人之下，且雄放奇崛之处甚至为他人所不及。

雄放奇崛的风格得自于王寂对前代诗人的借鉴，从其诗中可以看到李白、岑参、李贺、韩愈等人的影子。不过，这种风格主要得自于作者自身的个性气质。王寂个性中有豪放的一面。少年时代，王寂家境优越，曾有过一段骑马射猎、寻春醉归的豪纵经历，如其诗所云：“我家崆峒南，丁年习骑射。每忆逐群獐，应手相枕藉。”（《拙轩集》卷一《跋群獐出谷图》）“忆昔短衣精骑射，千金市马宁论价。寻春不惜锦障泥，归醉且无官长骂。”（《拙轩集》卷一《谢王仲章惠淮马》）骑马射猎这类活动具有较强的竞技色彩，对人的体魄和精神也具有较强的强健和激发作用。况且，王寂二十四岁即进士及第，妙年登科更是令他意气自雄，生发出舍我其谁的气概。正因如此，他在回忆当年情景时便有了“忆昔登科正妙年，鞭笞龙凤散神仙。金钗贳酒春无价，银烛呼卢夜不眠”（《拙轩集》卷二《天德辛未，家君守官白霫……感叹久之，为赋诗以自遣》）的豪语。晚年，王寂虽猝然遭贬，经历了人生中的重大挫折，但挫折并未使他消沉下去，反而让他郁积着一股兀傲不平之气。当这种不平之气遇到外缘时，便感之于心、发而为诗，进而外化为具有雄放奇崛风格的作品。

---

① 《全唐诗》（第三册），中华书局编辑部点校，中华书局1999年版，第2057页。

② 《李太白集　杜工部集》（杜工部集），岳麓书社1987年版，第18页。

③ ［明］胡应麟：《诗薮》，中华书局1958年版，第318页。

④ 陈伯海、李定广：《唐诗总集纂要（下）》，上海古籍出版社2016年版，第569页。

雄放奇崛风格的形成还与王寂对山川形胜的热爱有关。正如唐人风格豪迈的诗歌多与边塞题材有关一样，王寂的这类作品得益于其常年的山川跋涉。王寂从来就不是一个困守书斋的孱弱文人，而充当其诗料的也不止于静室中的文人雅好。王寂不仅对山川风物抱有强烈的赏爱之心，还常有探索登临的愿望，甚至有时即便是幽险难攀之处，他也不愿放弃。如《觉华岛》诗引云：

> 予自少时，即闻辽东觉华岛为人间佳绝处。凡道经海上，未尝不驻鞍极望，久不能去。第简书有期，不得一到为恨。大定乙未之秋仲月十有四日，予自白霫审理冤狱归，投宿龙宫下院，谋诸老宿，期一往焉。老宿曰："今秋风劲，波浪汹涌，虽柁工篙师往来其间，亦不免缩颈汗背。当俟隆冬冰合，如履平地，然后可著鞭耳。"予竟不听。明日登舟，行未几半，风涛掀簸，舟人为之变色。于是收帆弭楫，维石于北渡。予叹曰："此而不济，则命也。"乃割牲酾酒，投是诗以祷之。遂复鼓枻以进。已而风停浪静，天水湛然。极目万里，恍然如坐大圆镜中。指顾之间，已登彼岸。
>
> （《拙轩集》卷一）

受好奇心的驱使，王寂置危险于不顾，不肯听老宿的劝阻，定要到觉华岛一游，中间虽经历了极大波折，但终于得偿夙愿。"此一段奇，亦不可不纪"，故而有了《觉华岛》及《留题觉华岛龙宫寺》两首诗。

这种对山川风物的强烈热爱，对于王寂来说至老不衰。他晚年行部辽东，一路奔波跋涉，虽不堪其苦，但每逢奇伟壮观之景、幽深险绝之处，仍意兴不减，乐此不疲。如《鸭江行部志》载："壬辰，大风雪。对目不辨牛马，抵暮稍霁。扶杖游龙泉谷。谷去寺三里而近。扪萝梯石，困于登陟，左抱右掩，松柏参云，殆非人世，但恨阴霾障蔽，不得穷幽极胜。"正是因为王寂具有这样一种不畏艰险、勇于临深履薄的雄杰之气，北方的山川风物才能被其纳入心胸，从而为其诗歌注入一股雄放奇崛之气。

在王寂的诗歌中,雄放奇崛风格的作品不仅数量较多,而且质量也多臻上乘。它们不仅反映出作者雄强、豪放的个性气质,还体现出金代诗歌阳刚劲爽的一面,是金代诗歌中具有突出特点并颇有代表性者。

三、尖新险怪的倾向和平易闲适的一面

除清刻镵露以及进一步的雄放奇崛外,王寂诗歌还有尖新险怪的倾向和平易闲适的一面。这两个方面可以被认为是王寂诗歌风格的某种补充,尚不足以成为其诗歌风格的一种。究其原因,一是这两类作品数量不多,并且更为重要的是艺术上的成就不高,因而不能以风格论之;二是这些作品不免有戏作和习作的成分,故不足以风格论之。但是,这些作品仍然有讨论的价值,因为它们反映了作者对于诗歌艺术的多方面探索和多元化尝试,并折射出了金代中期诗坛的一些创作风气。

(一)尖新险怪

王寂诗歌本就有奇崛的风格特色,而由奇崛发展下去,如果诗境狭窄,则不免会出现尖新的倾向,这在王寂诗歌中是有确切表现的。然而,并非仅王寂一人有此倾向,在金代中后期的诗坛,这一倾向渐渐明显,甚至发展成为一种风气。

"尖新"一语最早见于刘祁《归潜志》卷十:"(赵闲闲)尝云:'王子端(王庭筠)才固高,然太为名所使。每出一联一篇,必要使人皆称之,故止是尖新。'"[①]虽然刘祁对"尖新"的含义未做具体说明,但既然是"使人皆称之",可见就是一种追新逐异的创作倾向。同书卷八,刘祁给出了关于"尖新"的具体例子:

> 明昌、承安间,作诗者尚尖新,故张翥仲扬由布衣有名,

① [金]刘祁:《归潜志》,崔文印点校,中华书局1983年版,第119页。

召用。其诗大抵皆浮艳语，如："矮窗小户寒不到，一炉香火四围书。"又，"西风了却黄花事，不管安仁两鬓秋"。人号张了却。[①]

由此，"尖新"的含义便不难了解了。所谓"尖新"，是指诗歌意象新颖、有巧思，但也含有取境过狭、诗意偏于琐细的批评意味。它在内容上趋于日常化、片段化，类似于片段诗境。如张了却诗"西风了却黄花事，不管安仁两鬓秋"，将西风拟人化，发问虽无理但却很有巧思。

王寂的个别作品与这种风格的诗作十分接近，如《纳凉萧寺》云："午昼葵花泼眼明，绿阴深处辘轳声。燕泥吹落欺人睡，无赖薰风也世情。"（《拙轩集》卷三）诗歌将燕泥、薰风拟人化，一者说它欺人睡，一者说它也世情。此外，有的诗歌表现的是日常生活中诗人所感知到的微妙片段，同样富于巧思和趣味，如《朝服迎诏马上偶成》："走遍人间为口忙，人间无路不羊肠。东风叵耐相欺得，吹尽朝衣两袖香。"（《拙轩集》卷三）诗歌描写了作者身穿朝服骑马迎诏时的片刻心境。前两句发出感慨，引出后两句骑马出行时的一个片段，以拟人化的手法表现了自己在东风吹拂下骑马迎诏时的片刻感受。诗境一开一合、一广一狭，既有大感受又有小体会，刻画得细腻而又生动。王寂的这类有尖新倾向的作品多出现在七绝这样的体裁中。

从刘祁之语来看，他对诗歌的尖新倾向是持批评态度的，认为"其诗大抵皆浮艳语"。对此应该看到，在刘祁发表此评论时金已灭亡，即他更多的是站在国破家亡后反思的立场来评论从前诗坛的。时代既变，心态亦异，看法自然会所有不同。从刘祁的引述中也不难看出，尖新倾向在明昌、承安间是占有一席之地的。以艺术而论，尖新一类风格的诗作并非皆不可取。它对生活有细腻、微妙的体会，对心灵的颤动也有敏锐的观察和捕捉，不能因取境狭小而否定它在艺术上的价值，更何况艺术不能简单地以大小论，而应以工拙论。同一时期的南宋也有类似风格的诗歌，甚至形成了可观的风格，杨万里的诚斋体就

① ［金］刘祁：《归潜志》，崔文印点校，中华书局1983年版，第85页。

是很好的例子。如诚斋体的代表作《小池》云:“泉眼无声惜细流,树阴照水爱晴柔。小荷才露尖尖角,早有蜻蜓立上头。”①诗歌小巧精致,明快活泼。再如《探梅》云:“山间幽步不胜奇,正是深寒浅暮时。一树梅花开一朵,恼人偏在最高枝。”②作品轻巧新奇,情趣盎然。对于这些诗歌来说,我们不能因其所写之境轻巧、新奇而否定它在艺术上的价值。

相较于“尖新”,“险怪”则是一种偏于炫耀诗歌技艺的创作倾向。这里所说的“险”,包括以押险韵为工,以和韵为巧,即通过玩弄文字使诗歌因难见巧,而其发展到极端则成为“怪”。与尖新相比,险怪更着意于文字技巧的雕琢,而非诗歌意境的探索,因此带有更多逞奇炫才的意味。对此,刘祁《归潜志》曾有记载:

> 凡作诗,和韵为难。古人赠答皆以不拘韵字。迨宋苏、黄,凡唱和,须用元韵,往返数回以出奇。余先子颇留意。故每与人唱和,韵益狭,语益工,人多称之。尝与雷希颜、元裕之论诗,元云:“和韵非古,要为勉强。”先子云:“如能以彼韵就我意何如?亦一奇也。”尝在史院与屏山诸公唱和李唐卿《海藏斋诗》舟字韵,往返十余首。先子有云:“绣圻旧图翻短褐,朱书小字记归舟。”屏山大称其工用事也。后居淮阳,与刘少宣唱和村字韵,亦往返数十首。③

刘祁所说的这种情况在王寂诗歌中也是存在的。王寂很喜欢作次韵诗,并且往往一作就是数首,如《题张子正运使所藏杨德懋山居老闲图,仍次元韵四首》。另外,他还喜欢用险韵,如《高武略复和尖字韵见赠走笔奉酬》《平夷道中二首》《送张希召二首》等,都是押“盐”字险韵的诗。而且,他还有意为之,以显示自己技艺的高超。更为极端的

---

① 《杨万里集》,三晋出版社 2008 年版,第 21 页。

② 孔令一:《咏花古诗千首》,北京出版社 1990 年版,第 31 页。

③ [金]刘祁:《归潜志》,崔文印点校,中华书局 1983 年版,第 90 页。

是，他在与人酬赠次韵时又押险韵，并且来回数首，作之不休，如《儿子以诗酒送文伯起，既而复继三诗，予喜其用韵颇工，为和五首》云：

山肩吾子类贾岛，火色我侬输马周。但得把螯同一醉，绝胜侧目避监州。

逢人不肯下颜色，砥柱屹然羞比周。能诗怪有墨君僻，一派元出文湖州。

樽酒但能供北海，渔蓑安用钓西周。七言五字得谁髓，老杜工部韦苏州。

辙底波臣渴欲死，政烦斗酒亟呼周。锦囊诗草匆浪出，嫌怕声名动九州。

画饼虚名战蛮触，黄粱春梦阅商周。吾衰久矣百念冷，不用三刀兆益州。

（《拙轩集》卷三）

再如《伯起善用强韵，往复愈工，再和五首》云：

解酲五斗多安用，道通三杯急可周。放下篮舆成一醉，眼高不顾王江州。

耽诗窃比城南杜，寄傲真同柱下周。花底最宜文字饮，不须羯鼓打梁州。

曹植波澜元自大，嵇康礼法若为周。试携诗律摧坚敌，绝似乃翁平贝州。

善交人者久而敬，其责己也重以周。莫笑山中醉朝暮，举鞭犹解问并州。

乡关烟水三千里，客舍星霜一再周。臣子爱君无远近，斗牛箕野望神州。

（《拙轩集》卷三）

从内容上看，王寂以上十首诗称不上是好诗，但在押险韵的同时还能连作十首,文字功力可谓不凡。

由“险”发展下去自然就是“怪”了。为了逞奇炫才,弄“险”的作品已经不够,于是变本加厉,王寂又写出了一些弄“怪”的作品。如《送王平仲二首》云:

潦倒少矍铄,瘽儒余愚迂。半面便健羡,无渠吾胡娱。袖手久不偶,铺书如枯株。索寞各作恶,呼车姑须臾。

放浪曩航脏,橐装将长扬。偃蹇晚倦献,徜徉藏光芒。著雨苦龃龉,苍茫荒羊肠。黯惨厌渐险,彷徨伤王阳。

(《拙轩集》卷二)

两首诗每句的头尾都使用联绵词,共连用了32个联绵词,而且句句不出韵,殊为不易。但是,技巧性掩盖了文学性,这样的诗不免给人以怪诞之感。再如《上周仲山少尹寿》云:

姬公勋业千古高,云孙间出皆时髦。笃生夫子贤且豪,风义凛凛魁吾曹。词源万斛何滔滔,作赋竟欲续离骚。悬知富贵不可逃,乡人莫敢轻韩翱。长竿不肯惊鲦濠,引手一钓三山鳌。命也数奇时不遭,屈为州县真徒劳。不容吏手如桔槔,乾没遽止民无搔。近出幕府持旌旄,季孟伯厚胡为叨。朱门琉璃载蒸羔,先生盘饭独溪芼。众人醉死贪浊醪,先生漱石羞醨糟。仕者往往争锥刀,既角而齿宁非饕。黄金堆丘烂巾袍,公独视之如秋毫。乃知贤愚异所操,相去岂特九牛毛。久谙世味嚼空螯,径欲脱帻诛蓬蒿。吾君侧席登夔皋,如君才气宁容韬。苍生渴望方嗷嗷,要使万类归甄陶。礼乐具举弓矢櫜,乐职颂德追王褒。乞身归老只鱼舠,烟波万顷翻葡萄。蠹书卧看横长篙,冲烟破月时嬉遨。会逢石髓流青膏,嗅如香粳食如桃。方瞳瞭然牙齿牢,人间岁月从奔涛。久厌浊世薰腥臊,振臂一举辞卢敖。黄鹄飞去壤虫号,仿佛碧落闻云璈。

(《拙轩集》卷一)

全诗句句用韵,一韵到底,用典层出不穷。不过,诗歌虽然显示了作者的才力,但却毫无意境。

中国古典诗歌在表现形式上有诸多限制,是一门"戴着镣铐跳舞"的艺术,但艺术的魅力恰恰就在于自由与限制之间的对抗和平衡。因此,唯有功力不及者才会殒于桎梏,而臻于化境者则能运斤于无形。如果诗歌创作的出发点只是炫耀才力,并因此而过分注重技巧,那么也会使诗歌流于文字游戏,从而降低诗歌的审美价值。

(二)平易闲适

王寂还有少数平易闲适风格的作品,即用平易的语言描述生活中的闲适趣味。如《易足斋》云:"吾爱吾庐事事幽,此生随分得优游。穷冬夜话蒲团暖,长夏朝眠竹簟秋。一榻蠹书闲处看,两盂薄粥饱时休。红旗黄纸非吾事,未羡元龙百尺楼。"(《拙轩集》卷二)全诗语言平易自然,写出了作者对悠闲生活的满足感。再如《散策》云:"日涉家园三五回,虚堂俯瞰碧溪隈。酒杯有限愁难遣,诗句无穷花旋开。多是春分迟社到,要教燕子趁时来。风寒留雨迷杨柳,翠色迎晴拂旧埃。"(《拙轩集》卷二)诗歌描绘了春日中的闲暇时光,语言平易朴素,给人以轻松娴雅的感觉,同时又透露出一种淡淡的忧伤。

王寂的这类作品明显是在学习白居易的闲适诗,不仅在内容情调上表现出闲适趣味,而且在语言的平易浅白方面也与白诗相近,尤其是知足保和的人生态度与白居易颇为同调。王寂《题香山寺》云:"平生居士爱香山,百岁神游定此间。黄卷既能探妙理,青衫安用拭余潸。樱桃笑日艳樊素,杨柳舞风娇小蛮。尚想夜深携满老,幅巾来听水潺潺。"(《拙轩集》卷三)诗中表达了对白居易的热爱之情,也显示出王寂对白居易的生活态度和精神世界的某种认同。王寂之所以喜欢白居易,是因为在精神层面上与其有共鸣。白居易经历仕宦挫折后,晚年提倡"中隐",这对王寂产生了很大影响,王寂因此而有《题中隐轩》等与白居易相鸣和的诗作。精神上的认同自然会发展为艺术上的效法，如王寂曾作《中秋月下有感戏效乐天》，诗云："此夜十分满，中秋万古情。素娥应不老，苍鬓可怜生。追想欢呼处，翻成叹息声。悲欢人自尔，月是一般明。"（《拙轩集》卷二）

不过，王寂的平易闲适之作数量很少，只能说是他在喜爱白居易心理的作用下所进行的偶尔尝试，并且诗中的平易闲适情调也多是对王寂劳生游宦生活的点缀，而非真正反映了他生活的常态。对于白居易来说，闲适诗产生于悠闲的生活条件之下，是他晚年退归林下安逸生活的真实反映。但对王寂来说，像《易足斋》诗中所描述的"此生随分得优游"及"穷冬夜话蒲团暖"这样的场景固然也会出现，却并非生活的常态，他生活中更多的是"年来髀肉浑消尽"（《拙轩集》卷二《投宿青山院中夜不寐》）的奔波和"生涯贫到骨，家具少于车"（《拙轩集》卷三《无题》）的困窘。尤其是到了晚年，王寂经历了仕宦挫折后，心境更为不平，因此在行部辽东时，这类平易闲适的作品在行记中几乎就看不见了。

王寂平易闲适类诗歌的出现，在某种程度上应是受到了时代风气的影响。金代中期，世宗、章宗主张南北讲和，因此外无战事，内政修明，社会安定。在这样的时代环境下，文人士大夫外无社稷之虞，内无生计之忧，生活优裕，身心安泰，加之酬唱赓和、诗酒流连等乐事，内心相对较为平和，自然会多发清旷之音。这一时期不光王寂，很多人都写有这样平易闲适的作品。例如，蔡珪在写出《野鹰来》《医巫闾》这样"磊落有奇气"作品的同时，也写出了《霅川道中》这样充满闲适情调的诗："扇底无残暑，西风日夕佳。云山藏客路，烟树记人家。小渡一声橹，断霞千点鸦。诗成鞍马上，不觉在天涯。"[①]蔡珪的其他诗作，如《春阴》《初至洛中》《寄通州王倅》《闾山》《雪拟坡公韵》《登陶唐山寺》等皆属此类，其数量反倒比《野鹰来》《医巫闾》这类风格的作品更多。除了蔡珪之外，其他诗人流连光景的自适之作更是不胜枚举，这甚至可以视为当时诗坛的普遍现象。王寂的闲适之作与这些人相比，数量反而较少，说明王寂只是偶尔为之。

---

① 元好问：《中州集》，中华书局1959年版，第38—39页。

第三节　王寂诗歌艺术手法探析

当代学者在论述王寂诗歌时多围绕着艺术风格来谈，而探讨其艺术手法者似不多见。诗人擅长并经常运用的艺术手法往往与其诗歌风格是相一致的，艺术风格的形成离不开艺术手法运用的支持。王寂诗风的形成得益于一些艺术手法的运用，如雄放奇崛的风格就与赋法铺排的运用密不可分，而镵露的特色也与赋法“铺陈其事而直言之”有关联。此外，典故的频繁使用以及律、绝体裁中对仗艺术的精妙运用，都是王寂诗歌艺术风格得以呈现的重要因素。正是这些艺术手法的娴熟运用才使得王寂诗歌独具审美特色。因此，探讨王寂诗歌中运用得较为突出的几种艺术手法，可以发掘其诗歌中所蕴含的审美因素，为我们品鉴其诗歌提供帮助。

一、长篇对于赋体的借鉴

王寂诗歌中的长篇作品存在着大量的对于赋体艺术手法的吸收和借鉴，以赋入诗是王寂诗歌独特风格形成的重要因素之一。

关于以赋入诗，前代诗人即有过这方面的实践，杜甫、韩愈就都是以赋入诗的高手。比如杜甫，清人黄生云：“杜公本一赋手，故以《骚》《雅》为胎骨，以经、史为肴馔，以《文选》为藻缋，见之篇什，纵横驰骋，难受束缚。”[①]胡小石指出：“《北征》，变赋入诗者也，题名《北征》，即可见之，其结构出赋，班叔皮《北征》、曹大家《东征》、潘安仁《西征》，皆

① ［清］黄生：《杜诗说·杜诗概说》，见《黄生全集（二）》，安徽大学出版社2009年版，第22页。

其所本，而与曹、潘两赋尤近。”[①]再如韩愈，对于其《南山诗》，清人方世举曰：“古人五言长篇，多得文之一体。……退之《南山》，赋体。赋本六义之一，而此则《子虚》《上林》赋派。”[②]清人方东树曰：“《南山》盖以《京都赋》体而移之于诗也。”[③]杜、韩以赋入诗的情况非止以上几例，对此今人论之者颇详。[④]

考王寂诗歌之渊源，多有得益于杜、韩者，况且王寂本是一名作赋高手，因此在诗中采用赋法也是顺理成章的事情。此外，金代科举以“词赋”取士，王寂是天德三年进士，正是因词赋而晋身，对于作赋自然擅长。其《岩蔓聚奇赋》为金代中期赋作中仅存的一篇，构思新奇，寄慨遥深。可见以赋入诗，将赋体的艺术手法和艺术经验运用于诗，正是王寂诗歌形成雄放、镵露等风格特色的重要因素。

赋法在艺术表现上最为突出的功能便是体物和描写，即“图物色”，“抒幽玄之思”，“擅刻画之巧”，“骋荒唐之观”，“极模拟之致”。赋法体物的功能，从两汉到魏晋南北朝就已得到了充分发展，并对咏物诗的兴起有着重要的带动作用。陆机《文赋》云：“诗缘情而绮靡，赋体物而浏亮。”[⑤]这句话说明了赋与诗的最大不同，也道出了赋法体物的特点。王寂诗歌中的许多描写性段落都借鉴了赋的体物手法，如《辙中毙龟》一诗中对乌龟的描写：

玄夫六甲存神气，耳息绵绵口常闭。会巢莲叶绿毛叟，游戏人间阅千岁。吉凶未判倘谋及，告以将来若符契。江湖

---

① 胡小石：《胡小石文录(第一辑)》，南京大学1979年版，第96页。

② 余恕诚：《韩愈诗歌对赋体成分的吸收——兼论跨文体鉴赏》，载《安徽师范大学学报》(人文社会科学版)2010年第2期。

③ [清]方东树：《昭昧詹言》，汪绍楹点校，人民文学出版社1961年版，第40页。

④ 参见余恕诚：《杜甫与唐代诗人创作对赋体的参用》，载《文学遗产》2011年第1期；余恕诚：《韩愈诗歌对赋体成分的吸收——兼论跨文体鉴赏》，载《安徽师范大学学报》(人文社会科学版)2010年第2期。

⑤ 张少康：《中国文学理论批评史资料选注》，北京大学出版社2013年版，第71页。

佳处多网罟，侧足恐为人所制。搘床钻灼事交病，宁处不材从此逝。嘉林居士强解事，清江使者何经济。泥涂虽辱固不恶，所幸此身能自卫。

（《拙轩集》卷一）

诗中可见东汉以来咏物赋的影响，甚至可以看到曹植《神龟赋》的影子。

体物手法中有一种惯用的手段——用典，即借助于相关典故来丰富对事物的表现。《辙中鼊龟》这首诗中便大量运用了与乌龟有关的典故。如“玄夫”，即为龟的别号。韩愈《孟东野失子》云：“东野夜得梦，有夫玄衣巾。……再拜谢玄夫，收悲以欢忻。”[①]注曰：“玄夫，大灵龟，以其巾衣玄，故曰玄夫。”[②]再如“会巢莲叶”，《史记·龟策列传》载：“龟千岁乃游莲叶之上。”[③]东汉王充《论衡·状留篇》云：“龟生三百岁，大如钱，游于莲叶之上；三千岁青边缘，巨尺二寸。”[④]“搘床”，即以龟支床脚。《史记·龟策列传》载：“南方老人用龟支床足，行二十余岁，老人死，移床，龟尚生不死。”[⑤]“嘉林居士”句，出于《史记·龟策列传》载：“有神龟在江南嘉林中。”[⑥]后因以嘉林居士指神龟。宋人李献民《云斋广录》便有《嘉林居士》一文，记一名为卢甲者自称嘉林居士，拜访江南名士张平，与张平论《易》，后化龟而去。“清江使者”句，出自《庄子·外物》：“宋元君夜半而梦人被发窥阿门，曰：‘予自宰路之渊，予为清江使河伯之所，渔者余且得予。’元君觉，使人占之，曰：‘此神龟也。’”可见，典故的运用丰富了诗歌的内涵，增强了描写的表现力。同时，用典又是赋法体物写法中最常使用的一种手段。

① 《韩昌黎诗系年集释（下）》，钱仲联集释，上海古籍出版社 1984 年版，第 675 页。

② 《汉语大词典普及本》，汉语大辞典出版社 2000 年版，第 331 页。

③ ［汉］司马迁：《史记》，线装书局 2006 年版，第 530 页。

④ ［汉］王充：《论衡》，陈蒲清点校，岳麓出版社 1991 年版，第 219 页。

⑤ ［汉］司马迁：《史记》，线装书局 2006 年版，第 531 页。

⑥ ［汉］司马迁：《史记》，线装书局 2006 年版，第 531 页。

再如《辽东行部志》中写医巫闾山，诗云：

千古广宁庙，□楣榜旧题。名乘中祀典，秩赐上公圭。百鬼舆台贱，群山部武低。地封连蓟北，天遣镇辽西。桧影森旌节，松声殷鼓鼙。雕梁通蜥蜴，画栋落虹蜺。像古虫书藓，庭卑蚓篆泥。垂杨空袅袅，蔓草自萋萋。香火何尝到，牲醪不见携。觋巫俱扫迹，樵牧漫成蹊。物理多侥幸，人情固执迷。城狐炉鹊尾，社鼠按豚蹄。居士争求福，彭郎为娶妻。

诗歌在内容、布局、写法上可以见到六朝山水赋的影响，尤其是对医巫闾山的描绘，从空间展开，前后上下逐层铺衍，“兼叙、列二法”①。“叙、列二法”即以铺排和罗列的表达方式进行描述，运用的也正是赋笔。此外，诗中为了体物运用了大量有关当地景观的典故，这就更不用说是赋体的遗存了。

即使是在篇幅并不很长的作品中，有时也能见到王寂对于赋法的运用。如《题宝泉轩》云：

野人强冠襟，任事多脱略。官府逃喧卑，僧窗憩寂寞。高情渺层云，逸兴发幽壑。山色为谁来，秋光无处著。颓红挂浮图，涨碧分略彴。天共水相合，风催雨欲作。渔歌散汀洲，春相隔篱落。属玉破微茫，斜书洒寥廓。幽欢殊未阑，归兴辄作恶。后会定何时，期以辛丁约。

（《拙轩集》卷一）

全诗描写景色，以空间为序，上下展开，四面出锋，这也是借鉴了赋体“图物色”“擅刻画之巧”的描绘手段。

---

① 刘熙载《赋概》云：“赋兼叙、列二法。列者，一左一右，横义也。叙者，一先一后，竖义也。”（［清］刘熙载：《艺概笺注》，王气中笺注，贵州人民出版社1986年版，第289页。）

赋法体物多围绕某物、某地或某种情景去写，并着重于针对所写对象的形态、大小、习性等，写其物理以体现旨意，由此连类扩展到广泛的描写性段落。赋之体物与诗之体物最明显的区别是：诗之体物多为表现性的，赋之体物多为再现性的，可见赋之体物带有更多的客观色彩。赋与诗相比，赋实而诗虚，所以在诗中运用赋法会带来“情不深而侈其词”[①]的问题。王寂运用赋法“铺采摛文，体物写志”[②]，不免使得诗歌带有“镵露”的特点。“镵露”，也含有情感不够含蓄、描写过实的意思。管世铭评韩愈《南山诗》云：“不读《南山》诗，那识五言材力放之可以至于如是，犹赋中之《两京》《三都》乎！彼以囊括包符，此以镌镵造化。”[③]由“囊括包符”变为“镌镵造化”，亦可证王寂诗歌“镵露”风格与赋法运用的这种关联。

赋法中除体物描写外，还有铺陈，即所谓“铺采摛文”，就是以铺陈之笔展示外物。这一特点在王寂的诗歌中也有体现。刘熙载曰：“长篇宜横铺，不然则力单。”[④]所谓横铺，即赋法铺陈。在王寂的诗中，对铺陈手法运用最多的是排律，前面所举的咏医巫闾山诗就是一例。再如《蔡州》一诗云：

悬瓠城雄壮，登临写客怀。九州惟古豫，千里控长淮。极目栖林杪，临芳瞰水涯。南城新息路，西市确山街。门易朝京榜，亭余阅世牌。乐光眉拂黛，溱汝股分钗。八卦坛微认，三王冢密挨。辋湖鱼喁喁，壶树鸟喈喈。颜笔龛尘壁，裴碑瘗土阶。卜蟾闻迈志，系鳖近齐谐。坡底为龙竹，厅前系马櫰。绝缨台泯没，铸剑冶堙埋。坡迹留任宅，涪诗刻秀崖。

① ［清］叶燮、沈德潜：《原诗　说诗晬语》，孙之梅、周芳批注，凤凰出版社2010年版，第87页。

② ［南朝梁］刘勰：《文心雕龙译注》，王运熙、周锋译注，上海古籍出版社2010年版，第32页。

③ ［清］管世铭：《读雪山房唐诗钞凡例》，见陈伯海：《历代唐诗论评选》，河北大学出版社2002年版，第1032页。

④ ［清］刘熙载：《艺概笺注》，王气中笺注，贵州人民出版社1976年版，第235页。

黄陂澄宇量，许月旦名排。秦赋敌杨子，娄歌胜李娃。越王悲壮志，唐女换遗骸。元济狂枭獍，宗权暴虎豺。土风敦俭素，声乐绝淫哇。玉粒家家足，红姜处处皆。吴氛薰雾瘴，楚气拂云霾。笋石当衙道，仙榆拂郡斋。王侯更庙狄，富相捍潭柴。竦也尝临判，谦乎亦摄差。陈翁孙接踵，欧父子联阶。观额因王觌，民坊出陆偕。许诗多散落，叶记半磨揩。往哲优师帅，遗风轶等侪。老夫为政拙，雅志与时乖。倦鸟收长翮，疲驽恋短秸。江山题不尽，吾已办青鞋。

（《拙轩集》卷二）

如果忽略诗的形式，则完全可以将其看作一篇《蔡州赋》。此外，这首诗在结构形式、夸饰对偶、辞藻典故等方面也都明显具有赋体的特征。

不过，诗与赋毕竟是两体，以赋入诗自然不能简单地照搬。更为重要的是，要能异体相生，别开新境，通过遗貌取神将赋的精神和艺术经验连类扩展、运用到诗中，从而收到特殊的艺术效果。将铺陈手法移之于诗，会使诗歌具有遒劲、雄放的气势，尤其是在施用于长篇七古时。元人杨载《诗法家数》云："七言古诗，要铺叙，要有开合，有风度，要迢递险怪，雄俊铿锵，忌庸俗软腐。须是波澜开合，如江海之波，一波未平，一波复起。又如兵家之阵，方以为正，又复为奇，方以为奇，忽复是正。出入变化，不可纪极。"①这段话道出了七古之铺陈与赋之铺陈的相通之处，从中亦可见铺排之难，对诗人要求之高。王寂作为一名赋手自然深谙此理，他有意识地将赋的铺陈手法融入长篇七古，使七古"波澜开合"，或议论，或描写，或叙述，或抒情，满纸云烟，快意淋漓，取得了"铺张宏丽"的艺术效果。如《题中隐轩》云：

君不见严君平梅子真，成都卜肆吴市门。万人如海一身隐，外听车马争驰奔。又不见介之推屈大夫，绵山泽畔何区

① ［清］何文焕：《历代诗话（下）》，中华书局1981年版，第731—732页。

区。孤高与世自冰炭，甘焚就溺捐微躯。两公朝市大喧噪，二子山林更牢落。混俗变姓良自欺，卖身买名何太惜。我则愿师白乐天，终身衮衮留司官。伏腊粗给忧患少，妻孥饱暖身心安。况有民社可行道，随分歌酒陶余欢。经邦论道不我责，除书破贼非吾干。折腰束带莫耻五斗粟，犹胜元载胡椒八百斛。一朝事败竟赤族，嗟尔安得为孤犊。尘靴汗板莫厌时奔走，犹胜李斯相秦印如斗。一朝祸起遭鞭杻，却思上蔡牵黄狗。况知富贵不可求，侥求纵得终身忧。不如中隐轩中日日醉倒不省万事休。

（《拙轩集》卷一）

铺陈手法的运用使得这首诗“波澜开合”。作为歌行体，诗中“君不见……又不见……”等写法，也暗合了赋体“铺列”“历数”“连用”等法式。

除七古外，王寂的五古长篇亦有赋之铺陈手法的运用，如《辽东行部志》载王寂宿清安县治之生明堂所作诗云：

前年守淮西，官府颇雄壮。园池通远近，亭榭分背向。炎方得春早，二月花已放。白红与青紫，夺目纷万状。得非造物者，为出无尽藏。朱樱结嘉实，炫耀极一望。钱王锦乡树，金谷红步障。予时籍清阴，坐待佳月上。老妻劝我饮，稚子俨成行。长腰芦花白，宾厨荐新酿。肴核既狼藉，鲙炙庖夫饷。乌乌长短句，付与雪儿唱。眼花乱朱碧，世事齐得丧。儿童虽见诮，官守幸不旷。年来客辽海，黄尘没飞鞅。芳时因奔走，安得有佳况。一从出山谷，风色如挟纩。春归樱始华，生意未敷畅。冬藏苦冰雪，所幸今无恙。我将话南州，人或疑诞妄。绕枝三叹息，回首一悽怆。退坐想繁华，萧然觉神王。

诗中有两大段赋法铺排的运用，前一段铺排守淮西的情景，后一段铺排客辽海的情景。前者以“前年守淮西”为开端，在交代了官府、园池、亭榭等环境背景后，转向对具体生活情状的描写，描写了春天花团锦簇、朱樱四合的美好景致，以及作者的优游享乐之状。后者从“年来客辽海”开始，写黄尘奔走、风如挟纩、春来花事不畅等种种不乐之事，与前面的描写形成了强烈对比。前后的强烈对比体现了诗歌意旨，最后引发了诗人的感慨：“绕枝三叹息，回首一凄怆。退坐想繁华，萧然觉神王。”可想而知，如果没有这两段赋法铺排的运用，就不会形成诗歌意境上的张力，而结尾的感慨也就会显得牵强。

如果将赋的铺陈手法进一步扩展，则又不止于描写，叙事、议论皆可用之。例如，王寂《拙轩》《谢王仲章惠淮马》等诗用叙事体，《小儿难夫子辨》《辙中鼪龟》等诗用议论体。这些诗都具有不加节制、大言炎炎的“铺陈”特色。如《小儿难夫子辨》一诗，前半段叙述了作者行经太行与当地乡人辩论一事，叙述之后便接以大段的议论。诗云：

> ……书生多大言，诡辩勿复骋。信知端木赐，下释东野犷。正如与蟪蛄，而语春秋景。小姑嫁彭郎，举世莫能整。嗟哉吾道穷，生死何不幸。生而非其时，伐树迹屡屏。亦尝撩虎须，白刃脱俄顷。死为万世师，庙貌多土梗。自非二仲月，门寮终岁静。山魈与社鬼，香火未尝冷。此事固不平，此心尝耿耿。吾生赋拙直，浪许近骨鲠。与物例多忤，所动坐愆眚。愤世无奈何，空令气生瘿。
>
> （《拙轩集》卷一）

总之，以赋入诗使得王寂诗歌异体相生、别开新境，是其形成独特风格的重要因素。

二、近体诗的精妙对仗

对仗，是近体诗的一种格律要求，它使近体诗成为一种有很多约束和限制的诗体，并使才拙者窘步难行，但它对于艺精者来说，则恢恢乎若有余裕。对仗要求上下联相对之处词类相同、语义相对，以使诗句在结构上达到一种和谐均衡的状态，如两轮之齐驱、双峰之并峙，从而体现出整饬、凝重之美，使得诗歌形成典丽精工的风格。在古代诗歌中，脍炙人口的佳句往往都是对句。

王寂近体诗中的对仗均颇为精妙，在同时代便有人称赏，如元好问《中州集·王都运寂》载：

> 元老专于诗，有云："生涯贫到骨，家具少于车。"《元夕感怀》云："残梦关河鳌禁月，旧游灯火马行春。"《留别郭熙民》云："五年风雪黄州闰，万里关河渭水秋。"《与涿郡先主庙》诗："当年竹马戏儿曹，笑指楼桑五丈高。故国神游得无恨，坏垣风雨夜萧骚。"人共传之。[①]

此外，《中州集》选录王寂诗六题七首，分别为《易足斋》《送张仲谋使三韩》《自东营来广宁，道出牵马岭，经梁利器墓下》《黄桃花》《沁水山寺》《奉题少保张公曲阿别墅二首》[②]，皆为近体诗，都具有属对精工的特点。

王寂在近体诗的对仗上做了很多积极的探索，体现了他对艺术精益求精的追求。若细读文本，对其对仗艺术进行分析，则可见文句之美、技艺之巧。例如："知有胜游供胜具，况宜闲处著闲身"（《初到蔡下已有春意》），上联用了两个"胜"字，下联用了两个"闲"字，采用了同字对。"袖手不应书咄咄，乞骸端欲榜休休"（《思归》），"咄咄"与"休休"，属于叠字对。"子规催促浑无赖，秋雨留连却有情"（《送刘师韩归云中二首》），"催促"对"留连"，属于双声词巧对。"绿蚁浅斟金凿落，青娥低唱玉连环"（《泛舟用王子告节副韵二首》），"绿蚁"对"青娥"，属于名物对，并且其中还含有两种色彩和两类昆虫，可谓是巧对。"笑我残年方射鼠，喜君巨手学屠龙。闻名素重千金诺，识面尤轻万户

① ［金］元好问：《中州集》，中华书局1959年版，第102页。

② 参见［金］元好问：《中州集》，中华书局1959年版，第103—104页。

封”(《李仲佐,辽东之豪士也。……且将以为定交之券也》),第一联含动物对,第二联含数字对,皆为巧对。“时也共诛千里草,天其未厌卯金刀。宗臣呕血重三顾,嗣子不才轻六韬”(《寄题涿郡蜀先主庙》),第二联中含有数字对,第一联中“千里草”合起来是个“董”字,“卯金刀”合起来是个“劉”字,是一个拆字对。可见,这些巧妙的对仗为诗歌增色不少。

王寂在对仗中还善于使用数字对,而且用得很多。所谓数字对,即对仗中含有数字,一般是指一联中上下句的相对位置以数字为对。同时,所用的数字一般为一至十以及百、千、万等,多为概数,但也有具体实指的。通过使用数字对,可以对所描写的事物做精练的概括,从而能够以简省有力的笔墨表现丰富的内容。同时,把本来没有深意、索然无味的数字转化为具体生动的形象后,也可以使得语意生新、奇警。数字对是诗人巧思的结晶,具有独特的表达效果和审美效应。王寂不仅喜欢运用数字对,而且常常结合着用典、夸张、对比等修辞手法运用,从而使其更具表现力。巨数对,即以千、万等量级巨大的数字表现宏大的时空、雄壮的事物,可以使诗歌气势充沛,有雄壮之美。巨数对是数字对与夸张手法的结合,如“豫知和气千门溢,想见先声万口传”(《送张希召》)、“蒲坂余波千里润,柳城和气万家春”(《上咸平帅耶律寿》)。有时,使用微数对也能产生夸张的效果,如“一川鱼鸟江淮近,千里农桑海岱间”(《送张希召出宰赣榆》),微数“一”在此有“全体”“全部”之意,给人以空间上的广阔感。再如“长松万壑海潮上,飞瀑半天山雨倾”(《碧济泉清安寺》),“半”也是微数,与“天”结合便有夸张之意,颇能表现瀑布从天而降的声势。有时,通过巨数和微数的悬殊对比还可以制造强烈反差,如“汉家战伐云千里,唐里英雄土一丘”(《过代》),“千里”和“一丘”产生了强烈对比,从而表现出历史的沧桑无情。邻数对,即以相邻的数字为对,如“两地关河伤远别,一天风雪叹劳生”(《别高丽大使二首》)、“一榻蠹书闲处看,两盂薄粥饱时休”(《易足斋》),用“一”和“两”相邻的数字为对,既有连贯性,读时也给人以流转、游走之感。

王寂在运用数字对时经常与用典结合,使得单薄而无意义的数字具有了丰富的内涵,也使得典故的表达尤具趣味。如“三熏三沐荡尘虑,一咏一觞偿宿心”(《上大人通奉寿三首》),“一咏一觞”出自王羲之《兰亭集序》:“一觞一咏,亦足以畅叙幽情。”“三熏三沐”出自《国语·齐语》:“比至,三衅、三浴之,桓公亲逆之于郊,而与之坐而问焉。”[①]再如“子文已惯三无愠,叔夜休辞七不堪”(《送刘子高宰新安二首》),“三无愠”出自《论语·公冶长》:“令尹子文三仕为令尹,无喜色;三已之,无愠色。”[②]“七不堪”出自嵇康《与山巨源绝交书》:“有必不堪者七,甚不可者二……”[③]

有时这些数字不是概数,而是具有实际意义的数量。能满足这种要求的不多见,然而一旦组成对句便尤为别致,如“居民胜日一百五,倦客流年六十三”(《丙午,次宜民县……感今怀旧,漫作诗以自遣》),上句本于白居易《寒食夜》诗:“四十九年身老日,一百五夜月明天。”[④]“一百五”指寒食日,从上一年冬至到当年清明前一天共计一〇五天;“六十三”则指作者当时的年龄。再如“细数行年今九九,了知得髓后三三”(《上大人通奉寿三首》),“九九”指作者父亲的年龄为九九八十一岁;“三三”则出自《五灯会元》“前三三与后三三”的禅语,意为了悟佛法。据《五灯会元》卷九载,无著文喜禅师在五台山华严寺遇到一位老人,乃文殊菩萨幻化,从其悟得佛理“前三三与后三三”,传为佳话。[⑤]

王寂近体诗中的数字对还可举出很多例子,如:“此夜十分满,中秋万古情。”(《中秋月下有感戏效乐天》)“功名倒挽九牛尾,富贵真成一鼠肝。”(《再过坟下》)“十里晋溪新景物,千年唐叔旧山河。”(《留题晋阳古城慧明寺》)“平生拙宦鱼千里,投老退休僧一庵。”(《上大人通奉寿三首》)“人果赎兮身可百,士能如此国无双。”(《哭田去华》)

---

① 《国语》,鲍思陶点校,齐鲁书社 2005 年版,第 108 页。

② 杨伯峻、杨逢彬:《论语译注》,岳麓书社 2009 年版,第 54 页。

③ 武秀成:《嵇康诗文选译》,凤凰出版社 2011 年版,第 69 页。

④ 《白居易全集》,中国文史出版社 1999 年版,第 190 页。

⑤ 参见《五灯会元(中册)·无著文喜禅师》,苏渊雷点校,中华书局 1984 年版,第 544—545 页。

“十里藕花红步障，一轩松阴碧油幢。”（《奉题少保张公曲阿别墅二首》）“解酲五斗多安用，道通三杯急可周。”（《伯起善用强韵，往复愈工，再和五首》）这些对句无疑是王寂潜心诗艺对近体诗对仗艺术进行探索的结晶。

然而，如果过于追求对仗的整齐典丽，则会使诗句工稳有余，活泼不足，以至于缺少变化，流于板滞。对此，王寂在对仗时还有意通过采用多种手法予以克服，以使对仗寓变化于整齐之中，含灵动于规矩之外。比如，流水对的运用即是例证。所谓流水对，是指一联中的上下句虽然是对仗关系，词性相同、词义相对，但两句合起来才表达一个意思，即上下句是顺承的关系。流水对的使用令对句读起来语意连贯、情韵宛然，整饬中显流动之美，工稳中有游走之态。比如，“追想欢呼处，翻成叹息声”（《中秋月下有感戏效乐天》）、“直从强健日，收得自由身”（《挽姚仲纯》）、“信知天上玉堂好，何似江西道院闲”（《寄李致美》）、“知有胜游供胜具，况宜闲处著闲身”（《初到蔡下已有春意》）、“不似惊狂持索处，正如觳觫过堂时”（《春牛》）、“但喜时平由圣主，不忧县小选中男”（《送刘子高宰新安二首》）、“终以阿衡任天下，暂留萧相守关中”（《上南京留守完颜公二首》）、“所恨轻违经岁久，莫辞姑待到更深”（《中秋待月》）、“豫知和气千门溢，想见先声万口传”（《送张希召》）、“黄阁已闻虚鼎席，朱衣行引上堤沙”（《上咸平帅耶律寿》）、“早登秘阁直清禁，旋陟枢机历要津”（《上咸平帅耶律寿》）、“定须𫓧钺专方面，未许江湖拜散人”（《上咸平帅耶律寿》）、“擒虎兵来狎客散，歌声犹在望仙楼”（《望仙楼》）、“多是春分迟社到，要教燕子趁时来”（《散策》）等。王寂在运用流水对时经常用关系副词绾结上下句，如上面例句中的“信知”“何似”“不似”“正如”“所恨”“莫辞”“已闻”“行引”“定须”“未许”等，以表示转折、递进、顺延、因果等关系。可见，关系副词的运用增加了对句表达复杂意思的功能，扩大了诗歌的表现空间。

此外，为避免律句熟滑、圆软之病，王寂还有意打破了惯常的语言节奏，使得诗句呈拗折错落之势。例如，“顾冀北群须伯乐，嗣西江派得洪炎”（《高武略复和尖字韵见赠走笔奉酬》），变普通律句二二三节奏为一三三节奏。“南台故址今颓然，汉卢植墓疑相传”（《卢植墓》），下句用一三三节奏。“梦回失大槐安国，事往堕无何有乡”（《壬寅，得故人王继昌子伋书……漫赋二诗以寄之》），用二一四节奏。传统上五言律句一般采用二二一节奏，对此王寂也有变化，如“正做梦说梦，知是身非身”（《乙巳，次同昌。……是夕，假宿于南城之萧寺。……因作二颂遗主僧智坦》），采用一二二节奏。六言律句的惯常节奏为二二二式，王寂则曰“他日相期林下，幅巾与赤松游”（《赠李彦猷郭伯达二首》），下句采用二一三节奏。

有时王寂还采用倒装句，使得诗意成逆挽之势，如“款接清谭思寓直，未忘习气梦催班”（《寄李致美》）、“尘靴久厌踏红软，冰簟常思负黑甜”（《送张希召二首》）、“比肩耻与蒿莱伍，强项不容冰雪侵”和“狂直未能忘故态，孤清端不负初心”（《次韵郭解元病竹二首》）等。倒装句法的运用打破了律诗的平整、顺适之态，给人以拗峭之感，从而避免了对仗过于平滑所带来的审美疲劳。

此外，王寂还善于在对句中使用虚字。对于诗用虚字，刘勰《文心雕龙》论之曰：“至于夫、惟、盖、故者，发端之首唱；之、而、于、以者，乃札句之旧体；乎、哉、矣、也者，亦送末之常科。据事似闲，在用实切。巧者回运，弥缝文体，将令数句之外，得一字之助矣。”[①]王寂在对句中运用虚字者，如“责重还忧力不任，中宵未寝念之深”（《受谏职夜久不寐》）、“泮宫俎豆几息矣，极力赞成时乃功”（《巩义卿游学蔡下积年……亦可谓能张吾军者也》）、“忆昔妙年仝射策，今谁存者苦无多”（《故人翟仲谋潦倒场屋，今复见之，所异于昔者苍颜白发耳。适以诗陈情，辄次其韵，因以勉之》）、“鄄城久矣埋长剑，陶壁依然挂短梭”（同上）、“铅椠功夫真戏耳，齑盐活计奈贫何”（同上）、“往事悲凉真梦耳，故人零落独潸然”（《天德辛未，家君守官白霫……感叹久之，为赋诗以自遣》）、“时也共诛千里草，天其未厌卯金刀”（《寄题涿郡蜀先主庙》）、“一坐尽惊真俊尔，半生不语奈痴何”（《席上赠马杨陈三同

① ［南朝梁］刘勰：《文心雕龙》，郭晋稀注译，岳麓书社2004年版，第353页。

道》)、"但言甚矣吾衰矣,三友轩中作退堂"(《附寄陈州陈显祖》)、"吾衰久矣百念冷,不用三刀兆益州"(《儿子以诗酒送文伯起,既而复继三诗,予喜其用韵颇工,为和五首》)、"善交人者久而敬,其责己也重以周"(《伯起善用强韵,往复愈工,再和五首》)、"虞兮命矣甘为土,鲤也天乎竟不苗"(《壬戌,追念吾友高公无忌。……遂作诗,且伤其不幸》)。虚字的使用令对句颇有以文为诗的感觉,使得诗歌或显萧散之态,或添迤逦之姿。

综上所述,王寂在近体诗对仗艺术上是下了很大功夫的,无论是流水对、用虚字、倒装句,还是变换句式、采用数字对等,都体现了他对近体诗对仗艺术的探索。如果说律诗是一门"戴着镣铐跳舞"的艺术的话,王寂无疑是一位技艺精熟的舞者。

三、对典故的频繁运用

王寂诗歌存在着大量用典的现象,用典之多堪称频繁,不用典者少之又少。而且,许多诗往往连用数典,如前面所举的咏医巫闾山诗及《蔡州》。用典是古典诗歌最为常见的艺术手法,也是一种修辞法。通过用典,可使诗歌言简意赅、深邃有力,同时赋予作品丰富的文化内涵,作品甚至会因用典而创出新意。刘永济《文心雕龙校释》云:"文家用典,亦修辞之一法。用典之要,不出以少字明多意。其大别有二:一用古事,二用成辞。用古事者,援古事以证今情也;用成辞者,引彼语以明此义也。"[①]对此,王寂诗歌便有很好的体现,如古体诗《题张运使梦景图》云:

点鞭长算收余暇,忙里偷闲真倒蔗。北窗鼻息落庭花,一榻清风不论价。平生雅志一丘壑,小梦江山犹命驾。云低平野暗溪树,雨淋层峰补天罅。老农市酒唤归渡,渔伯舣舟枫树下。开囊检得春草句,挥洒短轴争脍炙。夜凉吹笛当抗

① 刘永济:《文心雕龙校释》,中华书局1962年版,第146页。

衡，槐火石泉足更霸。披图撩我倦游兴，念念莼鲈乞长假。与君田里马牛风，蜡屐篮舆趁莲社。画工岂识梦中诗，他日须烦息轩画。

（《拙轩集》卷一）

诗中用典对于诗意的表达有很大帮助，符合“援古事以证今情”和“引彼语以明此义”的用典原则。如“北窗鼻息落庭花，一榻清风不论价”，用陶渊明《与子俨等疏》典：“常言五六月中，北窗下卧，遇凉风暂至，自谓是羲皇上人。”①此为“用成辞者，引彼语以明此义”。而且，王寂用陶渊明语时经过了一番消化，变成了自己的语言，具有“暂见似白道，而实皆用典”②的艺术效果。再如“夜凉吹笛当抗衡，槐火石泉足更霸”，上句用欧阳修《梦中作》的典故，其诗云：“夜凉吹笛千山月，路暗迷人百种花。棋罢不知人换世，酒阑无奈客思家。”③下句用苏轼梦参寥子携《饮茶诗》来见的典故。据苏轼《东坡志林·记梦参寥茶诗》云：“昨夜梦参寥师携一轴诗见过，觉而记其《饮茶诗》两句云：‘寒食清明都过了，石泉槐火一时新。’”④此为“用古事者，援古事以证今情”。王寂这两句诗所用典故都十分切合诗题中的“梦”字，通过典故的运用，既丰富了诗歌内涵，又使诗歌充满了文人意趣。

再如律诗《题佶大师松菊堂》云：“阿育浮图古道场，最宜花竹暗禅房。影侵罗什翻经席，香散生公说法堂。飞节芝丰轻岁月，辟寒金瘦傲风霜。他年远社归吾老，为我须留漉酒囊。”（《拙轩集》卷二）颔联上句用鸠摩罗什译经之典，下句用生公说法顽石点头之典。鸠摩罗什和生公，一位是东晋时期的译经大师，一位是东晋时期的大法师，用这两个典故比拟佶大师，含有崇仰、称颂之意，无疑是十分贴切的。此

① 孟二冬：《陶渊明集译注》，吉林文史出版社1996年版，第336页。

② ［清］方东树：《昭昧詹言》，汪绍楹点校，人民文学出版社1961年版，第132页。

③ 《欧阳修集》，中国戏剧出版社2000年版，第85页。

④ ［宋］苏轼：《东坡志林》，赵学智校注，三秦出版社2003年版，第40—41页。

外,“影侵”对“香散”,不仅有典故含在其中,还是即当下之景的实写。两联对仗工整,语言典雅,写出了松菊堂的高远和超俗。

王寂的律诗常在二、三联用典,从而形成连句用典现象,如“但喜时平由圣主,不忧县小选中男。子文已惯三无愠,叔夜休辞七不堪”(《送刘子高宰新安二首》)、“不似惊狂持索处,正如觳觫过堂时。漆园傲吏真达者,未肯生为太庙牺”(《春牛》)、“缓带笑侬时诡遇,处裈嗟尔亦良谋。裹章想倦嵇中散,披褐幸容秦武侯”(《咏虱》)、“应嗔国色朝酣酒,赐与羽衣如太真。道士厌看千树老,令君别换一城新”(《黄桃花》)、“竹林欲访知何地,石鼓相传不记年。齐主有缘成胜事,周兵无赖化飞烟”(《留题鼓山寺》)、“君辞绛帐尸糟曲,公草玄经守薜萝。一坐尽惊真俊尔,半生不语奈痴何”(《席上赠马杨陈三同道》)等。类似情况不胜枚举,几乎到了无典不成诗的地步。而且,王寂所用典故甚为广博,遍及经、史、子、集,乃至道、释文献以及稗史、小说。用典之博体现了王寂学问之富。

但是,用典过多或不当也会产生问题,甚至会使诗意有所削弱。晋人挚虞《文章流别论》曰:“古诗之赋,以情义为主,以事类为佐。”①刘永济亦云:“文家用古事以达今意,后世谓之用典,实乃修辞之法,所以使言简而意赅也。”②可见,用典是为了达意,是要“以事类为佐”,因为它毕竟只是一种修辞法,而不是诗歌的核心所在。用典过密或不当,对诗歌的抒情功能是有阻碍的,严重者还会沦为獭祭,致使诗情枯涩。这种情况在王寂的诗中也时有存在,如《哭田去华》云:“此老初无适俗韵,请归田里傲南窗。平时谁送杨临贺,死日共知张曲江。人果赎兮身可百,士能如此国无双。佳城一闭风流尽,尚想修文对漆缸。”(《拙轩集》卷三)全诗虽然语工意稳,但频繁的用典对于真实情感的表达不免有所削弱。

用典令诗人的面目得以隐去,作品变成了用古人的话、古人的事来代言,见不到真情实感,从而使诗歌产生了“隔”的问题。相较于频

① 郑在瀛:《六朝文论讲疏》,华中理工大学出版社1989年版,第64页。
② 刘永济:《文心雕龙校释》,中华书局1962年版,第140页。

繁用典，王寂有一些诗歌少用典或不用典，效果反而更好，如《别高丽大使二首》之一云："万里朝天礼告成，归途冰浒积峥嵘。相从遽作春云散，款语何妨夜月倾。两地关河伤远别，一天风雪叹劳生。他年币玉重来日，对立罘罳眼更明。"（《拙轩集》卷二）虽然全诗没有用典，但情景交融，足以打动人心。"归途冰浒"一句写实景，给人以路远难行之感。颔联以"春云散""夜月倾"为喻，意象明丽优雅，感伤之中流动着情感的波澜。颈联运用数字对，产生了巧妙的艺术效果。全诗直抒胸臆，情真意切，引人遐想。再如《中秋月下有感戏效乐天》云："此夜十分满，中秋万古情。素娥应不老，苍鬓可怜生。追想欢呼处，翻成叹息声。悲欢人自尔，月是一般明。"（《拙轩集》卷二）诗歌语言朴素，意象鲜明，虽然没有用典，但却把古今悲欢之情融入对月的思索和咏叹之中，极富感染力。

无论用典还是不用典，多用还是少用，都是为诗歌艺术服务的，不能据此判断一首诗的优劣，唯在于用典是否有助于凸显性情、表达心志。在此，分举王寂与苏轼的一首同题诗为例加以说明。王寂有一首《海棠》，诗云："轻红淡白天然态，山杏溪桃不足多。睡足精神闲蜡烛，酒酣肌肉卷香罗。都官有隙遽如许，工部无情奈尔何。流落幸遭苏玉局，一樽相对为君歌。"（《拙轩集》卷二）而苏轼也有一首《海棠》，诗云："东风袅袅泛崇光，香雾空蒙月转廊。只恐夜深花睡去，故烧高烛照红妆。"[①]两相对照，差异显见。苏轼《海棠》诗虽然只有四句，但却写得别有情致，不仅写出了海棠的姣美，还写出了诗人对海棠的怜惜之情。而在王寂诗中，海棠则完全是与作者不相关的客观之物，虽然通过用典丰富了对海棠的表现，但就像是用古人的话来代替自己发言一样，缺少了自己的情思。

是否体现出某种兴致和情怀，或许是分辨一首普通的诗和一首好诗的标准。这不在于学问，而在于生命状态；不在于技巧，而在于艺术感觉。才学应该为生命状态、艺术感觉服务，如果诗歌为才学所役，埋

---

① 《苏轼诗集》（第四册），［清］王文诰辑注，孔凡礼点校，中华书局 1982 年版，第 1187 页。

没了人的性情，则诗情就会枯涩起来。所以说，用典的目的在于丰富诗歌的内涵，是出于情感表达的需要，只是达成目的的手段，而当它从手段变成目的时，也就无异于为典所用了。

第四节　王寂诗歌的艺术渊源

金代诗歌总体上继承了宋诗风调，这大抵不错，文学史也多把金代诗歌附于宋诗之后，可细看起来，情况却并非如此简单。即使是在宗宋的前提下，金代诗歌也有着许多细致的脉络指向了不同的诗歌源头，即金人所效法的对象因人而异，是广泛而又各得其所的。

王寂诗歌总体上也具有宋诗风调，这与他对苏轼诗歌的深入学习是分不开的，但他在宗宋的同时并不废唐，甚至对唐代诗歌也有着广泛的取法。通过对王寂诗歌艺术渊源的探讨，我们可以看到王寂在面对前代诗歌传统时是如何择取进而铸成自己诗歌面目的，也可对金代中期诗歌的取法方向等问题有一个深入了解。

一、依仿苏才翁，确立宋诗风调

金代中期，崇尚苏轼成为风气，苏轼以他独特的人格魅力和绝世的才华赢得了金代诗人的普遍热爱："尔时苏学盛于北，金人之尊苏，不独文也，所以士大夫无不沾丐一得。"①党怀英、赵沨、周昂、蔡珪、王庭筠等人，都热爱苏轼并深受其影响。刘祁《归潜志》卷十云："李屏山于前辈中止推王子端庭筠。尝曰：'东坡变而山谷，山谷变而黄华，人难及也。'"②有人甚至崇拜苏轼到了无以复加的地步，元好问《中州

① ［清］翁方纲：《石洲诗话》，中华书局1985年版，第79页。

② ［金］刘祁：《归潜志》，崔文印点校，中华书局1983年版，第119页。

集》卷五载："宪字仲常，辽东人。……泰和三年乙科登第。自言于世味澹无所好，唯生死文字间而已，使世有东坡，虽相去万里，亦当往拜之。"[①]对于金代诗人受苏轼影响的情况，元好问一言以蔽之："百年以来，诗人多学坡、谷。"[②]

王寂也对苏轼崇拜有加，并且其家族先世与苏轼还颇有渊源。据王寂《先君行状》载，其家族出于"三槐王氏"，先祖王昼是北宋大臣王旦的从弟，苏轼任湖州时，曾应旦孙王巩之请而撰《三槐堂铭》，广为流传。王寂在诗中屡屡言及苏轼，称其为"坡老""苏阁老"等，表现出对苏轼的热爱之情，如"向令坡老此经行，想不愿为天竺主"（《留题觉华岛龙宫寺》）、"坡老放归舟系汴，惊听骡铎鸣北岸"（《柳城西闻蝉有感》）、"坡迹留任宅，涪诗刻秀崖"（《蔡州》）、"流落幸遭苏玉局，一樽相对为君歌"（《海棠》）、"不见眉山苏阁老，更谁能赋玉盘盂"（《三逸堂白芍药》）等。

从艺术渊源上来说，王寂诗歌主要得益于苏轼的沾溉。元好问《中州集·王都运寂》即指出："予谓诗固佳，恨其依仿苏才翁太甚耳。"[③]元好问之所以说王寂"依仿苏才翁"，应该是因为王寂在诗中常常借用苏轼的诗句和诗意。王寂作诗喜欢借用前人成句，虽不独用苏轼，但借用苏轼者却尤多。例如："侧峰横岭巧连延，直自钟山彻浮玉"（《题张信道所藏李元素淮山清晓图》），出于苏轼《题西林壁》"横看成岭侧成峰，远近高低各不同"句；"久谙世味嚼空螯，径欲脱帻诛蓬蒿"（《上周仲山少尹寿》），出于苏轼《读孟郊诗二首》之一"初如食小鱼，所得不偿劳。又似煮蟛蜞，竟日嚼空螯"句；"龟趺平木杪，谁为写光尘"（《挽姚仲纯》），出于苏轼为程筠作《归真亭》"会看千字诔，木杪见龟趺"句；"睡足精神闲蜡烛，酒酣肌肉卷香罗"（《海棠》），出于苏轼《海棠》"只恐夜深花睡去，故烧高烛照红妆"句；"故国神游得无恨，破垣风雨夜萧骚"（《寄题涿郡蜀先主庙》），出于苏轼《念奴娇·赤壁怀

---

① ［金］元好问：《中州集》，中华书局1959年版，第260页。

② ［金］元好问：《赵闲闲书拟和韦苏州诗跋》，见《元好问全集》，山西古籍出版社2004年版，第844页。

③ ［金］元好问：《中州集》，中华书局1959年版，第102—103页。

古》"故国神游,多情应笑我,早生华发"句;"落纸千篇笔退尖,我方刻画老无盐"(《高武略复和尖字韵见赠走笔奉酬》),出于苏轼《谢人见和雪后北台书壁》"书生事业真堪笑,忍冻孤吟笔退尖"句;等等。前人成句偶一用之尚可,用多了不免就有巧取豪夺之嫌。金人大多崇拜苏轼,苏轼的作品在金代流传极广,因此这种借用自然引人注目,由此而引发别人的批评也就在所难免了。关于借鉴前人,元稹说:"怜渠直道当时语,不著心源傍古人。"可见,对前人诗句、诗意的过多袭用,对于诗歌的独创性无疑是有损害的。

不过,这种袭用只是表面上的,苏轼真正对王寂诗歌所产生的影响是在更深层次上的,即在艺术手法、艺术表现这一层次上。通过对苏轼诗歌艺术手法的借鉴和学习,王寂确立了自己的诗歌风调。具体而言,表现在以下几个方面。

一是学习苏轼在诗中频繁用典。宋代佚名《漫叟诗话》云:"东坡最善用事,既显而易读,又切当。"[①]清人邵长蘅亦云:"诗家援据该博,使事奥衍,少陵之后,仅见东坡。盖其学富而才大,自经史四库,旁及山经、地志、释典、道藏、方言、小说,以至嬉笑怒骂,里媪灶妇之常谈,一入诗中遂成典故。"[②]在诗中频繁使用典故,正是王寂诗歌的一大特点,对此前文已论。而王寂学习苏轼用典不光在于频繁,还在于"援据该博,使事奥衍",在此可举一例。如《庚申,以军民田讼未判为留再宿……为作五十六字》云:

举家千指食嗷嗷,不食谁能等系匏。掠剩大夫汤沃雪,定交穷鬼漆投胶。春蚕已老不成茧,社燕欲归犹恋巢。莫待良田径须去,移文聊解北山嘲。

(《辽东行部志》)

① 《中国历代诗话选(一)》,岳麓书社1985年版,第392页。

② [宋]施元之:《施注苏诗·注苏例言》,见郭预衡:《中国古代文学史长编(宋辽金卷)》,北京师范学院出版社1993年版,第209页。

“食嗷嗷”，出于《诗经·小雅·鸿雁》：“鸿雁于飞，哀鸣嗷嗷。”[①]“系匏”，出于《论语·阳货》：“吾岂匏瓜也哉？焉能系而不食？”[②]“掠剩大夫”，最初以“掠剩使”之名见于唐人牛僧孺《玄怪录》卷三“裴璞”条，言其死后成为掠人剩余财富之神[③]，宋人洪迈《夷坚志》卷十则有“掠剩大夫”条，记沈君死后成为掠剩之神。[④]“汤沃雪”，出于枚乘《七发》：“小飰大歠，如汤沃雪。”[⑤]“移文”句出于孔稚圭《北山移文》，文章借山灵之口嘲斥周颙假借隐居以沽名钓誉。[⑥]由此可见，王寂诗中用典不仅频繁而且博杂，含经、史、子、集乃至释典、小说等，这无疑是受到了苏轼的影响。

二是学习苏轼以文为诗。以文为诗是指在诗中采用散文式的章法、句法、虚词等。诗与文本是两途，以文为诗在唐始见，至宋乃成规模，而在此转捩中苏轼起了很大作用。清人赵翼说：“以文为诗，自昌黎始；至东坡益大放厥词，别开生面，成一代之大观。”[⑦]苏轼以文为诗的例子有很多，如《送岑著作》云：

> 懒者常似静，静岂懒者徒？拙则近于直，而直岂拙欤？夫子静且直，雍容时卷舒。嗟我复何为，相得欢有余。我本不违世，而世与我殊。拙于林间鸠，懒于冰底鱼。人皆笑其狂，子独怜其愚。直者有时信，静者不终居。而我懒拙病，不受砭药除。临行怪酒薄，已与别泪俱。后会岂无时，遂恐出

---

① 《诗经全译》，贵州人民出版社 1991 年版，第 238 页。

② 邹憬：《论语通解》，译林出版社 2014 年版，第 257 页。

③ ［唐］牛僧孺：《玄怪录·掠剩使》，程毅中点校，中华书局 1982 年版，第 96—97 页。

④ ［宋］洪迈：《夷坚志·掠剩大夫》，何卓点校，中华书局 1981 年版，第 447—448 页。

⑤ 曹道衡：《汉魏六朝辞赋与骈文精品》，时代文艺出版社 2001 年版，第 33 页。

⑥ 李寅生：《中国古典诗文精品读本（上册）》，国家行政学院出版社 2012 年版，第 171—172 页。

⑦ ［清］赵翼：《瓯北诗话》，霍松林、胡主佑校点，人民文学出版社 2006 年版，第 56 页。

处疏。惟应故山梦,随子到吾庐。①

全诗章法有如散文,诗中用散文虚字"于""而""者"等勾连句意,这都是以前所少见的。王寂受苏轼的影响也有以文为诗的情况,如《咏张宫师二疏东归图》《跋群獐出谷图》《程尚书油烟墨》《小儿难夫子辨》等。其中《程尚书油烟墨》云:

书生短灯檠,业苦孔之卓。百巧出寒饿,轻煤收纸幄。鱼胞杵万计,得此昆仑璞。坚沟终不变,良质信坚确。摩挲等肘印,肝肾要雕琢。是中自有乐,未许儿辈觉。堂堂地官伯,胸次吞河狱。隃麋优月给,拜次岂不数?人生几量屐,迅景惊飞雹。胡为事细碎?刻意追古朴。得非游戏耳,一笑供掌握。区区张与李,小道安足学。何当献天子,毛楮仝甄擢。增新汉文物,润色周礼乐。天章贶词臣,宛彼云汉倬。但恐醉常侍,狂登御床角。

(《拙轩集》卷一)

全诗章法亦有如散文,诗句"业苦孔之卓""良质信坚确""拜次岂不数""胡为事细碎""得非游戏耳"等,明显是散文句法。而且,王寂在诗中还有意使用散文虚词,从而增强了全诗的散文化倾向,如诗句中"之""信""岂""胡为""得非""安""何当"等虚词的运用。类似的句子在王寂其他诗中也可以见到,如"贤哉二大夫""龙眠以画隐""云何眷短幅""况为山九仞""岂惟此道绝""归兴辄命驾""看猿良独痴""水草苟自足""丘也不能对""夫子圣者欤"等。以文为诗既是苏诗的特征,也是宋调不同于唐音之处,以文为诗的写法凸显了王寂诗歌偏于宋调的特征。

三是学习苏轼以议论为诗。张戒《岁寒堂诗话》云:"子瞻以议论

① 《苏轼诗集》(第二册),[清]王文诰辑注,孔凡礼点校,中华书局 1982 年版,第 329—330 页。

作诗。”[①]苏轼有许多诗通篇都是议论，议论有时还不同程度地渗透在抒情、叙事和写景中，这和唐诗兴象玲珑的特点有很大区别。苏轼以议论见长的诗歌有《和子由渑池怀旧》《石鼓歌》《次韵子由论书》《石苍舒醉墨堂》《次韵张安道读杜诗》《泗州僧伽塔》《监试呈诸试官》《题西林壁》等。王寂诗歌也多杂议论，甚至以议论为诗。他的古体中议论占了很多篇幅，有时甚至显现出喧宾夺主之势，如《咏张宫师二疏东归图》《题季札挂剑图》《小儿难夫子辨》《辙中毙龟》《题刘德文乐轩》《题中隐轩》等。其中《小儿难夫子辨》一诗的后半部分，全部都是议论：

书生多大言，诡辩勿复骋。信知端木赐，下释东野犷。正如与蟪蛄，而语春秋景。小姑嫁彭郎，举世莫能整。嗟哉吾道穷，生死何不幸。生而非其时，伐树迹屡屏。亦尝撩虎须，白刃脱俄顷。死为万世师，庙貌多土梗。自非二仲月，门寮终岁静。山魈与社鬼，香火未尝冷。此事固不平，此心尝耿耿。吾生赋拙直，浪许近骨鲠。与物例多忤，所动坐愆眚。愤世无奈何，空令气生瘿。

（《拙轩集》卷一）

以议论为诗增强了诗歌的表意功能，但议论过多又使得诗歌颇有“镵露”之意，少了含蓄蕴藉的味道。

四是学习苏轼做次韵诗、押险韵等。刘祁《归潜志》云：“凡作诗，和韵为难。古人赠答皆以不拘韵字。迨宋苏、黄，凡唱和，须用元韵，往返数回以出奇。”[②]王寂作诗也有押险韵、强作和韵诗的情况，如《高武略复和尖字韵见赠走笔奉酬》《平夷道中二首》《送张希召二首》《儿子以诗酒送文伯起，既而复继三诗，予喜其用韵颇工，为和五首》《伯起善用强韵，往复愈工，再和五首》等，皆是次韵并押险韵的诗，此与学习

① 陈应鸾：《岁寒堂诗话校笺》，巴蜀书社2000年版，第36页。

② ［金］刘祁：《归潜志》，崔文印点校，中华书局1983年版，第90页。

苏轼有很大关系。

此外,苏轼早期的诗风雄放豪迈,但转入中年经过仕宦挫折后,他有意地学习陶渊明、白居易和韦应物,诗风部分地向平淡古朴方向转变。王寂诗风雄放奇崛,但经历宦海风波后也有意地学习白居易,写了一些平易闲适的作品。这种转变虽然是基于自身的遭际,但不能不说与苏轼的影响有关系。

苏轼才赡学富,为文如江河流注,他曾自评其文曰:“吾文如万斛泉源,不择地皆可出,在平地滔滔汩汩,虽一日千里无难。及其与山石曲折,随物赋形,而不可知也。所可知者,常行于所当行,常止于不可不止。”①他还说:“新诗如弹丸,脱手不暂停。”②并说:“雨已倾盆落,诗仍翻水成。”③可见,苏轼从来就不是一个苦吟型的诗人。王寂虽也有雕琢句法的时候,但他作诗也不是呕心沥血的创作,而是逞才使气、滔滔汩汩,这一点与苏轼十分相似。不过,正是因为苏轼才赡学富,作诗不必苦吟,所以,其诗有时不免存在平易、草率之病。袁枚《随园诗话》云:“东坡近体诗,少蕴酿烹炼之功,故言尽而意亦止,绝无弦外之音,味外之味;阮亭以为非其所长,后人不可为法,此言是也。”④王寂“诗境清刻镵露”,其所失者也在于“言尽而意亦止”,这恐怕也与他逞才使气的创作方式以及作诗过于频繁的创作习惯有关。

王寂学习苏轼,主要在于吸收了苏轼许多艺术方面的经验,并由此形成了自己的诗歌风调,但在诗歌更高的层面上他尚未企及苏轼的境界。以诗学本身而论,苏诗是宋诗中最不易学的。对此,可从三个方面来简要论述。

一是苏轼博大的才华不易学。苏轼是一个天性自由的人,因此更能自由地发挥他的博大才华。同时,其才华还渗透于诗歌的各个方

---

① 《苏轼全集(下)》,中国文史出版社 1999 年版,第 1380 页。

② [宋]苏轼:《次韵答参寥》,见《苏轼诗集》(第三册),[清]王文诰辑注,孔凡礼点校,中华书局 1982 年版,第 949 页。

③ [宋]苏轼:《次韵江晦叔二首》(其二),见《苏轼诗集》(第七册),[清]王文诰辑注,孔凡礼点校,中华书局 1982 年版,第 2445 页。

④ [清]袁枚:《随园诗话(上)》,人民文学出版社 1982 年版,第 71 页。

面，使得他能从心所欲地运用奇警的观察、联想和比喻，也能对于前人典故做到信手拈来、妙合无间。其创作“出新意于法度之中，寄妙理于豪放之外”①。苏轼天性豪放，但艺术感觉却细腻而敏锐，清人赵翼评价苏诗说：“今试平心读之，大概才思横溢，触处生春，胸中书卷繁富，又足以供其左旋右抽，无不如志。其尤不可及者，天生健笔一枝，爽如哀梨，快如并剪，有必达之隐，无难显之情，此所以继李、杜后为一大家也。”②王寂虽然才华横溢，但终不及苏轼，因此其逞才使气之作或显勉力之态。此外，在艺术感觉上，王寂也不如苏轼那般细腻、敏锐，因此其作诗有时难免失之刻意。

二是苏轼仁厚的性情不易学。苏轼对他人具有一种广泛的爱，这种爱如地下泉水一样自然涌出，并渗透于其艺术创作中。苏轼平易近人，喜谐谑，“爱所有的人，又为所有的人所爱”③。他的政敌甚至也对他的为人充满敬意，王安石就曾评价他：“不知更几百年，方有如此人物。”④苏轼的朋友诗僧参寥在悼念苏轼的《东坡先生挽词》中说：“峨冠正笏立谈丛，凛凛群惊国士风。却戴葛巾从杖屦，直将和气接儿童。”⑤苏轼这种对所有人广泛的爱流溢在其诗中各处，如他任杭州通判时所作诗云：“除日当早归，官事乃见留。执笔对之泣，哀此系中囚。小人营糇粮，堕网不知羞。我亦恋薄禄，因循失归休。不须论贤愚，均是为食谋。谁能暂纵遣，闵默愧前修。”⑥除夕之日，令苏轼感到烦恼的不是佳节不能早归，而是要判决囚犯，因为根据宋时律法，入春后不

---

① 李之亮：《苏轼文集编年笺注（诗词附）·九》，巴蜀书社 2011 年版，第 599 页。

② ［清］赵翼：《瓯北诗话》，见申骏：《中国历代诗话词话选粹（下）》，光明日报出版社 1998 年版，第 387 页。

③ ［日］吉川幸次郎：《中国诗史》，章培恒等译，复旦大学出版社 2001 年版，第 269 页。

④ ［宋］蔡绦：《西清诗话》，见李之亮：《苏轼文集编年笺注（诗词附）·六》，巴蜀书社 2011 年版，第 545 页。

⑤ 《参寥子诗集·东坡先生挽词》，见孔凡礼：《三苏年谱》（第四册），北京古籍出版社 2004 年版，第 3019 页。

⑥ ［宋］苏轼：《熙宁中，轼通守此邦，除夜直都厅，囚系皆满，日暮不得返舍，因题一诗于壁》，见《苏轼选集》，刘乃昌选注，齐鲁书社 1980 年版，第 27 页。

能宣判死刑。苏轼在做出判决时甚至执笔而泣，对囚犯充满哀怜之情。这种哀怜不是自上而下的怜悯，而是将犯人视为同体的悲悯。他甚至对囚犯触犯刑律也怀有恕佑之情："不须论贤愚，均是为食谋。"这样的话不是一般人能说得出来的。王寂也处理过类似的公务，他晚年行部辽东时所行使的职务便是审谳冤狱。但是，在他所作的两部行记中却没有看到一首这样的作品，《拙轩集》中亦无此类有悲悯情怀的作品。王寂所关心的更多的是自身命运，然后才由己及人，联想到家人、朋友，而苏轼甚至将广泛的爱流溢于万物。苏轼对他人乃至万物的关切深厚、敏锐，这种深厚、敏锐源自于他的心灵，植根于他伟大宽厚的人格，这些都是一般人所不能企及的。

三是苏轼的精神境界不易学。苏轼一生屡遭政敌打击，在"乌台诗案"中甚至面临死亡的威胁。他大半生都在贬谪中度过，甚至被贬至荒远的海南岛。然而，他善处逆境，贬谪非但没有使他消沉，反而令他在精神上得到了锤炼，从而浴火重生。苏轼自言："问汝平生功业，黄州、惠州、儋州。"[①]这种对苦难的超越来自于旷达的胸襟以及由学问熔铸成的精神境界。在苏轼身上，除有儒家荷担人类苦难、知其不可为而为之的进取精神外，还有佛家随缘放旷、道家齐物逍遥等思想。王士祯《古夫于亭杂录》云："子瞻之文，黄州已前得之于庄，黄州已后得之于释。"[②]苏轼对于儒、释、道三家学问能够融会贯通，而且不是停留在知解层面，是有内在体悟和切实践履的。这使他在出处之间、用舍之际能够挥洒自如、游刃有余，从而表现出哲人的智慧。所以，苏轼面对人生的苦难和忧患，一直保持着常人难以保持的坦然和自在，可谓是"一蓑烟雨任平生"。正如他在《次韵答宝觉》中所云："芒鞋竹杖布行缠，遮莫千山更万山。从来无脚不解滑，谁信石头行路难。"[③]王寂则未能达到苏轼的精神境界，也缺乏苏轼挥洒自如的潇洒气度。王

---

① [宋]苏轼：《自题金山画像》，见葛泽溥：《苏轼题画诗选评笺释》，河南大学出版社2012年版，第351页。

② [清]王士祯：《带经堂诗话（上）》，人民文学出版社1963年版，第46页。

③ 李之亮：《苏轼文集编年笺注（诗词附）·十一》，巴蜀书社2011年版，第251页。

寂学问虽然广博，对于儒、释、道三家造诣亦颇深，但毕竟未能臻于化境，对于人生之荣辱利害做不到泰然处之，也不能如苏轼那般超越，故其诗常有牢落不平之气，以致缺乏苏诗的旷远风神。

王寂热爱苏轼、崇拜苏轼，作诗以苏诗为法，不仅在艺术层面上步追踵武，而且常常是字摹句拟。虽然这种效法招来了“依仿苏才翁太甚”的批评，但在艺术风格的建立、艺术技巧的运用等方面，王寂所得甚多，并最终建立起了自己的诗歌风调。

二、学习韩吏部，形成雄放诗风

金代诗歌取径于北宋，但金诗在宗宋的同时并不废唐，张晶云：“金诗的发展，并没有走宋诗的道路，而是有着独特的轨迹。宋诗中几种有代表性的诗风，如西昆派、江西派、理学诗派，都难以在金诗中找到有势力的嗣响。”[①]所以，金诗虽然受宋诗的影响很深，但仍然不同于宋诗，即金代诗歌的发展包含着金人自己的诗学祈向和取法选择。有学者认为金诗是由学宋诗开始的，中后期转向取法唐人，这种说法有一定的道理，如晏选军说：“金代中后期文人开始对苏、黄之风进行理性反思与实践探索，主张度越宋诗取法唐人，实发元代文坛‘宗唐复古’先声。”[②]金代中后期“度越宋诗取法唐人”的诗人中就包括王寂，虽然并未见到王寂明确、具体地提出这样的主张，但他以自己的创作践行了这方面的探索。王寂作诗虽然有“依仿苏才翁”的一面，但他并没有因此而被苏轼和宋诗捆住手脚，而是在学习苏轼、借鉴宋诗的同时转益多师，将杜甫、韩愈、白居易等唐代诗人作为取法对象，深入地向他们学习。

在唐代诗人中，韩愈对王寂的影响最大，并且对王寂诗歌风格的形成起着至关重要的作用。对于韩愈的作品，王寂不仅熟悉，而且喜

---

① 张晶：《金代诗歌发展的独特轨迹》，载《辽宁师范大学学报》（社会科学版）1987 年第 2 期。

② 晏选军：《苏、黄之风与金代文学》，载《学术研究》2003 年第 6 期。

爱。晚年行部辽东,他还携带着《韩文公集》,时时阅览:“庚申,以军民田讼未判为留再宿。午饭后,信手取故书遮眼,乃《韩文公集》。开帙得诗云:‘居闲食不足,从仕力难任。二者俱(韩诗原作“两事皆”——笔者注)害性,一生恒苦心。’三复其言,掩卷为之太息。非韩公饱阅穷通,备尝艰阻,断不能作是语。”(《辽东行部志》)此外,在王寂诗中时常还可以见到韩诗的影子,如“照海旌幢出乐浪,过家上冢路生光”(《送张仲谋使三韩》),出于韩愈《赠刑部马侍郎》“红旗照海压南荒,征入中台作侍郎”①句;“文公岭外得京官,照蝎壁间犹喜见”(《柳城西闻蝉有感》),出于韩愈《送文畅师北游》“昨来得京官,照壁喜见蝎”②句。韩愈《送温造处士赴河阳军序》曰:“伯乐一过冀北之野而马群遂空。”③王寂诗中屡用其意,如“顾冀北群须伯乐,嗣西江派得洪炎”(《高武略复和尖字韵见赠走笔奉酬》)、“先生勇退冀北空,坐笑百雌无一雄”(《甲辰,次熊岳县,宿兴教寺。……亦漫继两诗》)。韩愈《原毁》曰:“古之君子,其责己也重以周,其待人也轻以约。”④王寂诗云:“善交人者久而敬,其责己也重以周。”(《伯起善用强韵,往复愈工,再和五首》)韩愈曾作《圬者王承福传》,王寂诗云:“文公圬者传,信矣无浪者。”(《辛未,次松瓦千户寨。……作诗以纪其事》)

除在诗中使用了不少韩愈作品的句子和意象外,王寂对韩愈诗歌还下过一番模仿的功夫,如《觉华岛》便明显是模仿韩愈《谒衡岳庙遂宿岳寺题门楼》的。韩愈《谒衡岳庙遂宿岳寺题门楼》云:

> 五岳祭秩皆三公,四方环镇嵩当中。火维地荒足妖怪,天假神柄专其雄。喷云泄雾藏半腹,虽有绝顶谁能穷。我来正逢秋雨节,阴气晦昧无清风。潜心默祷若有应,岂非正直能感通。须臾静扫众峰出,仰见突兀撑青空。紫盖连延接天柱,石廪腾掷堆祝融。森然魄动下马拜,松柏一径趋灵宫。

① 《韩愈集》,严昌校点,岳麓书社2000年版,第130页。

② 《韩愈集》,严昌校点,岳麓书社2000年版,第27页。

③ 《韩愈集》,严昌校点,岳麓书社2000年版,第262页。

④ 《韩愈集》,严昌校点,岳麓书社2000年版,第149页。

粉墙丹柱动光彩，鬼物图画填青红。升阶伛偻荐脯酒，欲以菲薄明其衷。庙内老人识神意，睢盱侦伺能鞠躬。手持杯珓导我掷，云此最吉余难同。窜逐蛮荒幸不死，衣食才足甘长终。侯王将相望久绝，神纵欲福难为功。夜投佛寺上高阁，星月掩映云曈昽。猿鸣钟动不知曙，杲杲寒日生于东。[1]

王寂《觉华岛》云：

宫亭湖神感且通，往来送客能分风。广德王祠祷辄应，重楼翠阜浮霜空。我行拟上觉华岛，香火遍走青莲宫。中流未济成龃龉，船头西向旗脚东。云奔雾涌白浪卷，一叶掀舞洪涛中。平生行止类如此，凭仗愿有信与忠。尝闻主海尊位置，顾岂变化难为功？指呼蛟蜃扫阴翳，天水万里磨青铜。解维转柁饱帆腹，双桨不举追惊鸿。兹游政要偿素愿，勿使坐叹诗人穷。投文再拜沥微悃，为我寄语白龙翁。

（《拙轩集》卷一）

通过对比可以发现，两首诗不仅韵脚相同，内容和章法也相似。韩愈写游衡岳，遇秋雨，阴气晦昧，后经默祷，天气转变后才得以畅游；王寂写游觉华岛，海上遇风，云奔雾涌，后经祈祷，云开浪静，方得济渡。诗中所写的出行经历乃至前后转折都很相似。韩愈在诗末将此次谒衡岳之行与自身命运做了联系："窜逐蛮荒幸不死，衣食才足甘长终。侯王将相望久绝，神纵欲福难为功。"王寂也将游觉华岛的经历与自身遭遇做了联系："平生行止类如此，凭仗愿有信与忠。"此外，王寂诗中的个别诗句也是从韩诗中脱化而来的，如"宫亭湖神感且通，往来送客能分风。广德王祠祷辄应，重楼翠阜浮霜空"，脱化于"我来正逢秋雨节，阴气晦昧无清风。潜心默祷若有应，岂非正直能感通"。韩愈写默祷后衡山的景象变化云："须臾静扫众峰出，仰见突兀撑青空。"王

---

① 《韩愈集》，严昌校点，岳麓书社2000年版，第39—40页。

寂写大海风平浪静则云:“指呼蛟蜃扫阴翳,天水万里磨青铜。”句法、意境如出一辙。方东树曾评韩愈《山石》曰:“虽是顺叙,却一句一样境界,如展画图,触目通层在眼。”①将此评移之于韩愈的这首《谒衡岳庙遂宿岳寺题门楼》似也无不可,而王寂《觉华岛》亦表现出相同的特点,说明王寂对韩诗的模仿收到了一定的效果。当然,这首诗蹈袭的痕迹或许有些明显。与韩诗相比,王寂这首诗虽不如韩诗“宏肆中有肃穆之气”②,但它写景、叙述流转有余,语言生动,意象鲜明,亦可称为佳作。

除对韩诗的句法、章法以及具体作品的模拟、学习外,王寂学习韩诗更多的是从中得到风格、气质方面的熏陶,王寂诗歌雄放奇崛的风格便得益于韩诗的滋养。韩愈诗歌有文从字顺、流转平易的一面,但韩诗最大的特色却是雄浑奇崛。韩诗形成这一特色的原因在于题材上搜奇抉怪,语言上狠重生新,这使韩诗一改传统诗歌温柔敦厚的面貌而成为诗坛之异数。唐人司空图曰:“韩吏部歌诗数百首,其驱驾气势,若掀雷抉电,撑抉于天地之间,物状奇怪,不得不鼓舞而徇其呼吸也。”③宋人张戒亦云:“退之诗,大抵才气有余,故能擒能纵,颠倒崛奇,无施不可。放之则如长江大河,澜翻汹涌,滚滚不穷;收之则藏形匿影,乍出乍没,姿态横生,变怪百出,可喜可愕,可畏可服也。”④

在个性气质方面,王寂更接近于韩愈而不是苏轼,这使得王寂对韩诗的风格有独到的领悟。王寂学习韩愈有得于此,从而形成了自己诗歌雄放奇崛的风格。王寂的七古,题材上多写奇状异,写法上多用铺排之笔,常常想落天外,出人意表,使得诗歌或奇伟,或怪异,或流泻

---

① [清]蘅塘退士:《唐诗三百首新注(附辑评)》,金性尧注释,金文男辑评,上海古籍出版社2014年版,第77页。

② 延君寿《老生常谈》云:“昌黎《谒衡岳庙》诗,读去觉其宏肆中有肃穆之气,细看去却是文从字顺,未尝矜奇好怪,如近人论诗所谓说实话也。”(陈伯海:《唐诗汇评(中)》,浙江教育出版社1995年版,第1660页。)

③ [唐]司空图:《题柳柳州集后》,见祖保泉、陶礼天:《司空表圣诗文集笺校》,安徽大学出版社2002年版,第196页。

④ [宋]张戒:《岁寒堂诗话》,见丁福保:《历代诗话续编》,中华书局1983年版,第458页。

千里呈荡然不返之势，或异峰突起令人惊心动魄，表现出雄放奇崛的艺术特点。如《龟砚引》一诗，即通过思力和想象将一方本无甚奇特的瓦龟砚写得怪异无比、鲜活灵动，如神物一般。诗歌开篇描绘其形态，"足趺首尾如欲动"，"刳肠贮水濡毛锥"，仿佛此砚本身是一灵龟，而不是一砖瓦蠢物，由此为全诗展开想象埋下了伏笔。接下去笔势荡起，从空而落，运用多则典故想象此砚之来历，推想其"流落沙漠之穷乡"的原因。全诗至此是一转。而后，又由此砚之流落联想到自身的不遇，发出浩叹，生出对此砚的同情。全诗至此又是一转。接下来，写因同情而欲"携以归"，并在"携以归"上大做文章，想象自己带着这方瓦龟砚过河时发生的种种神异之事，最终此砚化为神龟跃入河中，弃己而去，而自己亦因神砚之离开而伤心不已。全诗境由思转，全凭想象构设奇境，而且愈转愈奇。诗歌下语狠重，句法参差，语意跨踔，呈现出不同于寻常诗歌平滑熟软的意态。如"苟不覆酱瓿，将支折脚之木床。惜也不为世用，而令人悲伤。嗟予与汝兮，生此龃龉。虽欲自效兮，不知其所。明日启行，则吾将以佩刀易汝，径携以归，要注虫虾于环堵"这样的句子，似文又似赋，嵌在七言诗中尤显兀傲峥嵘、豪宕不羁。再如，连用"兮"字以及通过使用"何不""又不""胡为"等领字，绵延出一大段词句而成江河奔走之势，又在诗意流荡之时回旋百转，使得诗境更显跌宕奇崛。总之，此诗可谓王寂学韩诗而得其精髓者。除《龟砚引》外，《拙轩集》中的《留题觉华岛龙宫寺》《王子告竹溪清集图》等诗皆属此类。王寂晚年行部辽东，途中带着《韩文公集》，闲时常常翻阅，潜移默化中更得韩愈诗风之沾溉。同时，东北地区浑茫雄阔的山川又给了他鼓舞，其诗更是因此而尤多奇崛之意。如《己酉，游西山石室……予为作诗，以记其异》《戊午，宿龙岩寺……戏作诗以嘲之》等诗，皆雄放之中有奇崛之气，与韩愈诗歌气质相近。

此外，王寂晚年经历仕宦挫折，胸中多蓄不平之气，作诗常发不平之鸣，这也与韩愈在创作上所主张的“不平则鸣”①说相合。

三、对其他诗人的效法和借鉴

除学习苏轼、韩愈外，王寂还博采众长，广泛借鉴前代诗人的艺术经验，其中包括唐代的杜甫、白居易等人。

杜甫诗歌博大精深，风格沉郁顿挫，内容伤时忧乱，读之可知其世，因此被称为“诗史”。在艺术上，杜甫集前人之大成，为后代之楷模，又被尊为“诗圣”。但是，杜甫的成就在当时还不为人们所知晓，中唐时经过元稹和韩愈的鼓呼，其地位才得以肯定。到了宋代，杜诗开始被奉为古典诗歌的最高典范，从而在诗坛上拥有了崇高的地位。王寂对杜甫的尊崇也是受到了宋人的影响。王寂对杜甫诗歌的借鉴、学习主要表现在三个方面。

首先，王寂诗歌中有不少诗句来自于杜诗，这是较为明显的一种借用，与借用苏轼、韩愈诗中成句的情况略同。例如：“花蕊香蜂穴，芹泥落燕巢”（《被檄平田讼投宿兔山院留题》）、“萼粉雨余沾蝶翅，蕊香风暖上蜂须”（《三逸堂白芍药》），借用了杜甫《徐步》“芹泥随燕嘴，花蕊上蜂须”句；“追想欢呼处，翻成叹息声”（《中秋月下有感戏效乐天》），借用了杜甫《可惜》“可惜欢娱地，都非少壮时”句；“但喜时平由圣主，不忧县小选中男”（《送刘子高宰新安二首》），借用了杜甫《新安吏》“客行新安道，喧呼闻点兵。借问新安吏，县小更无丁。府帖昨夜下，次选中男行”句；“佳人日暮何堪倚”（《次韵郭解元病竹二首》），借用了杜甫《佳人》“天寒翠袖薄，日暮倚修竹”句；“闻君厩有江淮种，风入四蹄两耳竿”（《谢王仲章惠淮马》），借用了杜甫《房兵曹胡马》“竹批双耳峻，风入四蹄轻”句。句意的借用虽不能算是成熟的艺术上的学习，但却说明了王寂对杜诗是熟悉和喜爱的。

---

① 韩愈《送孟东野序》云：“大凡物不得其平则鸣……人之于言也亦然：有不得已者而后言，其歌也有思，其哭也有怀。凡出乎口而为声者，其皆有弗平者乎？”（王水照：《唐宋古文选》，凤凰出版社 2012 年版，第 28 页。）

其次，王寂的个别作品有意模仿杜诗。其中最明显的是《跋韦偃病马图》和《跋张舍人所收杨仲明天厩铁骢图》两首题画诗，它们从立意、章法、修辞乃至句意方面都在模仿杜甫《韦讽录事宅观曹将军画马图》《房兵曹胡马》《丹青引赠曹将军霸》《天育骠骑歌》。如《跋韦偃病马图》云：

开元天宝谁能画，韩子规摹出曹霸。惜乎画肉不画骨，坐使骅骝减声价。晚生韦偃非画工，少也得名能古松。试拈秃笔扫东绢，便觉天厩无真龙。胡不写明皇照夜白，弄骄顾影嘶长陌。又不写太宗拳毛䯄，百战万里轻风沙。如何写此神俊物，剥落玄黄只皮骨。却思落日蹴长楸，风入四蹄追健鹘。呜呼往事今茫然，矫首有意谁其传？主恩未报忍伏枥，志士扼腕悲残年。安得老髯通马语，刍秣医治平所苦。行当起废一长鸣，要洗凡庸空万古。

（《拙轩集》卷一）

诗歌将画家、画作及画中之马做了多重叙写，写马重在风神气概，并在其中寄托了作者自身的情感和抱负，最后将病马的精神进行升华，抒发了作者身虽病而心犹壮的烈士情怀。此与杜甫题画诗所表现出的意境酷肖，遣词用语也多从杜诗脱化。例如：“却思落日蹴长楸，风入四蹄追健鹘”，上句出于杜甫《韦讽录事宅观曹将军画马图》“霜蹄蹴踏长楸间”①句，下句出于杜甫《房兵曹胡马》“风入四蹄轻”②句；“行当起废一长鸣，要洗凡庸空万古”，出于杜甫《丹青引赠曹将军霸》“斯须九重真龙出，一洗万古凡马空”③句；“惜乎画肉不画骨，坐使骅骝减声价”，出于杜甫《丹青引赠曹将军霸》“干惟画肉不画骨，忍使骅

① ［清］蘅塘退士：《唐诗三百首新注（附辑评）》，金性尧注释，金文男辑评，上海古籍出版社2014年版，第63页。

② 《杜甫诗集》，济南出版社2007年版，第21页。

③ ［清］蘅塘退士：《唐诗三百首新注（附辑评）》，金性尧注释，金文男辑评，上海古籍出版社2014年版，第65页。

骝气凋丧"[①]句;等等。

最后,杜甫诗歌"沉郁顿挫"的风骨对王寂诗歌产生了潜移默化的影响。王寂诗风本与杜甫并不相近,但通过对杜诗句意以及个别诗歌的模仿,王寂亦能得老杜神情之仿佛。更为重要的是,老杜诗中的风骨对王寂产生了影响,因此很难说王寂诗歌内在的"清刻"之气与学习杜甫诗歌没有关系。

此外,中唐诗人白居易对王寂诗歌也有着明显的影响,这种影响不仅在艺术方面,还在于思想方面。王寂《题香山寺》云:"平生居士爱香山,百岁神游定此间。黄卷既能探妙理,青衫安用拭余潸。樱桃笑日艳樊素,杨柳舞风娇小蛮。尚想夜深携满老,幅巾来听水潺潺。"(《拙轩集》卷三)[②]诗歌表达了他对白居易的喜爱之情,同时勾勒出他对白居易人生处世思想的某种理解:在精神层面,融通佛道两家文化,解悟妙理;在生活层面,悠游自在,享受世俗人生。这一思想即由白居易所倡导并闻名于后世的"中隐"思想。关于中隐思想的具体内涵,白居易在《中隐》一诗中说:"大隐住朝市,小隐入丘樊。丘樊太冷落,朝市太嚣喧。不如作中隐,隐在留司官。似出复似处,非忙亦非闲。不劳心与力,又免饥与寒。终岁无公事,随月有俸钱。……人生处一世,其道难两全。贱即苦冻馁,贵则多忧患。惟此中隐士,致身吉且安。穷通与丰约,正在四者间。"[③]中隐思想在白居易诗中不断出现,如《郡亭》云:"山林太寂寞,朝阙空喧烦。唯兹郡阁内,嚣静得中间。"[④]《闲题家池,寄王屋张道士》云:"进不趋要路,退不入深山。深山太濩落,要路多险艰。不如家池上,乐逸无忧患。"[⑤]从中可见,中隐思想包含两方面内容:一是摆脱世俗事务的拖累,保持心地清静,追求隐逸情

① [清]蘅塘退士:《唐诗三百首新注(附辑评)》,金性尧注释,金文男辑评,上海古籍出版社 2014 年版,第 65 页。

② 黄卷指道书或佛经。樊素、小蛮皆白居易歌伎,樊素善歌,小蛮善舞,白诗有"樱桃樊素口,杨柳小蛮腰"之句。([唐]孟棨:《本事诗·事感》。)

③ 《全唐诗》(第七册),中华书局编辑部点校,中华书局 1999 年版,第 5011 页。

④ 《白居易全集》,中国文史出版社 1999 年版,第 70 页。

⑤ 《白居易集(第三册)》,顾学颉校点,中华书局 1979 年版,第 821 页。

怀;二是不想真正走入山林过清苦的隐居生活,而是留在散官之位,享受丰厚的俸禄以及由此带来的享乐生活,即所谓的“终岁无公事,随月有俸钱”。白居易的中隐思想还融合了佛道两家文化的内涵,即吸收了道家知足保和、恬淡退守和佛家超越名利、随缘放旷的思想,从而在精神上的隐逸和物质上的享乐之间求得平衡。所以,它一经提出便受到了士人的欢迎和推崇。苏轼就对白居易的中隐思想深表赞同,并曾为王绅的“中隐堂”赋诗五首(《中隐堂诗》),其《六月二十七日望湖楼醉书》(其五)诗亦云:“未成小隐聊中隐,可得长闲胜暂闲。”①不过,苏轼对中隐思想有所扬弃,不像白居易那样过多地流连于世俗生活的享乐,并在诗中喋喋不休地述说,而是更多地取于精神上的闲适意趣和隐逸情怀。这使得苏轼的中隐较白居易多了些超然物外的清旷之气。

苏轼对白居易的欣赏或对王寂产生了影响。受此影响,王寂在诗中亦屡唱中隐,如《题中隐轩》云:“我则愿师白乐天,终身衮衮留司官。伏腊粗给忧患少,妻孥饱暖身心安。况有民社可行道,随分歌酒陶余欢。经邦论道不我责,除书破贼非吾干。”(《拙轩集》卷一)不仅思想与白居易如出一辙,而且诗歌风格也很相似。类似的作品还有《题刘德文乐轩》:“君不见达官火色凌朝霞,传呼数里清堤沙。……官闲事少忧患少,君恩饱暖及全家。寿亲余沥沾宾友,教子尚有书五车。百年万事付杯酒,部伍鼓吹鸣池蛙。眼前识破两蛮触,胸次不置千褒斜。”(《拙轩集》卷[illegible])

在对中隐思想深表赞同的同时,王寂亦对白诗产生了兴趣,进而尝试着在创作中吸收白诗的艺术风格。白居易诗歌语言上最突出的特点是明白晓畅、平易浅切,这一特点为王寂部分诗歌所吸取。白诗语言上的这一特点使其诗歌产生了广泛影响,引起了社会广大阶层的共鸣,据说老妪尚能解,但白诗也受到了许多人的诟病,如宋人张戒就批评白诗“浅近”“卑弱”。② 实际上,这并不是白居易诗歌的主要方

---

① 《苏东坡全集(上)》,邓立勋编校,黄山书社1997年版,第60页。

② [宋]张戒:《岁寒堂诗话》,见丁福保:《历代诗话续编》,中华书局1983年版,第450页。

面。白居易诗歌看似浅俗，但浅中有深、俗中有雅，是经过艺术提炼的“浅俗”。张耒云：“世以乐天诗为得于容易，而耒尝于洛中一士人家，见白公诗草数纸，点窜涂抹，及其成篇，殆与初作不侔。”[①]白诗“言浅而思深，意微而词显”[②]，且尤长于情，如《念金銮子二首》之一云：“衰病四十身，娇痴三岁女。非男犹胜无，慰情时一抚。一朝舍我去，魂影无处所。况念夭化时，呕哑初学语。始知骨肉爱，乃是忧悲聚。唯思未有前，以理遣伤苦。忘怀日已久，三度移寒暑。今日一伤心，因逢旧乳母。”[③]诗歌写失去爱女的过程以及感受到的痛苦，语言虽平易浅切，但却情感深挚。王寂诗歌“清刻镵露”，用典频繁，在语言风格上本与白诗不相类，但有些诗歌王寂有意学习白居易，也能得白诗之风味。如《中秋月下有感戏效乐天》云：“此夜十分满，中秋万古情。素娥应不老，苍鬓可怜生。追想欢呼处，翻成叹息声。悲欢人自尔，月是一般明。”（《拙轩集》卷二）语言平易浅显，但在浅易的语言下却含有深情，是学白诗而得其语浅情深的佳作。

白居易诗歌在题材上有很大拓展，对日常生活常有诗意的发现，这一特点也为王寂所吸收。白居易诗歌尤其是后期的创作，往往用通俗浅切的语言描写日常生活，表现了诗人作为一个普通的人、真实的人的思想和情感。唐诗在题材上在白居易以前较少表现普通人的日常生活，至白居易才发生了重大变化。白居易的这些诗歌使唐诗从天上、从远方、从幻象中回归到日常生活里，吟咏出普通人平凡、实在的心声，从而为诗世界开拓出一个新的领域。白居易这种在题材上进行开拓，深入到日常生活，以至于无所不写以及无不从中发现诗意和诗趣的写法，对后人有很大启发。王寂继承了白居易诗歌注重日常生活、日常经验，并从中提炼诗意的写法。他的诗也有不少是很日常化、生活化的，如《病起》写生病后的感受，《拙轩》写患眼疾的体验，《散策》写骑马在外闲行时的心情，等等。王寂晚年行部辽东，途中作行记

---

① ［宋］魏庆之：《诗人玉屑·锻炼》，上海古籍出版社1959年版，第175页。

② ［清］叶燮、薛雪、沈德潜：《原诗　一瓢诗话　说诗晬语》，霍松林、杜维沫校注，人民文学出版社1979年版，第110页。

③ 《白居易集》，凤凰出版社2014年版，第78页。

两部，在两个多月的时间里作诗 85 首，作诗的频率很高，有时达一天数首。频繁的创作自然需要大量的诗歌素材来做支撑，这就促使他把观察的视角深入到行途中的许多小事和细节上。在这方面，王寂也受到了白居易的启发。当然，发现生活中的诗歌素材不等于发现了诗意，王寂有些诗虽然写出来了，但并无诗意可言，不免成为平滑熟软的失败之作，这也算是学白而有所失吧。

除对韩愈、杜甫、白居易诗歌的借鉴效法外，岑参诗歌的尚奇倾向、李白七言歌行的流走气韵也都对王寂诗歌产生了影响，这与金代中期诗坛尊奉苏、黄而不废唐音的总体诗学趋向是一致的。

总之，王寂学诗取径甚广，并非局限于一家，而是根据己之所好博采众长，进而形成了自己"戛戛独造"的诗歌面目。不过，王寂在取法前人的过程中也存在着食古不化、生硬模拟的缺失，以致限制了他的诗歌突破当下境界向更高一层迈进的脚步。清人陶玉禾在《金诗选》评语中说："金诗……苦少蕴藉，好用成语……墨痕不化。"[①]将这一批评用于王寂诗歌也是颇中肯綮的。

---

① 李正民、董国炎：《辽金元文学研究》，文化艺术出版社 1999 年版，第 108 页。

第三章　王寂的词

金人词学上承北宋，自然也不自外于词的总体发展。对于拙轩词，有学者从词史发展的角度做了解读。我国台湾学者黄兆汉《金元词史》认为："元老之词，风流蕴藉，清丽缠绵，甚得《花间》之风神。"[①]李艺《金代大定、明昌时期绮艳词风回潮研究》认为，大定、明昌时期的金词不仅有苏词的影响，而且像柳永"俗"词派的痕迹也能看到，甚至清真派的手法技巧也曾盛行，有俗雅并存的情况。[②] 王定勇《金词研究》认为，王寂词学渊源近承金初，远宗北宋，上追花间，其词婉约题材占多数，多为闺怨艳情、伤春悲秋之作。[③]

作为北方人的作品，拙轩词明显有别于南宋词。胡梅仙《金代大定、明昌词新质探讨》认为，王寂词一览无余的质朴坦白以及表现出的豪气是典型的北人风格。于东新《关于金代大定、明昌词风的文化考察》则说，王寂个别词以白话口语入词，俳谐滑稽、浅白俚俗的风格颇类散曲，究其原因，在于政治环境以及北方地域文化和女真民族性格的影响。

在吸收前人论述及学者研究的基础上，笔者从两个方面对拙轩词做了进一步阐发：一是通过文本细读将拙轩词分类，进而分析拙轩词的风格，揭示其作为北方词所表现出的"豪宕之气"；二是从词史的角度考察拙轩词雅俗兼综的特点，及其在词的发展过程中所体现出的由

---

① 黄兆汉：《金元词史》，台湾学生书局1992年版，第97页。

② 李艺：《金代大定、明昌时期绮艳词风回潮研究》，载《民族文学研究》2005年第4期。

③ 王定勇：《金词研究》，扬州大学2006年博士学位论文。

俗入雅的特点。

第一节　拙轩词的内容和风格

王寂有词36首①,收于《拙轩集》卷四,是金代中期存词数量最多者。在内容上,拙轩词大致可分为艳情词、抒怀词、颂词3种。在这些作品中,艳情词和抒怀词是拙轩词的主体,占绝大多数,各有10余首;其次是颂词,有6首;咏物词有1首,但它也可以看作抒怀之作;写景词有1首,是题扇回文词。

在风格上,拙轩词表现为悲凉之意中显豪宕之气。由于作品多为王寂人生后期所作,忧生之嗟、逝水之叹、宦海之悲以及对消逝青春的怅惘之情,构成了拙轩词情感表达的主体,因此,其总体上呈现出悲凉的色调。同时,词中通过故作解脱语、以欢乐之情冲淡之、以放达之意超越之等方式,消解和挣脱内心的悲凉,又使拙轩词在悲凉之意中时有豪宕之气。两种情绪交织并具有内在张力,体现出了金人词"刚方""清劲"的特点。

一、拙轩词的内容

(一)艳情词

艳情词产生于金代中期词坛绮艳之风盛行的大环境下,同时期的

① 清朱孝臧《彊村丛书》以《武英殿聚珍版丛书》为本,录王寂《拙轩词》1卷,35首;唐圭璋《全金元词》据以辑入。据考,文渊阁《四库全书》本录王寂词37首,较《武英殿聚珍版丛书》本及文津阁《四库全书》本多《好事近·赠妓》1首,并将七律《渔父》诗收入卷四词中,题为《古渔父词》。《渔父》不计入词中,故共计有词36首。

李晏、刘仲尹、刘迎等人多有此类作品。之所以曰“艳情词”，是因为这些词多以绮艳之语写男女之情。王寂的艳情词细分起来大致有两类：一类是带有逢场作戏、娱宾遣兴性质的香艳之作，格调近于花间，兼有柳永词的俗艳；另一类是融情于景带有感伤色彩的深情之作，语言、风格接近于北宋前期的士大夫雅词。两者格调不同，但都透露出北方词伉爽清疏的风格特质。

花间词远绍南朝宫体诗，往往对女性的容貌、仪态、服饰、陈设等做精心描画，极尽女色刻写之能事，并以此烘托、暗示女性的感情和心理。邓乔彬《唐宋词艺术发展史》概括道：“花间词的最大特点也在于‘绮语’。花间的‘绮语’是‘艳词’的外在表现，而艳词的内容则主要包括这几个方面：以悦妓为主的男欢女爱，由此衍生出的幽会、恋情，与之相关的女性声色、打扮、陈设、环境，推而至冶游、艳遇、歌席酒宴之乐，怨女的代言（男子作闺音）。”[①]王寂的艳情词有一部分明显带有花间词风调，不仅与其题材相近，而且艺术表现手法也多类似，因此可视为花间词在新的历史时期的遗响。如《菩萨蛮·春闺》云：

镇犀不动红炉窄，宿酲恼损金钗客。瑞鸭叆雕盘，白毫起鼻端。 韩郎双鬓老，个里知音少。留取麝煤残，临鸾学远山。

（《拙轩集》卷四）

作品描绘了女子所在的室内环境，营造出静谧、幽雅的氛围，镇犀、红炉、瑞鸭等室内陈设体现出女子闺房的精致、考究。“韩郎双鬓老，个里知音少”，则是对女子心理的描写。最后一句“留取麝煤残，临鸾学远山”，对女子画眉这一动作做了细节刻画。麝煤，即含麝香之煤。苏轼《翻香令》云：“金炉犹暖麝煤残，惜香更把宝钗翻。”[②]况周颐《蕙风词话续编》卷一载：“郑谷《贫女吟》：‘笑剪灯花学画眉。’潘元质

① 邓乔彬：《唐宋词艺术发展史》，河北人民出版社 2010 年版，第 146 页。

② 《苏轼词集》，刘石导读，上海古籍出版社 2014 年版，第 233 页。

词：'旋剪灯花，两点翠眉谁画。'盖以灯煤碾细代眉黛。王元老《菩萨蛮》云：'留取麝煤残，临鸾学远山。'此用香煤，更韵。"[1]从这首词的语言格调到内容意境可以看出，它具有花间词的诸多特点。

除了继承花间词的传统之外，王寂这类艳情词还有柳永俗词的影响痕迹，有些词刻画极为香艳，甚至有大胆露骨的描写，如《大江东去·美人》云：

> 破瓜年纪，黛螺垂双髻，珍珠罗抹。娅姹吴音娇滴滴，风里啼莺声怯。飞燕精神，惊鸿标致，初按梁州彻。舞裙微褪，汗香融透春雪。　少陵词客，多情当年，曾烂赏湖州风月。自恨寻春来已暮，子满芳枝空结。湘佩轻抛，韩香偷许，空想凌波袜。章台杨柳，可堪容易攀折。
>
> （《拙轩集》卷四）

对于这首词，如果去掉"艳情"中的"情"字而称其为"艳词"，那么也没什么不可。这类作品充分体现了王寂笔法"镵露"的特点，即善于状写事物，刻画生动，曲尽其妙。将"镵露"笔法运用于词，尤其是运用于以状写女性姿态、仪容、装饰等为特点的绮艳词中，收到了意想不到的艺术效果。

王寂另一类艳情词则有所不同，艳的成分大为减少，情的成分大为增加，俗的成分大为减少，雅的成分大为增加，其所表现的也不再是普泛化、类型化的男女之情，而是融入了作者感情经验的个人化的男女之情。男欢女爱的内容虽然没变，但因融入了感情这一质素，而使得词的性质与前者相比有了不同。相应地，这类词在写法上也出现了变化，不再注重对女子容貌、妆饰、仪态以及场景的描绘，而是注重于感情的抒写，即由纯粹的"彩绘艺术"转变为某种意义上的"言情艺术"。如《望月婆罗门·怀古》云：

① ［清］况周颐：《蕙风词话》，孙克强导读，上海古籍出版社 2009 年版，第 168 页。

笑谈樽俎，坐中惊叹谪仙人。乌丝落笔如神，唤起小鬟风味，学按古阳春。对琼枝璧月，朝暮长新。 宦萍此身，叹别后迹俱陈。独有芳温一念，红泪罗巾。凭谁妙手，为写寄崔徽一幅真，聊慰我老眼黄尘。

（《拙轩集》卷四）

“宦萍此身，叹别后迹俱陈”，写出了爱情成空的无限惆怅，在这惆怅中还含有年华老去，一切都不会再来的深深哀伤。“凭谁妙手，为写寄崔徽一幅真”，典出崔徽事。崔徽乃唐代名伶，能歌善舞，兼工写真。裴敬中为兴元察官时，奉使蒲中，与崔徽相从。待裴敬中回，崔徽以不得从为恨，遂自写其真以寄裴敬中，曰：“崔徽一旦不及卷中人，且为郎死。”（秦观《南乡子·题崔徽写真图》云：“妙手写徽真，水剪双眸点绛唇。”①）再如《大江东去·美人》云：

芳姿蕙态，笑人间脂粉，寻常红白。大抵风流天也惜，赋与梅魂兰魄。袁相名姝，谢家尤物，缥缈真仙格。朝来酒恶，可人一笑冰释。 韩郎老矣，情怀鬓丝，禅榻花落茶烟湿。心字殷勤通一线，千劫消磨不得。被底春温，樽前风味，回首伤春客。却愁云散，等闲好梦难觅。

（《拙轩集》卷四）

词的上片写出了美人超凡脱俗的风姿和品质，下片则将笔落在对作者自身的叙写上。“被底春温，樽前风味，回首伤春客”等句，表明作者经历过一段刻骨铭心的爱情。这段爱情“心字殷勤通一线，千劫消磨不得”，然而此时“韩郎老矣，情怀鬓丝”，只徒留一声“等闲好梦难觅”的叹息。

王寂艳情词中常有“记当时行乐，年少如狂”“平生老子风流惯，消得冰魂入梦来”之类的句子，表明这些作品源于自己真实的感情经

① 石海光：《秦观词全集》，崇文书局2015年版，第19页。

历。元好问《续夷坚志·京娘墓》中的风流才子说的正是王寂,而记载金代中期人物风流韵事的也只此一篇。刘熙载《艺概·词曲概》云:“词家先要辨得情字。《诗序》言‘发乎情’,《文赋》言‘诗缘情’,所贵于情者,为得其正也。……流俗误以欲为情,欲长情消,患在世道。倚声一事,其小焉者也。”[①]王寂的这类作品蕴含着自己独特的人生经历和爱情体验,风格接近于北宋前期的士大夫雅词,与前面那些偏于俗艳的作品相比,含有更多的感情内质,因而也比较能够打动人心。

(二)抒怀词

除了艳情词之外,王寂还写有一些抒发自身情怀的作品,数量与艳情词不相上下。艳情词多写男女之情,是金代中期词坛绮艳风潮与作者自身爱情经验相结合的产物,抒怀词则是北宋以来所开创的士大夫词传统在金代异地发展的结果。

北宋士大夫词与当时的政治及党争有密切的关系,政治投射于词,使得词的基调从侑觞佐欢转变为贬谪文化的投射。金代的士大夫词也不例外,同样带有政治投射的影子。金代的士大夫某种程度上延续了北宋士大夫的文化精神,对于政治、国家亦有深切的关注,只因金代政治环境不同于北宋,故金代士大夫多将目光转向了山林隐逸以求安心。

所谓的士大夫精神,其实就是一种家国情怀和天下意识。在中国古代,士大夫精神的出路除与政权结合外,别无其他更好的选择,但在不同时代,又因政治环境不同而有不同的表现。北宋时期,政治环境有利于士大夫参与,故士大夫意识高涨,文人普遍有政治使命感,家国情怀和天下意识异常强烈。当时的文人,无论在朝还是在野,均以天下为己任,所以范仲淹“进亦忧,退亦忧”,并说出了“先天下之忧而忧,后天下之乐而乐”这样的千古名言。金代则不然,它不像北宋那样给汉族知识分子提供了一个可以发挥作用的舞台,或者说未充分提供这样的舞台,故士大夫意识遭受了挫伤。因此,金代汉族文人虽然从

① [清]刘熙载:《艺概》,上海古籍出版社1978年版,第123页。

北宋继承了士大夫的文化传统，具有士大夫精神，但却面对着一个令自己无所适从的尴尬的政治环境。于是，这种家国情怀和天下意识便呈现出一种无所依附的状态。正因如此，金代文人普遍对政治有疏离感，并且在情感上转向隐逸，以寻求精神出路。此外，金代文人的隐逸思想也或多或少地与仕宦有着密切关联。仕与隐犹如天平两端的砝码，此消彼长地维持着天秤的平衡，亦如一枚硬币的两面，因对立而决定了彼此的存在。只有理解了这种关系，才能真正理解金代中期开始出现的隐逸思潮，也才能理解王寂抒怀词的内涵。

王寂抒怀词在本质上与其表现隐逸之思的诗歌具有相同的内涵，只不过在词中表达得更为集中、更为细腻。与在诗中相同，在词中这种内涵体现为羁宦之情、隐逸之思，两者交织构成了王寂抒怀词的基本感情内质。如《鹧鸪天》云：

> 秋后亭皋木叶稀，霜前关塞雁南归。晓云散去山腰瘦，宿雨时来水面肥。　吾老矣，久忘机，沙鸥相对不惊飞。柳溪父老应怜我，荒却溪南旧钓矶。
>
> （《拙轩集》卷四）

上片第一句写秋天的萧瑟，象征着作者内心的寒意。“雁南归”喻示着自然界的生命依循自然的规律在合适的时节返回家园，而人却受困于非自然的现实不能实现这一愿望。过片直抒胸臆，写作者年老之后对世事的热衷已经消歇，意味着应该享受安逸的晚年，但现实却是“荒却溪南旧钓矶”。“旧钓矶”明显带有隐逸文化的象征意味。词中羁宦之情夹杂着人生暮年的体验，使得不能归隐的焦虑更为深切。再如《人月圆·再过真定，赠蔡特夫》云：

> 锦标彩鹢追行乐，管领镇阳春。而今重到，莺花应笑，老眼黄尘。　凭君问舍雕丘侧，准拟乞闲身。北潭涨雨，西楼横月，藜杖纶巾。
>
> （《拙轩集》卷四）

词中交织着羁宦之情与隐逸之思。在词中，王寂设想将隐逸的想法付诸实践——“准拟乞闲身”，还设想了归隐之后的生活——“北潭涨雨，西楼横月，藜杖纶巾”。但终王寂之一生，这一想法都未能实现，其最终的处境亦如这首词所说：“莺花应笑，老眼黄尘。”

如果词的发展一直沿着南唐西蜀的花间词格调进行，未曾在北宋时潜入士大夫意识，那么词在金代也许就只是一种抒写个人爱情经历的独特文体。然而，词的发展不是这样的。也许正是因为受到了北宋以来士大夫词的影响，金词中有抒怀一类，包含着士大夫对自身命运的关切和对政治遭遇的反思，所以，作为金代文人的王寂虽然对于刻骨铭心的爱情不免要“销尽冰魂，惆怅离樽”，但仍然要“马蹄如水朝天去”，“罗带香囊取次分”。可见，爱情中的分离非由情感决定，而是由人格中之士大夫意识决定的。

（三）颂词

王寂还有少量颂词，包括庆祝节日、祝贺家人生日之类的词，如《点绛唇·上太夫人寿》《酒泉子·夫人生朝》《渔家傲·夫人生朝》《踏莎行·元旦》等。这些作品表达了作者对亲人和美好生活的祝愿，所用词句以吉祥语为主，在文学上并无特别之处。如《踏莎行·元旦》云：

爆竹庭前，树桃门右，香汤浴罢五更后。高烧银烛，瑞烟喷金兽。萱堂次第了，相为寿。　改岁宜新，应时纳祜，从今诸事愿胜如旧。人生强健，喜一年入手。休辞最后饮，酴酥酒。

（《拙轩集》卷四）

再如《点绛唇·上太夫人寿》云：

阿母瑶池，梦回风露青冥晓。六宫仪表，曹大家风好。

满眼儿孙，大国金花诰。头如葆，未尝闻道，冷笑西河老。

（《拙轩集》卷四）

王寂颂词共有6首，其中4首是祝颂家人及节日的，还有2首是写给上级大员的，即《水调歌头·上南京留守》和《瑞鹤仙·上高节度寿》。这2首词与上述的不同，比较有特点。由于所颂之人不仅是上级，而且是执掌一方、位高权重的高官，所以，词中的称颂之语格外不同，使得词作具有一种充沛的气势，表现出了豪放的风格。如《水调歌头·上南京留守》云：

圣世贤公子，符节镇名邦。褰帷一见丰表，无语已心降。永日风流高会，佳夕文字清欢，香雾湿兰釭。四座皆豪逸，一饮百空缸。　指呼间，谈笑里，镇淮江。平安千里，烽燧卧听报云窗。高帝无忧西顾，姬公累接东征，勋业世无双。行捧紫泥诏，归拥碧油幢。

（《拙轩集》卷四）

再如《瑞鹤仙·上高节度寿》云：

辕门初射戟，看气压群雄，虹飞千尺，青云试长翮。拥牙旗金甲，掀髯横策，威行蛮貊。令万卒，纵横坐画。荡淮夷献凯，归来斗印，命之方伯。　赫赫功名天壤，历事三朝，许身忠赤。寒陂湛碧，容卿辈，几千百。看皇家图旧，紫泥催去，莫忘樽前老客。愿年年，满把黄花，寿君大白。

（《拙轩集》卷四）

两篇作品的词句充分表达了称颂之意，如“高帝无忧西顾，姬公累接东征，勋业世无双”“赫赫功名天壤，历事三朝，许身忠赤”等句，极为得体。同时，还体现出方面大员坐镇一方的威势和阵仗，如“指呼间，谈笑里，镇淮江”“辕门初射戟，看气压群雄，虹飞千尺，青云试长翮”等句。两词气势充沛，笔力豪放，从中可见北方词的特点。值得注意的是，王寂在词中蔑称南宋为“蛮貊”“淮夷”，体现了他以金朝为华夏政权之正统的国朝意识。

王寂还有一首咏物词《水调歌头·木芙蓉》，为大定二十八年(1188 年)所作。当时王寂刚刚经历了蔡州之贬，虽遇赦，但未被起用，他于“戊申季秋月十有九日，赏芙蓉于汝南佑德观。酒酣，为赋‘明月几时有’，盖暮年游宦之情不能已也”。词云：

岸柳飘疏翠，篱菊减幽香，蝶愁蜂懒无赖，冷落过重阳。应为百花开尽，天公着意留与，尤物殿秋光。霁月炯疏影，晨露浥红妆。　奈无情，风共雨，送新霜。嫁晚还惊衰早，容易度年芳。只恐韶颜难驻，拟倩丹青写照，谁唤剑南昌。我亦伤流落，老泪不成行。

（《拙轩集》卷四）

作品对芙蓉在秋天渐渐凋零的景象做了细致描写，写其“奈无情，风共雨，送新霜”的悲凉境遇，暗示着自己的不幸遭遇，故结尾云：“我亦伤流落，老泪不成行。”所以说，这首咏物词实际上也是一首抒怀之作，是作者“暮年游宦之情不能已也”的产物。

另有一首写景词《菩萨蛮·回文题扇图》，词云：

碧空寒露松枝滴，滴枝松露寒空碧。山远抱溪湾，湾溪抱远山。竹疏横岸曲，曲岸横疏竹。寒鹭宿平滩，滩平宿鹭寒。

（《拙轩集》卷四）

作品题写在团扇的扇面上，不仅从前至后可读，还可以从后至前倒读，颇能体现词人的巧思。作品写景新丽疏爽，语言明白如话，亦可谓饶有情致。

二、拙轩词的风格

拙轩词虽然在内容上不出花间词及士大夫抒怀之作的范围，但在意境上还是具有很强个人风格的，体现出了北方词的特点，并且颇异于同一时期的南宋词。对于金词，况周颐《蕙风词话》卷三云：

> 顾细审其词，南与北确乎有辨，其故何耶？或谓《中州乐府》选政操之遗山，皆取其近己者，然如王拙轩、李庄靖、段氏遁庵、菊轩其词不入元选，而其格调气息，以视元选诸词，亦复如骖之靳，则又何说。南宋佳词能浑，至金源佳词近刚方。宋词深致能入骨，如清真、梦窗是。金词清劲能树骨，如萧闲、遁庵是。南人得江山之秀，北人以冰霜为清。南或失之绮靡，近于雕文刻镂之技。北或失之荒率，无解深裘大马之讥。①

当代学者从南北词不同的角度也对拙轩词做了很多研究，成果斐然，如陶然《金元词通论》、胡传志《金代文学研究》、于东新《关于金代大定、明昌词风的文化考察》、胡梅仙《论金代大定、明昌词的田园牧歌情调》和《金代大定、明昌词新质探讨》、李楠《论金代王寂词的艺术特质》以及刘锋焘、魏玮《金代大定词坛的代表——王寂词论述》等。

拙轩词的风格特点可以归纳为悲意中的豪宕，即词中多含悲意，但悲意中时有豪宕之气。这使拙轩词在意绪低沉之中时有昂扬之态，两种情绪交织并具有内在张力，体现出了金人词“刚方”“清劲”的特点。

（一）多含悲凉之意

拙轩词多含悲凉之意与作品多为王寂晚年所作有关，或者说，大

① ［清］况周颐：《蕙风词话》，孙克强导读，上海古籍出版社2009年版，第62—63页。

部分作品作于王寂人生后期。对此,通过梳理拙轩词中的信息即可得到证实。

拙轩词的创作时间具体可考者有7首。其中,《点绛唇·上太夫人寿》作于王寂五十五岁前。王寂母亲于王寂五十五岁时亡故,但由词中“满眼儿孙,大国金花诰”句推测,创作时间亦不会很早。《大江东去·吊舍弟》作于五十三岁以后,因其弟亡于王寂五十三岁那年。《人月圆·再过真定,赠蔡特夫》作于五十五岁时,当年王寂受命催租河朔途经真定。《南乡子·赠妓》作于五十七岁官中都因事过通州时,词引云:“大定甲辰,驰驿过通州。”《一剪梅·蔡州作》作于五十九岁被贬蔡州后。《水调歌头·木芙蓉》作于六十一岁被贬蔡州时,词引云:“戊申季秋月十有九日,赏芙蓉于汝南佑德观。”戊申,即大定二十八年(1188年)。《蓦山溪·退食感怀》亦当作于被贬蔡州期间,词中有“山城块坐”“羁客奈愁何”句,“儿童蛮语”亦应指蔡州。蔡州地处金朝南疆,王寂《一剪梅·蔡州作》曾以“天涯南去更无州”句指称蔡州。

创作时间无考,但由词中语句可知作于王寂人生后期者有11首。《菩萨蛮·春闺》云:“韩郎双鬓老,个里知音少。”《酒泉子·夫人生朝》云:“儿孙罗拜捧金荷,沸笙歌。”《鹧鸪天》云:“平生老子风流惯,消得冰魂入梦来。”《渔家傲·夫人生朝》云:“萱草堂深飞寿斝,香满把,彩衣兰玉森如画。”《踏莎行·元旦》云:“萱堂次第了,相为寿。”《望月婆罗门·怀古》云:“聊慰我老眼黄尘。”《洞仙歌·自为寿》云:“先生老矣,饱阅人间世。”《大江东去》云:“韩郎老矣”,“回首伤春客”。《望月婆罗门·元夕》云:“记当时行乐,年少如狂。”《红袖扶·酌酒》云:“青春等闲背我。”《大江东去·美人》云:“少陵词客,多情当年,曾烂赏湖州风月。自恨寻春来已暮,子满芳枝空结。”

创作时间无考,词中语句亦未言明,但由词意推测作于王寂人生后期者有7首。《昭君怨·江行》意境低沉,且云:“有酒须当痛饮,百岁黄粱一枕。”《采桑子·用司马才叔韵》(三首)从词意看,为经历爱情多年后所作,内容出于后期回忆。《减字木兰花·送春》有“刘郎未到”“今度重来”语,想必也不会是早期作品。《醉落魄·叹世》云:“百年旋磨”,“而今笑看浮生破”,亦属晚期自省语。《感皇恩·漫兴》云:“百年浑醉,三万六千而已,过了一日也,无一日”,亦带有明显的人生桑榆之感。

据此可知,拙轩词至少有25首可以认为是王寂人生后期的作品,这一数量相对于全部36首作品而言,无疑占有很大比例。正因王寂创作时年纪老大,故词中对人生美好年华之逝追悼不已,使得作品充满了忧生之嗟、逝水之叹,从而构建出拙轩词较为低沉的情感底色。以往学者较少留意拙轩词的这一特点,而多着眼于其轻狂、豪放的风格,这对于理解拙轩词未免有些不足。殊不知,明亮、豪放皆是由悲凉之意这一较暗的底色转来,正如一幅画,总体色调较暗,其他色调才会在此基础上得以凸显。

拙轩词所含悲凉之意大致包括三个方面。一是年华老去之悲,如《望月婆罗门·元夕》云:

> 小寒料峭,一番春意换年芳。蛾儿雪柳风光,开尽星桥铁锁,平地泻银潢。记当时行乐,年少如狂。　宦游异乡,对节物只堪伤。冷落谯楼淡月,燕寝余香。快呼伯雅,要洗我穷愁九曲肠。休更问,勋业行藏。
>
> (《拙轩集》卷四)

上片写佳节的美好,渲染充沛,蓄势甚满。春天将至,不仅自然界改旧换新,人世间亦充满欢乐的气氛。“开尽星桥铁锁,平地泻银潢”,词句如走珠溅玉,写出了人世间的热闹和欢愉。但是,结句却一刹——“记当时行乐,年少如狂”,将热闹和欢愉蓦然推翻,如同画面的转换:在呈现热闹的景象时,突然将其虚掉,换为一个老人寂寞的面孔,说出寂寞的话来。这一瞬间突变的画面,使人感觉人生繁华不是慢慢消歇的,而是瞬间成为虚幻的。下片由“宦游异乡”引出对当下境况的描述,以各种不能实现的愿望衬托宦游之悲,最后通过对“勋业行藏”的否定,表达了作者对年华逝去的无奈。

二是仕宦失意之悲。王寂为官后常有“仕路黄杨”之叹,晚年又经历了宦海风波，深受打击，所以向往归隐，希望过自由适性的生活。但是，无情的现实却使得这一愿望始终无法实现。当其年老时，羁宦之情与隐逸之思便时常交织在一起，令他陷入悲伤。如《一剪梅·蔡州作》云：

悬瓠城高百尺楼，荒烟村落，疏雨汀洲，天涯南去更无州。坐看儿童，蛮语吴讴。　过尽宾鸿过尽秋，归期杳杳，归计悠悠，栏杆凭遍不胜愁。汝水多情，却解东流。

（《拙轩集》卷四）

此词作于王寂被贬蔡州时。开篇写景，空阔中有苍茫之色，是词人内心悲意的外化。“归期杳杳，归计悠悠”，双声叠韵的运用加上词意的连绵，给人以余情不断、水远天长之感，更深化了这种情感。结句“汝水多情，却解东流”，更以无情为有情，把无法归去的悲意表现得无以名状。

三是爱情消逝之悲，如《大江东去·美人》云：

芳姿蕙态，笑人间脂粉，寻常红白。大抵风流天也惜，赋与梅魂兰魄。袁相名姝，谢家尤物，缥缈真仙格。朝来酒恶，可人一笑冰释。　韩郎老矣，情怀鬓丝，禅榻花落茶烟湿。心字殷勤通一线，千劫消磨不得。被底春温，樽前风味，回首伤春客。却愁云散，等闲好梦难觅。

（《拙轩集》卷四）

此词咏美人，上片用赋笔，言其美貌：“笑人间脂粉，寻常红白”；言其内质：“梅魂兰魄”，更用“袁相名姝，谢家尤物”的典故进行衬托。但是，下片并没有接着上片意脉写其“狂情”，而是以一句“韩郎老矣”将意绪转入另一面。“禅榻花落茶烟湿”，有回首处舟过千山的寥落之感。王寂晚年学佛，唐人郑谷《雪中偶题》有“乱飘僧舍茶烟湿”[①]句，即为此句所本。但是，春心却“千劫消磨不得”，词意在此一顿。尽管如此，“被底春温，樽前风味”还是唤起了回首伤春的感受。结句将心事归于对美好往事的回忆，含有不能释怀之意。全词上片写美人，下片写自己，通过对比反衬自己青春消逝、情事难觅的怅惘，思绪飘荡中有不胜低回之意。

拙轩词蕴含的悲凉之意不仅渗透在抒怀词中，还渗透在艳情词中，作品中叹逝叹老之语比比皆是。可以说，拙轩词是作者唱出的一曲曲暮年悲歌：当人生垂暮，回首往事时，发现青春、爱情、功名皆已逝去，皆成梦幻，于是便叹惋、悲悼，自伤不已。

（二）时有豪宕之气

拙轩词在暮年悲凉之意的总体色调中，还有对悲意的努力挣脱，从而体现了作者面对困境的积极态度。它使作品的内在意绪多了一些转折，并使词意不时呈现出豪宕之气，如同一幅画，在较暗的底色上有了几抹令人亢奋的亮色。拙轩词中的豪宕之气是通过以下几种方式表现出来的。

一是故作解脱语，即通过种种自我解脱之语使自己从悲凉之中跳脱出来。这些话语起到了一种自我安慰的作用，如《醉落魄·叹世》云：

> 百年旋磨，等闲事，莫教眉锁。功名画饼相谩我，冷暖人情，都在这些个。　播玛不怕经三火，莲花未信淤泥涴，而今笑看浮生破。禅榻茶烟，随分与他过。
>
> （《拙轩集》卷四）

词中多有自我解脱的话，如“等闲事，莫教眉锁”“而今笑看浮生破”。然而，是否真的看破了呢？《五灯会元》卷一载：“有沙弥道信，

① 管士光：《唐诗精选》，大象出版社 2012 年版，第 319 页。

年始十四,来礼祖(三祖僧璨)曰:‘愿和尚慈悲,乞与解脱法门。’祖曰:‘谁缚汝?’曰:‘无人缚。’祖曰:‘何更求解脱乎?’信于言下大悟。”①可见,真解脱者不会再求解脱,因束缚已无。正因为作者并未达到解脱境界,所以才要故作解脱之语。但不管怎样,说出来总会有心理安慰的作用,也体现出作者寻求解脱的一种努力。

二是以当下的快乐冲淡悲凉的心境,即用其他情境转移、稀释人生当下的悲感,使其不至于占据精神的全部。如《洞仙歌·自为寿》云:

> 先生老矣,饱阅人间世。磨衲簪缨等游戏。趁余生,强健好赋归与。收拾个,经卷药炉活计。　辟寒金剪碎,漉蚁浮香,恰近重阳好天气。有荆钗举案,彩服儿嬉,随分地。且贵人生适意,也不愿堆金数中书,愿岁岁今朝对花沈醉。
>
> (《拙轩集》卷四)

词中虽说“趁余生,强健好赋归与”,但这只是拟想之词,并非现实,“饱阅人间世”倒是真的。在上片,暮年之悲、羁宦之愁、隐逸之思交融在一起,显示出这种困境无法解脱。过片则词意一转,作者把心思由困扰处、悲哀处移开,去寻找人生美好适意的一面,那就是还能在好天气里喝喝酒,而且家里“有荆钗举案,彩服儿嬉”。这也是一种现实,且此现实非彼现实,这种现实是寻常景、身边事。作者通过这种方式冲淡了人生的悲感。

三是以放达之情超越悲凉之意。这种表达在拙轩词中最多,也最能体现其豪宕之气,如《感皇恩·漫兴》云:

> 天地一浮萍,人生如寄,画饼功名竟何益。百年浑醉,三万六千而已,过了一日也,无一日。　韶颜暗改,良辰易失,丝竹杯盘但随意。酴醾赏罢,更向牡丹丛里,戴花连夜饮,花

① 《五灯会元》,苏渊雷点校,中华书局 1984 年版,第 48—49 页。

前睡。

（《拙轩集》卷四）

上片直抒胸臆，抒发作者对现实的无奈，“百年浑醉”等句尤显颓然，但颓然之后便是放达。正因为“韶颜暗改，良辰易失”，所以才要把握人生片刻的美好，及时行乐。而且，及时行乐尚不足以尽兴，也不足以抵消人生的悲感，还要过度行乐才行。酴醾是三春花事的最后一种，“酴醾赏罢”即意味着春天已过，花事消歇。但作者偏要说“酴醾赏罢，更向牡丹丛里”，即表示要不顾一切地利用人生有限的时光来行乐，并且还要用“戴花连夜饮，花前睡”的方式把追取到的快乐享用到极致。这种文人式的放达之情，尤显豪宕之气。

此外，拙轩词中还经常出现“酒”这一意象。通过对酒这一意象的不断展示，拙轩词在悲意与放达、自伤与自放之间呈现出一种张力，从而使其尤具北方词清劲豪宕的特色。比如，“快呼伯雅，要洗我穷愁九曲肠”（《望月婆罗门・元夕》）、“玉山倒，从教唤起，红袖扶著”（《红袖扶・酌酒》）、“锦标彩鹢追行乐，管领镇阳春”（《人月圆・再过真定，赠蔡特夫》）等。除抒怀词外，在艳情词及颂词中，酒这一意象也经常出现，如“娇倚扇，醉翻杯，莫随云雨下阳台”（《鹧鸪天・赠妓》）、“人生强健，喜一年入手。休辞最后饮，酴酥酒”（《踏莎行》）、“坐中狂客，不觉琉璃杯滑”（《感皇恩・有赠》）、“四座皆豪逸，一饮百空缸”（《水调歌头・上南京留守》）、“西城南浦，月明扶醉归路”（《大江东去・吊舍弟》）、“朝来酒恶，可人一笑冰释”和“被底春温，樽前风味，回首伤春客”（《大江东去・美人》）等。酒，在此被赋予了诸多象征意味，成为拙轩词糅杂人生诸多感受并体现其作品特色的符号代码。

不过，王寂不具有苏轼那样旷达的胸襟，也缺乏涵容和化解人生悲苦的气度，所以，拙轩词终究不似苏词那样心无点尘、胸怀逸气。拙轩词虽然在悲意中时有豪宕之气，但也有勉强处，即有时其实不能豪宕而又不得不豪宕，其放达亦似实为未达。故欣赏拙轩词时，有时不免会给人以吞吐未尽之感。

第二节 拙轩词由俗入雅的发展趋向

关于拙轩词,学者多注重其作为北方词的特点,正如况周颐所言:“南宋佳词能浑,至金源佳词近刚方。……南人得江山之秀,北人以冰霜为清。”①然而,却较少有人从词的发展流变上考察拙轩词由俗入雅的趋向。

词自产生以来,总体上是由俗入雅发展的。从北宋至南宋,词在文人士大夫的参与下逐渐完成了它的雅化。金词也从属于这一进程,拙轩词便是明显的例证。拙轩词在传播方式上由合乐之歌词转为案头之文词,在思想意境上由浅俗轻艳转为清雅深情,在创作心态上由逸乐纵情转为言志写心。拙轩词雅俗兼综的状态正是词之由俗入雅的发展在金代词坛的具体体现。

词本倚声而填,故最初称为“曲子词”,然北宋以后,随着词乐渐亡,词也渐渐地去音乐化发展了。与此同时,在内容、意境等方面,词也由俚俗向雅正发展。待到苏轼一出,更是“指出向上一路”,对于传统词侑觞佐欢的功能进行了改造,使得词不仅缘情,还可言志。其后,词一直沿着这一道路发展,并最终脱离音乐变为只供阅读的案头读物。但词的雅化虽从北宋开始,却并未在北宋完成,宋人南渡后,这一过程仍在继续。对此,多数词史肯定了这一点,但相关论述多是从南宋词这一脉络进行观照的,未免忽略了同一时期的金词。因金词上承北宋,故王寂的词作为金词的一部分亦不能自外于词的发展。基于此,我们可从传播方式、思想意境、创作心态三个方面来考察拙轩词由俗入雅的趋向。

---

① ［清］况周颐:《蕙风词话》,孙克强导读,上海古籍出版社 2009 年版,第 63 页。

一、从可歌之词到可读之文

虽然北宋以后词乐渐亡,但至少需要经历一个过程。在南宋,词仍然可歌,在金也是如此。

词在金代的发展及其与音乐的联系同词这一形式在金代的异地移植有关。金初伐北宋,攻占汴京,将图书、文物掳掠一空。天辅五年(1121 年),金太祖下令:"若克中京,所得礼乐仪仗图书文籍,并先次津发赴阙。"①天会二年(1124 年),金再伐北宋,围汴京,刘彦宗谓宗翰、宗望曰:"萧何入关,秋毫无犯,惟收图籍。辽太宗入汴,载路车、法服、石经以归,皆令则也。"②以上虽只记载了金灭宋后收取图书、文籍的情况,但其实携之北归的还有不少专业人才,其中就包括乐工、宫姬、歌伎等。金初,吴激《人月圆》词传颂南北,洪迈记云:"先公在燕山,赴北人张总侍御家集。出侍儿佐酒,中有一人,意状摧抑可怜,叩其故,乃宣和殿小宫姬也。坐客翰林直学士吴激赋长短句纪之,闻者挥涕。"③

与乐工、宫姬、歌伎等一起移植来金的还有擅词的文人,吴激即是其中之显著者。金初文化"借朝异代",词也正因他们的参与而在金朝立地生根,得以发展。刘毓盘《词史》云:"女真立国,专尚武功,自与宋通和,宋使被留者,以文化开其国。"④

由此可知,词被移植入金是连同着音乐一起的,而词与音乐结合的情况在金代中期依然延续着。王寂《南乡子・赠妓》引云:

> 大定甲辰,驰驿过通州。贤守开东阁,出乐府缥缈人作累累驻云新声。明眸皓齿,非妖歌嫚舞欺儿童者可比。怪其服色与哙等伍,或言占籍未久,不得峻陟上游。问之,云青其

---

① 《金史・本纪第二・太祖》,中华书局 1975 年版,第 36 页。

② 《金史・列传第十六・刘彦宗》,中华书局 1975 年版,第 1770 页。

③ [宋]洪迈:《容斋随笔》,吉林文史出版社 1994 年版,第 129 页。

④ [民国]刘毓盘:《词史》,上海书店 1985 年版,第 129 页。

姓，小字梅儿。因感其事，拟其姓名，戏作长短句，以“明日黄花蝶也愁”歌之。

（《拙轩集》卷四）

其情形正与金初洪迈所记吴激作《人月圆》词相似。由此可证，此时的词仍是可被之管弦而演唱的。此外，从王寂多首词作的题目和内容上看，也可证其有不少是为配乐歌唱而作的，如《点绛唇·上太夫人寿》《南乡子·赠妓》《酒泉子·夫人生朝》《感皇恩·有赠》《望月婆罗门·怀古》《水调歌头·上南京留守》。

清人丁绍仪《听秋声馆词话》卷十八云：“《钦定词谱》成，共八百二十六调，计二千三百六体。较之万律，增体一倍有奇。然校定为谱者，仅居其半，余皆列以备体而已。乃采取犹有未及。如李光《庄简集》之《琼台》……王寂《拙轩集》之《红袖扶》……”[①]文津阁《四库全书》本《拙轩集》于王寂《红袖扶·酌酒》词下注云：“案，此调词律不收，盖寂自度曲。”可见，王寂是通音律的，其词当有为谐音演唱而创作者，因此自然不能不注意词之为乐词的特点。

不过，拙轩词也有很多非专为赏音、听歌而作的，如《人月圆·再过真定，赠蔡特夫》云：

锦标彩鹢追行乐，管领镇阳春。而今重到，莺花应笑，老眼黄尘。　凭君问舍雕丘侧，准拟乞闲身。北潭涨雨，西楼横月，藜杖纶巾。

（《拙轩集》卷四）

这首词表达了作者意欲归隐而又不得的惆怅心绪。显然，它主要是让友人赏其文，知其心志。此外，以词相赠也不大可能由歌女在酒宴上当场演唱，而应是写出来交给对方的。即便不排除配乐歌唱的可能，至少也是更注重文词中所含志意的。再如《水调歌头·木芙蓉》引

① 张璋等：《历代词话（下）》，大象出版社2002年版，第1603页。

云:“戊申季秋月十有九日,赏芙蓉于汝南佑德观。酒酣,为赋‘明月几时有’,盖暮年游宦之情不能已也。”(《拙轩集》卷四)从内容上看,这首词显然也是更偏重于文词而非乐词的一面,因此完全可以作为案头作品来欣赏,而忽略其音乐性。

词在传播方式上由酒宴上的可歌之词转向案头上的可读之文这样的情形,在北宋即已开始,到了南宋这一趋势发展得更为明显,从而体现出文学性对音乐性的消融。比如,南宋词虽然可歌,但词乐已弱化,以致张炎在《词源》中无奈地说:“信乎协音之不易也”[①],“可歌可诵者,指不多屈”[②]。即便如姜夔这样南宋少有的精通音律的词人,也在《角招》词序中说:“予每自度曲,吟洞箫,商卿辄歌而和之,极有山林飘渺之思。予今离忧,商卿一行作吏,殆无复此乐矣。”[③]可见,南宋时不可歌之词已多于可歌之词了。这样所导致的结果是,词人由重视词之音乐韵律转为重视词之文字格律,从而加剧了词乐分离的趋势。

由拙轩词的情况可知,金词在词乐分离及其表现方式上由可歌之词转为可读之文的趋势与南宋是一致的,从而显示了在整体文化进程中词的文学性对音乐性的消融,表明了金词在文学雅化的道路上仍然沿着北宋所开启的方向继续前进。

二、从浅俗香艳到清雅深情

拙轩词有一部分是专写艳情的,内容多为以悦妓为主的男欢女爱以及由此衍生的恋情,不少场景设定在冶游、艳遇、歌席酒宴等方面;思想意境近于花间,兼有柳词的俗艳;写法上常对女性的容貌、仪态、服饰以及室内陈设等做精心描绘。如《感皇恩・有赠》云:

宝髻绾双螺,蹙金罗抹,红袖珍珠臂鞲匝。十三弦上,小

① [宋]张炎:《词源》,中华书局1991年版,第41页。

② [宋]张炎:《词源》,中华书局1991年版,第38页。

③ 《姜夔词》,韩经太、王维若评注,人民文学出版社2005年版,第116页。

小剥葱银甲。阳关三叠遍，花十八。　雁行历历，莺声恰恰，洗尽歌腔旧讴哑。坐中狂客，不觉琉璃杯滑。缠头莫惜与，金钗插。

（《拙轩集》卷四）

上片先从女子妆容写起，从头上的发式到所穿的服装，再到身体局部，都写得很细致。“蹙金罗抹”“臂鞲匝”等字眼表明，所写的是一位年在妙龄的少数民族少女。过片则转向行为和场面描写。“雁行历历，莺声恰恰”，写出了欢娱的场景。最后从侧面落笔，写观赏者的醉意和狂态。整首词描绘出一幅士大夫宴饮声色图。再如《鹧鸪天》云：

千顷玻璃锦绣堆，弄妆人对影徘徊。香薰木麝芳姿瘦，酒晕朝霞笑脸开。　娇倚扇，醉翻杯，莫随云雨下阳台。平生老子风流惯，消得冰魂入梦来。

（《拙轩集》卷四）

上片写妓女风姿，“酒晕朝霞笑脸开”，极显香艳之态，反衬出酒席宴上男女恣情欢笑之状。过片“娇倚扇，醉翻杯”，节奏一变，动感全出。“娇倚扇”，写舞动的女子；“醉翻杯”，写饮酒的看客。用两个短促的三言句，将一个场景迅速跳转至另一个场景，给人以很强的现场感。

这类作品充分体现出了王寂用笔之“镵露”，即善于状写物态，刻画生动，曲尽其妙。而且，不仅用笔“镵露”，还有大胆露骨的描写，如《大江东去·美人》云：

破瓜年纪，黛螺垂双髻，珍珠罗抹。娅姹吴音娇滴滴，风里啼莺声怯。飞燕精神，惊鸿标致，初按梁州彻。舞裙微褪，汗香融透春雪。　少陵词客，多情当年，曾烂赏湖州风月。自恨寻春来已暮，子满芳枝空结。湘佩轻抛，韩香偷许，空想凌波袜。章台杨柳，可堪容易攀折。

（《拙轩集》卷四）

王寂这类作品的思想意境颇有浅俗轻艳色彩，多写男性对女性的情欲，并带有赏玩意味，从题目“赠妓”“美人”等也不难感受到这一点。由于所写女性多是男性的情欲对象，并在男性赏玩的眼光中出场，所以，她们所展现更多的是以男性为本位、体现男性观感的“性”的意味，而不见对女性内心世界的探索，更不见另一方男性更多的情感活动。两性间的交流多是“章台杨柳，可堪容易攀折”和“缠头莫惜与，金钗插”，类似于妓院买春、北里冶游，明显带有自上而下的施予姿态。这类浅俗轻艳的词作，无疑是金代中期特定的时代文化背景下士大夫宴游享乐文化与妓女冶游文化融合的产物。

但同样是写女性，拙轩词也不乏清雅之作，格调与上面几首颇为不同。如《点绛唇·闺思》云：

疏雨池塘，一番雨过香成阵。海榴红褪，燕语低相问。
冰簟纱橱，玉骨凉生润。沈烟喷，日长人困，枕破斜红晕。

（《拙轩集》卷四）

本词中，作为赏玩者的男性的目光退隐了，代之以客观的对闺中女子情思的观照。情欲的成分没有了，只有对女性生活场景的展示和情感涟漪的捕捉。写法上也有所不同：开篇出之以自然之景，明丽清雅，活泼而有生趣。过片转入对闺阁室内陈设的描写，显出幽静闲适的意味。两种环境一动一静，形成对比。最后，女主人公以一副慵懒的意态出场，表现出闺阁中人面对春天美景时百无聊赖的心绪。全词虽然没有较深的内涵，但用笔洗练，意境清雅，与前面那些作品有很大的不同。

再如《菩萨蛮·春闺》云：

回纹锦字殷勤织，归鸿点破晴空碧。上尽最高楼，栏杆曲曲愁。　黄昏犹伫立，何处砧声急。强欲醉乌程，醒时月满庭。

（《拙轩集》卷四）

词作有模仿李白《菩萨蛮》（平林漠漠烟如织）的痕迹。两词不仅韵字相同（只最后一字两词押不同字），而且意境亦相仿。虽然仍是花间词常见的闺思题材，但词中哀怨出于清旷，颇有金词“伉爽清疏”之致。“归鸿点破晴空碧”和“醒时月满庭”句，亦俊逸清新。

如果说以上词作多是表现普泛化、类型化男女之情的话，下面这三首《采桑子·用司马才叔韵》则因融入个人经验而成为较具个性化的作品，尤其是词中还融入了作者较深的感情体验。词云：

西风吹破扬州梦，歇雨收云，密约深论，罗带香囊取次分。　冷烟衰草长亭路，销黯离魂，羞对芳樽，刚道啼痕是酒痕。

马蹄如水朝天去，冷落朝云，心事休论，蘸甲从他酒百分。　不须更听阳关彻，销尽冰魂，惆怅离樽，衣上余香臂上痕。

十年尘土湖州梦，依旧相逢，眼约心同，空有灵犀一点通。　寻春自恨来何暮，春事成空，懊恼东风，绿尽疏阴落尽红。

（《拙轩集》卷四）

三首词合起来可以看作一组连章体的作品，每一首词都独立描写一个场景，合起来就像是串联成一则曲折的爱情故事。第一首写离别。“吹破”二字表明，这种离别是被动的、迫不得已的，就像时序变迁、秋风吹起一样不可逆转。“密约深论”，写两人关系的亲密和感情的真挚。但是，不可逆转的分离使他们不得不黯然面对“冷烟衰草长亭路”。第二首写离别以后。“马蹄如水朝天去”，暗示男子的离去与功名事业有关，并由此引发理智与情感的强烈矛盾。“不须更听阳关彻”，是说悲伤已经饱和，使人无法容受外界的一点点暗示。这正是情到深处的体验，也只有经历过的人才能写出这样的句子。第三首写十年后两人再次相逢。“依旧相逢,眼约心同”,虽然情感并未随时间而改变,但钟情的两人也只能发出“空有灵犀一点通”的叹惋。三首词贯穿着强烈的感情因素,以致省略了对人物外貌和妆容的描写,从而使得这三首词与前面那些专注于写男女情欲的艳情词有了根本的区别。

值得一提的是,三首词以相同的韵字构建出三个具有内在关联的场景,使得三首词不仅具有时间上和情感上的连续性,还具有音乐般的回旋之美,产生了一唱三叹的抒情效果。第一首词的结句“刚道啼痕是酒痕”,表现出情人欲掩饰情感而又无法做到的凄楚之态;第二首词的结句“衣上余香臂上痕”,则对前一首词中的场景做出了呼应。两首词结尾均押“痕”字,在声调上欲吞还吐,似幽咽如轻叹,与所表达的感情相得益彰。此外,三首词两次提到了“梦”,使得词的意境更显迷离,而“梦”所包含的事典对感情事件做出的暗示,也给读者留下了想象和回味的空间。总之,缠绵悱恻的感情出于清丽典雅的语言,正是雅笔写深情的佳作所具有的魅力。

拙轩词中的艳情词虽然颇有吟风弄月的意味,并且许多作品亦不脱浅俗轻艳的色彩,但绮艳之风终究还是吹醒了词人心底潜藏着的关于爱情的旧梦,梦虽消逝,却仍镌刻在词人的词心上。于是在流连光景之余,这颗词心便不自觉地苏醒并潜入了作品,使得那些写得有些烂熟的调笑佐欢的作品有了较为真挚的感情内质。

三、从逸乐纵情到言志写心

拙轩词中的艳情词多出于吟风弄月、遣兴娱宾的写作目的,在创作心态上具有逸乐纵情的倾向。之所以如此,是因为这些词多创作于特定场合,是士大夫酒宴间侑觞佐欢的产物,而这又与时代风潮密切相关。李艺《金代大定、明昌时期绮艳词风回潮研究》认为:“统治阶级中最高统治者的提倡,正迎合了社会上的一种风尚。经过了几十年战乱,人们愈益感觉到了生命的珍贵,生活的难得,再加之最高统治者这样的提倡与喜爱,于是乎在北宋之世风行百年不衰的绮艳词风又重新席卷而来,风靡于世,文人词客们制作出了相当数量的这一类词作,写女性女音的绮艳婉媚之词是相当常见的。……大定明昌之际的词人群中，像赵可、王寂、李晏、刘仲尹、刘迎、党怀英、王庭筠等人，其中相当多的词人写有绮艳之作。”①

然而，金代中期的词并非完全受到了这股绮艳词风的裹挟，同时还深受北宋士大夫词的影响，尤其是苏轼词的影响。金人大多崇苏，文学深得苏轼沾溉。对此，清人翁方纲更是有“苏学盛于北”之说：“当日程学盛于南，苏学盛于北，如蔡松年、赵秉文之属，盖皆苏氏之支流余裔。遗山崛起党赵之后，器识超拔，始不尽为苏氏余波，沾沾一得，是以开启百年后文士之脉。”②

金词受苏轼的影响不容忽视。金初，领导词坛的是吴激和蔡松年，合称“吴蔡”，二人开金代百年词运。蔡松年词学习苏轼，后人评曰：“疏快平博，雅近东坡。”③在蔡松年的影响下，更加之苏词所具有的独特艺术魅力，苏轼词风终金一代始终占据着主流地位。正是苏词才使得金人领悟到词的功能并非仅在于侑觞佐欢、遣兴娱宾，还有言志抒怀的向上一路。以王寂为例，除了艳情词之外，更有抒写自身怀抱的作品，两者数量不相上下。况且，有些艳情词还融入了较深的身世之感和志意的表达，并不能完全以艳情词来看待，如《红袖扶·酌酒》云：

风拂冰檐，镇犀动翠帘珠箔。秘壶暖宫黄破萼，宝薰闲却，玻璃瓮头漉雪。擘新橙，秀色浮杯勺。双蛾小，骊珠一串，梁尘惊落。　俗事何时了，便可束置之高阁。笑半纸功名何物，被人拘缚，青春等闲背我。趁良时，莫惜追行乐。玉山倒，从教唤起，红袖扶著。

（《拙轩集》卷四）

① 李艺：《金代大定、明昌时期绮艳词风回潮研究》，载《民族文学研究》2005年第4期。

② ［清］翁方纲：《石洲诗话》，中华书局1985年版，第78页。

③ 陈匪石：《声执》（卷下），见唐圭璋：《词话丛编》（第五册），中华书局1986年版，第4961页。

上片写酒席宴上歌欢舞热的场景，不仅场景欢畅，而且写得精致。然而，过片却由写景转向抒怀，引出词人的内心世界，抒发其"半纸功名""被人拘缚""青春等闲背我"的惆怅之感。最后，又把这种感触融入"趁良时，莫惜追行乐。玉山倒"的颓放之中。

苏轼"以诗为词"的艺术手法虽然引起了后世争议，但却无疑为词的发展指出了向上一路，从而不仅扭转了柳永造成的词由雅向俗的回流，而且更为重要的是，打破了词为艳科的自限，变小词为大词，使得词由缘情向言志发展，并从风月情怀中走出来，去表现文人士大夫的超怀逸气。所以，在词坛绮艳之风吹拂的同时，金人并没有沉溺于风月之中不能自拔，而是仍然有着清醒的士大夫意识，故而言志抒怀之词不在少数。

正如北宋士大夫词与当时的政治及党争有密切联系一样，金词与士人的政治处境也密切相关。以王寂为例，其词中便经常表现出对于仕宦生涯的内在焦虑和冲突，此即缘于其所秉承的是一种士大夫人格。所以，王寂对于刻骨铭心的爱情虽不免"销尽冰魂，惆怅离樽"，但作为士大夫的他仍要"马蹄如水朝天去"，"罗带香囊取次分"。

王寂前期的仕途较为平顺，后期则因处理卫州水灾不力而被贬为蔡州防御使。这使他深受打击，于是将精神趋向转向隐逸以寻求安慰，如《蓦山溪·退食感怀》云：

> 山城块坐，空吊朋侪影。挝鼓放衙休，悄无人日长门静。折腰五斗，所得不偿劳。松暗老，菊都荒，谁为开三径。　及瓜不代，归计浑无定。羁客奈愁何，尽消除诗魔酒圣。儿童蛮语，生怕闰黄杨。争左角，梦南柯，万事从今省。
>
> （《拙轩集》卷四）

由词意可知，这首词作于王寂被贬蔡州时。作者被贬在荒城僻地为官，忙完一天的公事后产生了很深的寂寞感，这种寂寞感还伴随着羁宦之情，即所谓的"归计浑无定""羁客奈愁何"。同时，因羁宦之情而产生的隐逸之思，更使词意苦涩起来。"折腰五斗，所得不偿劳"，表达的是对仕宦的否定;“松暗老,菊都荒,谁为开三径”,是对隐逸的肯定。结尾进一步将仕宦的意义虚无化:“争左角,梦南柯,万事从今省。”

再如《鹧鸪天》云:

> 秋后亭皋木叶稀,霜前关塞雁南归。晓云散去山腰瘦,宿雨时来水面肥。 吾老矣,久忘机,沙鸥相对不惊飞。柳溪父老应怜我,荒却溪南旧钓矶。
>
> (《拙轩集》卷四)

开篇写秋天的萧瑟景象,象征词人内心的寒意。“雁南归”喻示自然界的生命正依循自然规律返回家园,而人却受困于现实不能回家。过片直抒胸臆,表达作者对归隐生活的向往,但现实却让人十分无奈,只能是“荒却溪南旧钓矶”。

这类言志写心的词作在创作心态上其实与言志之诗并没有什么不同,而且反映出了词渐与诗合,同时进一步在文人士大夫手中雅化的趋向。这与北宋以来词的发展进程是一致的,正如龚鹏程先生所说:“词从北宋中期开始的诗化历程,虽因本色论之提出,欲独立为另一家,但实际上是更彻底的诗化,完全转化为表达文士心志之文体。”①

总之,拙轩词既有俗词,也有雅词,呈现出雅俗兼综的状态,但毕竟还是雅词占据多数。若从一个片段来看,则拙轩词在特定时期是混合着不同性质作品的集合,但从整个词史的发展进程来看,拙轩词这种俗与雅的混合状态却可以分开来看,即俗词站在进程的一端,雅词站在进程的另一端,两者代表了一个进程中不同阶段的风格。金代词学是对北宋词学的继承,虽然承中有变,但大体是沿着北宋以来所开辟的方向继续发展的,至少在由俗入雅的方向上如此,而拙轩词正体现了这方面的一些特点。

---

① 龚鹏程:《中国文学史(下)》,世界图书出版公司北京公司 2011 年版,第 124 页。

第四章　王寂的文章

《拙轩集》卷一收赋1篇，卷五、卷六收表2篇、牒2篇、记4篇、序3篇、帖启2篇、书后3篇、祭文1篇、行状1篇、墓志铭1篇、哀词1篇，共计21篇，“各体具存，可以得其什七矣”①。此外，王寂晚年巡按辽东所作的两部行部志多有描写、抒情性段落，也有很强的文学价值，可以作为文章看待。

对于王寂的文章，后人评价甚高。清代四库馆臣谓之“古文亦博大疏畅，在大定、明昌间卓然不愧为作者”，“文章体格亦足与《滹南》《滏水》相为抗行”。②《金文最·英和序》称王寂文章为“大定、明昌文苑之冠”③。《金文最·阮元序》以为“大定以后，其文章雄健，直继北宋诸贤”，而“专集之存者，仅《拙轩》等集五家而已”。④《金文雅·作者考》云：“元老诗文清拔，为滹南、庄靖二家先导。”⑤

金代中期，文学脱离“借朝异代”的格调而自成面目，萧贡称之为“国朝文派”，此后元好问力倡之。⑥ 国朝文派的标举使金代文章的特色得以彰显。王寂作为金代中期卓有成就的作家，其文章可以作为国朝文派的代表，对此，可从文章总的特点及各体文章的特色两个方面

---

① 《四库全书总目提要·集部十九·拙轩集》，海南出版社1999年版，第854页。

② 《四库全书总目提要·集部十九·拙轩集》，海南出版社1999年版，第854页。

③ ［清］张金吾：《金文最》，中华书局1990年版，“英和序”。

④ ［清］张金吾：《金文最》，中华书局1990年版，“阮元序”。

⑤ ［清］庄仲方：《金文雅》，江苏书局1891年版，“作者考”第3页。

⑥ 参见［金］元好问：《中州集·蔡太常珪》，中华书局1959年版，第33页。

加以说明。

第一节　王寂文章总说

一、内容上多表现个人志趣

王寂文章从内容上看,多不超出个人生活的范围,以表现个人志趣为主。这主要与王寂的人生经历以及为官所在职位有关。

王寂中年入仕,所历官职多为地方长官,面对的是钱粮、兵马、刑狱等具体事务,如“时边烽未息,千里转输,予以朝命从事于四方”(《拙轩集》卷六《送故吏张弼序》)、“河决,卫州坏。命户部侍郎王寂、都水少监王汝嘉徙卫州胙城县”[①]、“大定丁酉,予贰漕辽东,以朝命按治冤狱”(《辽东行部志》)等。由于王寂为官的大部分时期并未进入朝廷中枢担任重要官职,也没有入职翰林院的经历,自然没有机会创作谈兵议政一类的文章,也无与于朝廷典谟,因此不像同一时期国朝文派“正传之宗”[②]的蔡珪,长期任翰林修撰同知制诰等职,所写文章以朝廷应用类为主。对于蔡珪之文,后人称许曰:“扬厉伟迹加润色,铺张鸿休尊典谟。”[③]继蔡珪之后主盟文坛的党怀英(与王寂同时而稍后),同样长期任职于翰林院,以代表朝廷所作公文而知名于当世:“故翰林学士承旨党公,天资既高,辅以博学,文章冲粹,如其为人。当明

① 《金史·本纪第八·世宗下》,中华书局1975年版,第194页。

② [金]元好问:《中州集》,中华书局1959年版,第33页。

③ [元]郝经:《书〈蔡正甫集〉后》,见《郝文忠公陵川文集》,秦雪清整理,山西人民出版社2006年版,第109页。

昌间,以高文大册,主盟一世。”[①]“论者谓公之制诰,百年以来亦当第一。”[②]反观王寂,其大部分时间为地方官,位居中流,虽入朝做过谏官,也只是左右补阙或拾遗一类的小官,且因忌惮当时微妙的政治生态而噤若寒蝉。后虽升任户部侍郎,旋又因卫州河决一事而遭罢黜。元好问言王寂“兴陵朝以文章政事显”[③],政事指的应不是国家大政,而是地方政务,文章也非指代表朝廷所写的高文大册,而是指以个人身份所写的各体文人化文章。

现实经历及职位决定了王寂文章的表现范围,故王寂作文多写与自己有关的事,见闻所及亦皆在自己生活经验之内。例如:《祁县重修延祥观记》是写他在祁县做县令时当地一所道观重修一事的;《瑞葵堂记》是颂扬临城尉王安中之善政的,王安中之兄王建中与王寂“莫逆于今余三十年,始终如一”;《赠日者李子明序》是写给日者李子明的赠言,因王寂“以使事往来保遂间,渠从予乞言,恳甚,故以此遗之”;《送故吏张弼序》是赠给他当年为祁令时一名故吏的,其在作者“以朝命从事于四方”时“尝预其行”,“以至险阻艰难无不同者”;《与文伯起帖二首》(其二)则是派人给友人送药时随附的,所谓“今如法修合,谨封送大剂,及录本方,并希检入”;《曲全子诗集序》记叙其弟曲全子的为人行事及早世经过;《先君行状》述其父王础一生行迹,以备立传时采择;《姚君哀词》写姚孝锡作为一代名士的风采,作者与其交谊深厚,所谓“平生知我,无如公者”;等等。这些文章或者源于作者亲身经历,或者有自身真实感受,或者其人其事与自己有所关联,皆是观察生活后才形诸笔墨的,故具有很强的个人色彩。此外,《辽东行部志》和《鸭江行部志》中的叙述、抒情类段落更是作者对日常生活的真实记录和当下反映。在行记中,作者不仅记载了旅行中的见闻,还对自己在行途中的生活做了生动描写。因为采用的是日记体,每日所记随机而又自然,所以文章极富生活气息,有些甚至饶有趣味。比如:“庚戌,啜茶于

① [金]赵秉文:《竹溪先生文集引》,见陈良运:《中国历代文章学论著选》,百花洲文艺出版社 2000 年版,第 611 页。

② 引自王庆生:《金代文学家年谱》,凤凰出版社 2005 年版,第 196 页。

③ [金]元好问:《中州集》,中华书局 1959 年版,第 102 页。

西园松下，茶罢，少憩于小轩，轩前花木颇有春意。予以旧圃荒芜，命老兵芟除灌溉，已而不觉失笑，予亦行人，何恋恋如是？真所谓‘客僧作寺主也’。”（《鸭江行部志》）

题材多得自于个人生活经验，故王寂多选择自己感兴趣的内容来写，以致文章在很大程度上反映了作者的个人志趣。王寂中年以后因仕宦之劳而颇有隐逸之思，晚年又出儒入佛，故文章多有表现释道隐逸一类的内容。比如：《宝塔山龟镜寺记》《祁县重修延祥观记》两篇文章，一是为佛寺作记，一是为道观写传；《僧尼度牒》《道士女冠度牒》是写给僧尼、道士出家为凭的度牒；《书金刚经后》以大乘佛教般若部重要经典《金刚经》为核心，衍其主旨，为父祈福；《先君行状》写其父王础一生行迹，写至入佛门“跏趺而逝”为止；《姚君哀词》无异于一篇隐士小传，作者对姚孝锡“林泉佳处，杖屦时一徜徉乎其间”多有致意。此外，《岩蔓聚奇赋》在发不平之鸣的同时将文章主旨归于老庄的逍遥与超脱；《三友轩记》以庄子思想为主旨，提出了自适的主张；《赠日者李子明序》以“古之避世者，或多卜隐”为线索发表议论。至于两部行记，有关佛道隐逸一类的内容更是比比皆是，体现出了王寂对这方面内容的浓厚兴趣。

王寂还是一位书画爱好者，尤其对绘画十分痴迷，所以在行记中出现了许多有关绘画的记录，这些记录都成为我们了解金代绘画的重要资料。对于书法王寂也是内行，其《题杨少师侍御帖后》《题三仙帖后》便是两篇评论书法的佳作。这些文章体现出王寂作为一名文人所具有的良好艺术修养和丰富生活趣味。

因王寂文章多表现个人志趣，没有体国经野、谈兵议政的内容，也少有以道自任者，故文章中说理论辩的成分相对较少，与北宋“开口揽时事，论议争煌煌”那类文章不可同日而语。王寂纯粹以议论为主的文章只有《题杨少师侍御帖后》《题三仙帖后》，但也只是谈论书法的。因不以议论为主，故王寂文章总体上多叙事之作，并且非叙事性文章中叙事的成分也较多，如《宝塔山龟镜寺记》《祁县重修延祥观记》《瑞葵堂记》等记体文皆属于叙事性散文。记体文本就以叙事见长，宋人王应麟《辞学指南》云:"记者,记事之文也。"[①]北宋以前的记体文多以叙事为主,较少议论,但由于宋人有好议论的风气和追求理趣的特点,所以,记体文中议论的成分开始增多,甚至出现了以议论为主的倾向。宋初,王禹偁《黄州新建小竹楼记》、范仲淹《岳阳楼记》、欧阳修《醉翁亭记》,初露议论端倪。中期,王安石《游褒禅山记》于记游中阐发人生哲理,议论大开。至苏轼更是大放厥词、议论风生,其《超然台记》《石钟山记》《喜雨亭记》《张氏园亭记》等,皆以议论统率全篇。但在王寂这里,记体文重新恢复了对叙事的兴趣,议论的成分大为减少,只有《三友轩记》一篇颇涉议论,犹见北宋文章议论风发的余韵。此外,《先君行状》《姚君哀词》《曲全子诗集序》等篇虽不名之为记,但都是以叙事为主的文章。

因为重视叙事,所以,王寂通过叙事塑造了众多形象鲜明的人物,如《先君行状》中的王础、《姚君哀词》中的姚孝锡、《祁县重修延祥观记》中的程履道、《曲全子诗集序》中的曲全子。通过考察《祁县重修延祥观记》对程履道这位道家大德的塑造,即可见一斑。程履道初来延祥观时,有人撺掇其主持重修,程履道说:"未遑也。吾今父糊其邻,子丐于市,中外道俗,薰知见香者无几。虽欲速成,其可得耶?"这一句话就表现了程履道知时达务、深谋远虑的性格。程履道在延祥观站稳脚跟后,世间对其有种种"訾诋",对其所倡之道"群聚而大笑",门弟子劝他与人争辩,程履道答曰:"蟪蛄不知春秋,醯鸡断无天地,顾彼何足以语道哉!但当壁立千仞,不与之校,终必沮而已矣。"这一句话又表现了程履道高瞻远瞩、深明大义的处世风范。其后,他以自身修为使得"风教大振,景仰倾数州","向之訾诋聚笑者,往往投身谢过。师亦欢如平生,一不之责"。这又表现了程履道不计前嫌、虚怀若谷的博大胸襟。此外,《瑞葵堂记》通过对王安中"逐乾没,击强梁"等事迹的叙述,塑造了一位"有志于行道"的"循吏"形象;《姚君哀词》通过对城破后姚孝锡投床大鼾等事迹的叙述,塑造了一位超然于生死祸福的名士形象;《曲全子诗集序》通过对曲全子几次饮酒的叙述,塑造了一位

---

① 王凯符等:《古代文章学概论》,武汉大学出版社 1983 年版,第 102 页。

性格坦易、视功名如粪土而又时乖运蹇的狂士形象。从王寂塑造人物的方法,不难见到他对《左传》《国语》《史记》等古代经典史传作品的继承和学习。

王寂还有一些文章把笔触转向了内心世界,抒情言志。例如:《三友轩记》抒发遭遇贬谪的抑郁之情,表现了道家的自适思想;《岩蔓聚奇赋》抒发不为世用的不平之感,表现了超越世俗、游心尘外的高蹈情怀;《谢带笏表》抒发被赦后对皇帝的感激之情,表达了愿为国家效力的忠悃之念;《与文伯起帖二首》(其一)抒发被贬蔡州后的沮丧之意,表达了对友人的思念;等等。两部行记更是作者对行途中细小事件的描述,充满了抒情言志的段落。作者虽然年事已高,但精神矍铄,一路行走间,一事一物皆触发其感动:登山临水,则欣悦异常;重游故地,则慨叹连连;偶遇故人,则不免悲喜交集;徘徊于古迹之间,则发思古之幽情。凡此种种,都使得两部行记不仅成为见闻丰富的旅行记录,而且展现了作者真实生命的律动。

二、写法上骈散融通的特点

王寂文章继承了北宋古文运动的创作经验,在写法上体现出骈散融通的特点。骈文工稳中时有流宕疏朗之致,散文流动中时有整饬凝练之美。

北宋古文运动在形式上虽然反对六朝以来声偶太甚、骈俪雕琢的文风,但至欧、苏等人出现,却已非简单地一味排斥骈俪。欧、苏等人不仅能写散体,还工骈体,尤其是能将骈体和散体综合表现在一种文体中。像欧阳修《秋声赋》、苏轼前后《赤壁赋》等,虽属骈文,但文气贯达,一如散体,从而形成了文赋这一新体式。元人祝尧《古赋辨体·论宋体》云:"以论理为体,则是一片之文,但押几个韵耳,赋于何有?今观《秋声》《赤壁》等赋,以文视之,诚非古今所及;若以赋论之,恐

(教)坊雷大使舞剑,终非本色。”[①]虽然祝尧对苏轼文赋的文体形式持批评态度,但也说明了苏轼文赋对骈散两种表现手法的融通运用。

对于北宋骈文吸收散体的写法,南宋吴子良《林下偶谈》卷二云:“本朝四六,以欧公为第一,苏、王次之。然欧公本工时文,早年所为四六见别集,皆排比而绮靡,自为古文后,方一洗去,遂与初作迥然不同。他日见二苏四六,亦谓其不减古文。盖四六与古文同一关键也。”[②]“同一关键”,指吸收散文文理而与骈文相融通。具体写法如:以流水对、隔句对、借对或长句为联之法,使骈文流宕,具有古文般的气韵,同时通过虚字以行气,使骈文无板滞之病。北宋成就较高的骈文更是以古文气格贯穿其中,从而在骈散相间中形成了文章综合之美。对此,刘麟生《中国骈文史》以为:“宋初骈文,奉李义山为圭臬,藻丽华赡,风格不高,致有优人挦扯之诮。中叶以还,欧苏高唱古文,以古文气格,行之于四六之中,风起云涌,蔚为一代作风。”[③]

王寂的古文时杂骈俪语,使得文章在整体流动中有整饬凝练之美。如《三友轩记》云:“左有笋石,屹然而笔卓;右有仙榆,蔚然而盖偃。”“倚苍壁而送飞鸿,藉清阴而游梦蝶。”“所谓笋石者,鳞皴枯燥,不任斤凿,此固无用之石也;所谓仙榆者,离奇卷曲,不中规矩,此亦不材之木也。”再如《瑞葵堂记》云:“昔唐咸宁王尹蒲之七年,木连理生于河东,昌黎先生颂其德。宋晋陵邵叶宰新昌之三月,芝五色生于便舍,山谷道人纪其实。”此外,《题三仙帖后》还运用了三联对的写法:“颍滨书如仲长子光怀道,遁世光而不耀;东坡书如魏郑公之遗直,妩媚可爱;山谷书如庄周谈大方,不可端倪。”这些骈句夹杂在散语中既丰富了文章的表现力,又使文章产生内在的节奏感,正是吸收了北宋以来融骈语入古文的写法。

王寂的两部行记属于散文体日记,但有些段落也是散中有骈,尤多见于景物描写。如《鸭江行部志》载:“前列数峰,下临一水。想见

① 詹杭伦:《唐宋赋学研究》,华龄出版社、中国社会科学出版社2005年版,第160页。

② 王水照:《历代文话》(第一册),复旦大学出版社2007年版,第119页。

③ 刘麟生:《中国骈文史》,东方出版社1996年版,第81页。

佳时胜日，扫榻开帘，横琴煮茗，晴岚暖翠，烟水微明，尽得于几席之上，岂不佳哉！”再如《辽东行部志》载：“予因念丁未岁，尝假守淮西，厅事之后，朱樱四合，璀璨炫目，尝夜饮其下，月色如昼，疏阴满地，笙歌间作，都不知曙星之出也。”类似的段落显示出王寂对于这种写法的娴熟运用。

王寂骈文则继承了北宋四六的创作经验，摒弃了六朝骈文繁缛雕琢的作风，在骈俪中以散体贯气，扩展了骈文的达情表意功能。如《僧尼度牒》云：

> 右伏以圣时遭际，梵教弘扬，方治具之毕张，宜法轮之常转。以尔拈花授记，剗草逢师，既得度以比丘身，当求证于菩提果。护持戒体，精进道心，往凭香火之因缘，增祝君王之寿算。
>
> （《拙轩集》卷五）

文章明白晓畅，气机灵活，工稳中有流丽之态。其中，流水对、长句为联之法以及以虚字行气的手法，都运用得十分纯熟，可谓继承了北宋欧、苏骈文的气格。吴兴华在总结骈文发展时说：“六朝和唐代骈文辞藻过于繁缛，只知向横的方向蔓衍，牺牲了直的发展，因此流于静止，缺少开阖变化。……宋人看到这个弊病，所以从欧阳修等作家开始，把散体的气势贯注到骈文里，侧重逻辑发展，摈弃辞藻，利用成片断的古书成语，以节省读者的想像力，使它不致旁溢。同时借助大量虚词取得勾连转移的功效。”①虽然评价的是宋人的骈文，但移之于王寂也是合适的。

王寂赋文《岩蔓聚奇赋》更是吸收了北宋文赋的写法，成为骈散结合的佳作。《岩蔓聚奇赋》虽然是骈体有韵之文，但却如散体一样文气贯达。文章不仅语言流畅，一气贯注，还有舟过千山、一气呵成之势，丝毫不见骈体的板滞和梗涩。它多处借鉴了苏轼文赋的写法，有些句

① 吴兴华：《读〈国朝常州骈体文录〉》，载《文学遗产》1988 年第 4 期。

子更是出于苏轼的作品,如"老人既归而谋诸妇曰"出于苏轼《后赤壁赋》"归而谋诸妇"[①]句;"拨春瓮之嘈嘈"出于苏轼《中山松醪赋》"沸春声之嘈嘈"[②]句;"追颜子之瓢饮,陋管氏之反坫"和"洗战国之蛮触,吊古今之时暂",出于苏轼《洞庭春色赋》"追范蠡于渺茫,吊夫差之茕鳏。属此觞于西子,洗亡国之愁颜"[③]句;等等。在神采气象上,《岩蔓聚奇赋》更是脱胎于苏轼《前赤壁赋》。例如:"已而先生径醉也。宫锦淋漓,角巾攲垫。卷河汉于一酌,尽江湖于一蘸。洗战国之蛮触,吊古今之时暂。陶陶乎释身世之羁缚,浩浩乎谢功名之机陷。然后神游八表兮,其将以蹑冥鸿之背而探骊龙之颔也。"(《拙轩集》卷一)对比苏轼《前赤壁赋》的结尾:"客喜而笑,洗盏更酌。肴核既尽,杯盘狼藉。相与枕藉乎舟中,不知东方之既白。"[④]可谓是遗形而取神。

文章发展关乎时运。既然金代文章上承北宋,那么北宋古文运动对于文章形式的探索无疑为金人所吸收,至少王寂文章中骈散融通的写法体现了这一点。

三、创作上逞才炫奇的倾向

在创作上,王寂文章具有逞才炫奇的倾向,这在其赋文、骈文、散文中都有所体现。

《金文最·伍绍棠跋》云:"大定、明昌,四方静谧。乘轺之使,酌匹裂而叙欢;射策之英,染缇油而试艺。恺乐娭晏,雍容揄扬。譬之马工枚速,奋飞于孝武之朝;柳雅韩碑,缋藻乎元和之盛,此又一时也。"[⑤]盛世气象中,"恺乐娭晏,雍容揄扬",文风自然在文质之间偏向于文的一面,而所谓的"马工枚速""柳雅韩碑"自然会激发作者逞才炫奇的创作倾向,何况王寂为人也正属此类。

---

① 《苏轼全集》,中国文史出版社 1999 年版,第 448 页。
② 《苏轼全集》,中国文史出版社 1999 年版,第 450 页。
③ 《苏轼全集》,中国文史出版社 1999 年版,第 450 页。
④ 《苏轼全集》,中国文史出版社 1999 年版,第 448 页。
⑤ [清]张金吾:《金文最》,中华书局 1990 年版,第 1728 页。

王寂作诗喜押险韵，又喜作和韵诗，用典频繁，表现出逞才炫奇的创作倾向。他出行辽东时常一日作诗数首，以夸示捷才。其词作也有精于用典、工于琢字的迹象。他还作有回文词《菩萨蛮·回文题扇图》，构思十分精巧。

逞才炫奇这一创作倾向在王寂的文章中同样有所体现。王寂的赋文《岩蔓聚奇赋》就明显是一篇逞才炫奇之作。对于此赋，谷春侠评论说："金代王寂的《蔓聚奇赋》不直言所咏之物为'竹'，而是通过特性、功用、用典三方面来暗示，以达到扑朔迷离的文学审美效应。这种刻意出新的尝试与追求是王寂一贯尚奇争胜的创作个性的体现，也正是《蔓聚奇赋》'戛戛独造'之所在。"[①]文章指出，《岩蔓聚奇赋》在构思、句法、语言、用字、用典等方面都刻意安排，以显示奇思。此外，《岩蔓聚奇赋》的用韵也因难见巧，全篇韵脚渐、赡、缆、箪、歉、觇、鉴、嗛、验、僭、占、厌、念、剑、俭、憾、湛、滟、坫、芡、淡、滟、垫、蘸、暂、陷、颔，属同一韵部，一韵到底。清人李调元《赋话》卷五云："古人作赋，未有一韵到底，创之自坡公始，《老饕赋》题涉于游戏，而篇幅不长，偶然弄笔成趣耳。元人于《石鼓》等作，动辄学步，刺刺数百言不休，直如跛鳖之追骐骥矣。"[②]反观王寂这篇赋文，虽然是一韵到底，但却并非"如跛鳖之追骐骥"，而是神采飞扬、桀骜不驯，显示出作者驾驭语言的娴熟技巧。

王寂的骈文在句法上工于锻炼，能看出他对自己才华的刻意展示。于景祥认为王寂的骈文"以气命词，大都无晦涩靡丽之累"，并提到其有时"很典丽工巧"。[③] 比如，王寂晚年因章宗赐带笏而作《谢带笏表》，后来又觉不足，遂补作《梦赐带笏，上表称谢，觉而思之，得其五六，因补其遗忘云》。文曰：

---

① 谷春侠：《〈蔓聚奇赋〉"戛戛独造"说悬解》，载《齐齐哈尔大学学报》（哲学社会科学版）2007 年第 3 期。（按：王寂此赋名为《岩蔓聚奇赋》，此文所提脱"岩"字。）

② ［清］李调元：《赋话》，中华书局 1985 年版，第 40 页。

③ 于景祥：《中国骈文通史》，吉林人民出版社 2002 年版，第 779 页。

为贫而仕，素惭四壁之空；得宠若惊，猥被万钱之赐。抚躬知愧，感泣何言。伏念臣捕骊得鳞，画蛇成足，嗟当途之见嫉，投绝徼以可怜。盖为容无蟠木之先，甘后来居积薪之上，岂其衰朽，有此遭逢。丹赤扪心，无负孝先之经腹；重黄夺目，不堪沈约之诗腰。兹盖伏遇皇帝陛下，力援孤踪，甄收旧物。念群言交构，挤臣于不测之渊；惟独断至公，起臣于久废之地。哀其老态，奖以异恩。臣敢不佩鱼自警以不眠，解貂无从于彝饮。垂绅画策，赞股肱庶事之康；搢笏称觞，报冈陵万年之福。

（《拙轩集》卷五）

后文与前文相比，锻句炼字的程度有所加大，显示出逞才的倾向。再如《书金刚经后》曰：

伏以磨骨髓绕须弥顶，犹难报四重恩；舍身命等恒河沙，未如生一念信。辄伸宏愿，仰叩真乘。书《金刚般若波罗蜜经》，行菩萨利益不住相布施。即将功德追荐先灵，往生兜率，陁天授记，燃灯佛所。在在处处，起不惊不怖不畏心；世世生生，获无量无数无边福。钦惟大觉证明。谨疏。

（《拙轩集》卷六）

文中精彩对句不少，皆工于锻炼，只不过运斤于无形，未易寻着刻意的痕迹。如"磨骨髓绕须弥顶，犹难报四重恩；舍身命等恒河沙，未如生一念信"，运用了隔句对和数字对，字节铿锵；"在在处处，起不惊不怖不畏心；世世生生，获无量无数无边福"，连用叠字，音如贯珠。此外，还通过流水句和虚字增强表意功能，从而展示了构句的技巧。文章以寥寥数语精练概括《金刚经》，含义隽永，不仅见才思，而且见学问。其他骈文如《道士女冠度牒》《僧尼度牒》《祭城隍文》等，也都文句精练，时见警策。

王寂散文也有逞才炫奇的倾向，只不过更多体现在内容方面。王永《女真民族性格与金代散文风格关系管见》一文注意到了这一点，认为传奇志异是王寂散文不同于前代作家的最大特色，并将其归因为金代女真人嗜酒纵谈的风俗和民族性格。[①] 王寂的散文之所以体现出传奇志异的特点，原因在于两个方面：一是文章题材之所在。王寂文章不以宗经阐道为主，也没有谈兵议政方面的内容，多是循着个人兴趣而写的。因他尤其倾心于佛道隐逸一类，而佛道隐逸一类本身又多神奇怪异之事，故其文章多有传奇志异的内容。二是文章创作的需要。王寂文章总体上“博大疏畅”，但也易产生文势平易熟滑之弊，因此加入传奇志异的内容会使文章具有特别的吸引力，也会使读者对文章不致产生“审美疲劳”。这两个因素无疑都包含在逞才炫奇的创作倾向中。

传奇，重在传写人事之奇。王寂散文中的人物或为高僧，或为狂士，或为隐者，都不是泛泛之辈。例如：曲全子“当酒酣耳热，视世间富贵儿，皆卧之百尺楼下”；姚孝锡任代州兵曹时“雁门失守，主将以城降。当时官属，昼夕股栗，谋所以生。公投床大鼾，绝不以经意”；程履道“为人浑厚，德望隐然，并汾千里间，推以为宗门主盟者”。这些人言行出众，所做之事也都超出平常，具有很强的传奇色彩，读其文，赏其事，令人击节称叹，为之鼓舞。

志异，重在记述神异之事。“异”是指带有神怪色彩的一类内容，志异和传奇相比，更注重对怪异事件的描述，不过在现代人看来这类内容颇有迷信色彩。例如：《瑞葵堂记》中，丹葵“异本而同枝，状如骈拇。及其末也，分而为双，花并秀如红玉连理”；《宝塔山龟镜寺记》中，“山巅时见大窣堵波，观者无不震骇。又岁适大旱，父老相率祷雨于池上，辄应。报谢之夕，池有神龟负大金镜而出，移刻不没。俯而窥之，隐莫得见”；《祁县重修延祥观记》中，“其家有瞰其室者，托形声而下殃祸焉。师巫更召，殚术罔功。岁久，疾病死亡，惟家之索。其后转易数姓，亦莫得安”；《先君行状》中，其父“一夕，奄遘微疾，阅数日，晨

① 王永：《女真民族性格与金代散文风格关系管见》，载《中央民族大学学报》(哲学社会科学版)2006 年第 3 期。

起如平时，沐浴易服，跏趺而逝。属纩之后，香闻满室，信宿乃歇，人皆异之”。志异的内容往往会产生骇人心目的效果，使文章恢诡奇幻，从而增加了文章的精彩程度和趣味性。

不过，如果志异一类的内容把握不好，那么也容易使文章流于荒诞，对此王寂则处理得很好。一是有所节制，使得这类内容在文章中不致泛滥，只有恰到好处的一两处，并且这一两处不是可有可无的闲笔，而是与内容紧密相关的。如《宝塔山龟镜寺记》中，“山巅时见大窣堵波”及“池有神龟负大金镜而出”，与宝塔山龟镜寺的得名密切相关，因内容紧扣文章主题，故不令人觉得作者是为了志异而志异。再如《先君行状》中，其父“跏趺而逝”的情节与信仰佛教、修行有素有关，这样写对于人物结局是一个圆满的交代。由于这些内容并非游离于主题之外，所以读来不给人以突兀之感，也不让人觉得是为了吸引人而故作惊人之谈。二是在处理这类内容时言辞谨慎，且为之辩说，以使之不流于荒诞不经。如《宝塔山龟镜寺记》在记“神龟负大金镜”的传说后，作者说：“予非喜志怪者，灵踪秘迹，皆质于传戒之塔铭，与义熙之石刻。”这就表达了存疑的态度，避免了予人以口实。此外，《瑞葵堂记》则“拉古人作陪”，用前人事例来做证明：“昔唐咸宁王尹蒲之七年，木连理生于河东，昌黎先生颂其德。宋晋陵邵叶宰新昌之三月，芝五色生于便舍，山谷道人纪其实。”由于志异这类内容所占篇幅有限，多起点染作用，在文章中并不喧宾夺主，不是文章大肆渲染的主体，所以从性质上来说，王寂的散文仍然属于纪实类，而非唐传奇或志异小说一类。

总之，逞奇炫才的创作倾向，使得王寂的文章颇具鲜明的个人特色。

第二节　王寂各体文章

王寂文章成就斐然，不仅古文“博大疏畅”，而且骈文和赋文也各具特色。对于王寂各体文章,前人均有论述,在此谨就所未及之处做进一步探讨。

一、博大疏畅的散文

《四库全书总目提要》评论王寂文章:"古文亦博大疏畅,在大定、明昌间卓然不愧为作者。"博,广博;大,阔大。这是从字面上看。博大,原指区域广阔,《管子·权修》云:"万乘之国,兵不可以无主;土地博大,野不可以无吏。"①后来引申为知识、学识等具有广度。用于评论文章,博大指学问广博,识见高明,使得文章表现出一种超脱于众的雍容气象。如果将文章分为"文"和"质"两个方面的话,博大则是从文章之质来论的。

王寂学问广博,这从其两部行记中就能看出来。《辽东行部志》和《鸭江行部志》记述所经之地的历史沿革、古迹、文物、物产、习俗、人物、绘画、书法等,内容包罗万象、错综复杂。以历史沿革方面的记载而论,它已成为研究金代历史、地理的重要参考,所记被今人征引者尤多。虽然张博泉先生说王寂所记多凭记忆而有讹误,但总的来说,讹误不是很多,何况当时写作条件有限,仅凭记忆写作,讹误在所难免。

从王寂文章的内容上也可见出其学问的广博。比如,《赠日者李子明序》涉及卜筮,《与文伯起帖二首》涉及医药,《题杨少师侍御帖后》《题三仙帖后》涉及书法,《宝塔山龟镜寺记》《祁县重修延祥观记》涉及佛道。而且,细审其中言辞亦可发现,对于这些学问王寂皆有精诣,并非泛泛而言。所以,其文章之所发皆言之有物、言之有理,不流于空疏,这不是仅凭文辞就能达到的。尤其是在佛学方面,王寂造诣颇深,这不仅在文章中有很多体现,而且在诗歌中也有很多体现。

学问广博,造诣精深,自然会发为高明的识见。高明的识见既是学问积累的结果,也是学力充沛所达到的境界。《宝塔山龟镜寺记》叙龟镜寺的变迁及人事更迭后,在结尾发表议论:"夫物之成败相寻,固

① ［春秋］管仲:《管子》,北方文艺出版社 2013 年版,第 10 页。

自有数。虽然,未有不因人而废兴者也。”这句话总摄全文,归纳主旨,使得所叙之事皆归于理:不独莲池之兴废是因人,整个龟镜寺的兴废也是因人,虽然“物之成败相寻,固自有数”,但人的因素仍然起决定性作用。这就把龟镜寺的历史变迁、兴废成败归结到“非惟天时,抑亦人谋”的理路上了,突出了人的作用和意义,从而使文章立意高远。《祁县重修延祥观记》则以议论发端:“唐柳州有言曰:‘贤者之兴,愚者之废,废而复之为是,习而循之为非。’此古今之通论。然而贤者之兴,未有不因时而成者也。”由此文章主旨得以确定,而所叙之事都系于此议论之下,都可以看作是对这句议论的引申。可见,开篇这句话在文章中具有高屋建瓴的引领作用。《瑞葵堂记》是为颂扬临城尉王安中善政而写的文章,即所谓的“昔时田里愁痛之声化为歌咏,民气以和”。文章把堂生瑞葵一事与王安中的善政联系在一起,最后引用孟子的话收束全文:“呜呼!凡百有官君子,莅民从政,不可以不诚。孟子所谓‘至诚而不动者,未之有也;不诚,而未有能动者’。如王君,其可谓至诚也已。”把堂生瑞葵这件颇为奇异的事件归结为王安中之“诚”,使得这一看似虚妄的事件有了依据,这一归结不仅顺理成章,而且意义深刻。正是因为识见高明,所以,王寂才能通过简短的议论将复杂的事件统摄起来,使文章形散而神不散。

识见高明不仅需要学问的积累,还需要对于人生、艺术有深入的思考和独到的领悟,正如《题三仙帖后》一文所云:

> 颍滨书如仲长子光怀道,遁世光而不耀;东坡书如魏郑公之遗直,妩媚可爱;山谷书如庄周谈大方,不可端倪。总而论之,如华岳三峰,莲峰中峙,二峰旁迤,秀色无可减也。使当时爱之如今日,又安有汝南之谪耶?
>
> (《拙轩集》卷六)

文章由艺事及于人事,见出内在相通之理,这正是“道也,进乎技”。《论语·八佾第三》载:“子夏问曰:‘“巧笑倩兮,美目盼兮,素以为绚兮。”何谓也?’子曰:‘绘事后素。’曰:‘礼后乎?’子曰:‘起予者商也,始可与言《诗》已矣。’”[①]如此,或许可以借用孔子之言对王寂说一声:“始可与言书已矣。”

学问广博,识见高明,自然会使文章呈现出一种雍容博大的气象。博大正是学问、识见以及人生经验、思想、感悟等综合在一起而产生的,并呈现出一种道貌岸然之相,原因是其言说之理皆为循经守道之正论。如《赠日者李子明序》围绕卜筮一事说理,以司马季主、严君平为例,将卜筮一事提高到君子之道的高度:“《易》有君子之道四焉,而卜筮其一也。古之避世者,或多卜隐,则司马季主、严君平其人矣。初不以区区小数惊动世俗,意欲使逆知祸福、畏罪趋善而已。”接着批评今之日者:“行衢坐肆,纷纷如猬毛,然而言信而有征者亡几。大抵市道以急衣食之计,所以驰骋穿凿,牵合诡诞,无所不至。”最后指出向上一路:“但当于古人用心处以期益进,则季主、君平安知不复见于今日也。”《送故吏张弼序》在结尾发表了一段关于吏道的议论,对世道人心做出了犀利的批判:“夫吏之所习,诡道也。或桀黠尤甚者,揣不言之意,伺欲动之色,推轻重,矫枉直,必利而后已。尔奚独反是,得非好学闻义理使之然哉?虽然,求之此途,亦未多得。”这些话渗透着作者对世事人生的思考和总结,是作者人格、胸襟的外化,其理正、其辞严、其识高,有儒者粹然、冲然的气象。

如果说博大是从文章之质而论的话,疏畅就是从文章之文的一面来讲了。从字面上说,疏,即不密;畅,即畅达。用于文章评论,“疏”指文脉疏朗,无繁缛之病;“畅”指语言流畅,无艰深之弊。可见,王寂文风属于相对平易一路。

王寂散文中的叙事不仅疏畅,而且于疏畅之中见雍容娴雅的风度。其叙事多采用顺叙,往往围绕一个主题以时间为序娓娓道来,不枝蔓、不繁杂。如《宝塔山龟镜寺记》,开篇从建寺之所在落笔,再叙辽时初建,又叙天会年间寺院荒败,最后叙僧人演秘及其徒澄辉增完修缮。以时间为经进行叙述,次序井然,使人对宝塔山龟镜寺的变迁了然于心。《祁县重修延祥观记》围绕延祥观重修一事进行叙述。开篇

---

① 孙钦善:《论语注译》,巴蜀书社1990年版,第32页。

先将笔墨推至建观前原址所发生的奇怪之事上,可谓从头说起。随后叙北宋年间里中贤士的建观之想以及围绕选址问题的讨论。接着叙建观始末,包括经过的诸多曲折和人事纷扰,所谓起而复废、废而复起,终于“讫功于大定丁亥之秋”。《先君行状》的主旨在于传写其父一生事迹。开篇从家族之先出于周灵王太子晋之后写起,又历数往代先人事迹,然后才叙述其父生平,也有一种徐徐道来的味道。对于其父生平的叙述也完全按照时间顺序,从举进士第开始,接着是所为之官及为官之善政,直至辞官归隐,止于“蹦跌而逝”。全文一千五百多字,仅记载其父的重大事件就多达十余起,但却写得毫不紊乱。这种写法使文章有条有理,波澜不惊,具有雍容娴雅的味道。

然而,王寂文章的叙事也不是对一切事情都尽数道来,他很善于选取材料,突出重点,使所叙之事有详略主次之分。如《祁县重修延祥观记》写初建较略,写重修则较详,因为文章主要是写“重修”。《先君行状》历数往代先人事迹较略,叙述其父一生行止则较详,因为文章主旨在于表谥其父以为立传依据。此外,在顺叙中还不时安排少量插笔和补叙,使得叙述在稳健中有变化,从而避免了文势过于平淡。比如:《宝塔山龟镜寺记》写辽代传戒上人建造莲花院后,补叙了一段有关龟镜寺得名的传说;《祁县重修延祥观记》记延祥观几经波折终讫大功后,插入了作者当年与观主程履道交往的事情。这些插笔和补叙既增加了文章的情趣,也使文章显得落落有致。

王寂散文非仅叙事疏畅,而且说理、抒情也具有这一特点,如《三友轩记》中对自己与木石为友的一段阐释:

> 予曰:“嘻,若知其一,未知其二。向有牛奇章之嘉石,钱吴越之大树,则第以甲乙,衣以锦绣矣。予虽欲友,其可得乎?今以予谬人,与夫顽石散木皆绝意于世,而世亦无所事焉,此其所以为友也。夫人情之嗜好,固不在乎尤物,而在乎适意而已。然必先得之于心,而后寓之于物,故无物不可为乐。如谢康乐之山水,陶彭泽之琴酒,嵇康之锻,阮孚之屐,虽其所寓不同,亦各适其适也。子意以为何如?”

（《拙轩集》卷五）

这段文字包含了三层意思：一是所谓的“嘉石”和“大树”，“虽欲友”而不可得；二是“与夫顽石散木皆绝意于世”，“此其所以为友也”；三是“人情之嗜好”，“在乎适意”，如“先得之于心，而后寓之于物”，则“无物不可为乐”。虽然文字包含了三层意思，但表述起来意脉清晰，语言流畅，并无艰深梗涩之状。

王寂疏畅的文风与其对北宋散文，尤其是欧阳修散文的学习不无关系。关于欧阳修的散文，人言其“平易畅达”。试看王寂《鸭江行部志》中描写龙门山云峰院的一段文字：

乙巳，次龙门山云峰院。昔武元直为申君与作《龙门招隐图》，正谓此也。龙门之南有大山焉，崇高峻拔，诸峰环列，皆北面事之，连延数十里，意谓此必熊岳也；然询及土人，无有知者。比龙门具体而微，其掩抱窈窕，则又过之。栏楯穹窿，涌出于西岩之腹者，佛屋也；佛屋之左右，连楹异户者，僧舍也；僧舍之东，崛起于叠石之上者，钟阁也；钟阁之东，枌栱岧峣者，经楼也；经楼之南，飞跨于两崖之间者，水殿也。水殿之下，厨厩库庾无不具焉。予是夕，宿于主僧禅寮。

可见，文章中“者……也”等句式的运用明显是借鉴了欧阳修的《醉翁亭记》，且文章风格亦颇得欧文迂徐回环、从容优游的韵味。

综合来看，王寂散文继承了北宋以来散文文质相兼的特点，不仅言之有物、言之有理，还言之有文。只不过这种文不是繁缛雕琢之文，不是巧构形似之文，而是博大疏畅之文，颇有“平淡而山高水深”①的

① ［宋］黄庭坚：《与王观复书二》，见陈伯海：《历代唐诗论评选》，河北大学出版社 2002 年版，第 306 页。

韵味,它和北宋以来古文由内向外开发、"平澹造理"[①]、"不大声色而义理自胜"[②]的美学追求是一致的。后人评论金代文章质朴、雄健,即是着眼于文质相兼这一特质的。

王寂作为"国朝文派"之代表,其古文被誉为"大定、明昌文苑之冠","与滹南、滏水相为抗行",这些评论就算稍嫌过誉,也并非没有道理。

二、典丽精工的骈文

王寂有骈文6篇,载于《拙轩集》卷五、卷六,其中表2篇、牒2篇、祭文2篇。另有一篇《书金刚经后》的后半段亦属骈文。这些骈文虽然数量不多,篇制短小,但也颇能反映金代中期骈文的创作成绩。

骈文是骈体文或骈俪文的简称,亦称"四六文"或"四六"。"骈文"一词出现在清代,与之相对的称为"散文"。将骈文视为一种独立的文体大约是在唐宋之间。此前,古人对骈文和散文没有明确的区分,只不过在南朝梁、陈时叫"今文",在唐宋时叫"时文",皆为相对于古文而言的。骈文的全盛时期是在六朝,因这一时期的作品多为骈体,故后世也将骈文称为"六朝文"。

隋及唐初,骈文仍在文坛占有主要地位。但到了盛唐时期,骈文的形式主义倾向引发了许多人的不满,随着古文运动的开展,骈文的地位受到了古文的挑战。到了北宋,新的古文运动又给骈文以致命的打击。古文运动的中坚人物如欧阳修、王安石、苏轼等人,多致力于散文创作,骈文相对来说不受重视。但是,受时代风习的影响,再加上骈

---

① 韩琦《故观文殿学士太子少师致仕赠太子太师欧阳公墓志铭》:"嘉祐初,权知贡举,时举者务为险怪之语,号'太学体',公一切黜去,取其平澹造理者即预奏名。"(《欧阳修集编年笺注(八)》,李之亮笺注,巴蜀书社2007年版,第514页。)

② 苏辙《欧阳文忠公神道碑》:"公之于文,天材有余,丰约中度,雍容俯仰,不大声色而义理自胜。"(郭预衡、郭英德:《唐宋八大家散文总集·苏辙》,河北人民出版社2013年版,第7462页。)

文仍具有某些特殊功能，因此他们亦有骈文创作，并具有宋代特殊的风格，被称为“宋四六”。

在金代，骈文同样过了全盛时期，但因骈文在一些特殊场合仍有应用，故没有失去表现的舞台，王寂的这几篇骈文即是因特殊场合而作。《谢带笏表》和《梦赐带笏，上表称谢，觉而思之，得其五六，因补其遗忘云》是写给皇帝的谢表，谢表历来为骈文文体，因其具有庄重之感；《僧尼度牒》和《道士女冠度牒》是颁发给僧道人士出家用的官方证明文件，以骈文表达能够体现官方的权威性；《书金刚经后》是为父祈福而作，《祭城隍文》是向城隍神祈福而作，以骈文写作可示其虔诚。王寂的这些骈文篇幅都很短小，最长的一篇谢表也不超过二百字，像中唐陆贽政论式骈文那样的长篇是没有的。

对于王寂的骈文，郭预衡《中国散文史》认为，其表“颇似六朝词臣之笔”，“作为盛世之文，也是入时之作”。[①] 于景祥《中国骈文通史》说：“总体上王寂之骈文以清雅朗畅为主要特征，有时虽很典丽工巧，但也因其以气命词，大都无晦涩靡丽之累。”[②]两位学者对于王寂的骈文做了精要概括，不过所论仍简，在此试进一步申说。

王寂骈文与其古文在“博大疏畅”方面具有内在的一致性，典丽精工中有流宕之致。骈文本身具有尚典、尚辞、尚丽的特点，但王寂的骈文在工丽整饬之余，多以散体行气，因此意脉清晰，语言流畅，体现出某种程度疏畅的特点。再加上篇幅多短小，行文往往一气贯注，意尽便止，因而亦颇有流宕之致。如《谢带笏表》云：

言纶迅召，已惊不次之恩；手版俄颁，更辱非常之赐。式祗承于帝眷，果悚动于朝班。中谢。伏念臣去国五年，挈家万里，自谓永捐于沟壑，岂期再造于阙庭。重惜残年，特加异数。清谈废事，肯将拄漫吏之颐；老气未除，犹足击奸贼之齿。兹盖伏遇皇帝陛下，德以增新，人惟求旧。世宗享国，臣

① 郭预衡：《中国散文史（中）》，上海古籍出版社 1993 年版，第 694 页。

② 于景祥：《中国骈文通史》，吉林人民出版社 2002 年版，第 779 页。

常叨预于谏员；显考上仙，臣亦经营于葬事。惭无服称，猥荷恩私。臣敢不正以垂绅，书而对命。奉公竭力，爰用赞于君前；抗疏乞骸，即愿还于陛下。

（《拙轩集》卷五）

大定二十六年，河决，王寂因卫州救灾不力而被贬为蔡州防御使，虽然当年即遇赦，但明昌初年又分赴辽东和鸭绿江按部巡行，长途跋涉，尤增不堪。所以，明昌二年章宗迁其为中都路转运使并赐带笏之举，对于王寂来说便具有特殊的意义，使得他多年来所背负的心理负担涣然冰释。在此背景下，这篇《谢带笏表》便蕴含了王寂较为丰富的感情。文章写其受恩后惊喜交加的心情云："言纶迅召，已惊不次之恩；手版俄颁，更辱非常之赐。"写其被外放时的心境云："去国五年，挈家万里，自谓永捐于沟壑，岂期再造于阙庭。"写其报效国家的拳拳忠心云："清谈废事，肯将拄漫吏之颐；老气未除，犹足击奸贼之齿。"

其后，王寂又作《梦赐带笏，上表称谢，觉而思之，得其五六，因补其遗忘云》，作为对上一篇的补充。这篇文章情感表达更为充分，文曰：

为贫而仕，素惭四壁之空；得宠若惊，猥被万钱之赐。抚躬知愧，感泣何言。伏念臣捕骊得鳞，画蛇成足，嗟当途之见嫉，投绝徼以可怜。盖为容无蟠木之先，甘后来居积薪之上，岂其衰朽，有此遭逢。丹赤扪心，无负孝先之经腹；重黄夺目，不堪沈约之诗腰。兹盖伏遇皇帝陛下，力援孤踪，甄收旧物。念群言交构，挤臣于不测之渊；惟独断至公，起臣于久废之地。哀其老态，奖以异恩。臣敢不佩鱼自警以不眠，解貂无从于彝饮。垂绅画策，赞股肱庶事之康；措笏称觞，报冈陵万年之福。

（《拙轩集》卷五）

两篇文章虽然谨遵对仗、排比、用典等修辞要求，但发端、行文皆以感情为主线，以气命词，层次清晰，畅达无累。

再如《道士女冠度牒》云：

> 范围至道，衣被含生，太和薰灵宝慧香，多暇适希夷真境。以尔脱离世网，攀慕仙梯，讽蕊笈之玄文，佩金坛之秘箓。损之又损，优游践黄老之言；纯乎其纯，清净赞唐虞之治。
>
> （《拙轩集》卷五）

文章不仅语约意丰，而且深契道家宗旨。像“损之又损，优游践黄老之言；纯乎其纯，清净赞唐虞之治”等句，典丽精工中颇有摇曳之态。

骈文作为古代常见的一种文学体裁，虽然在金代已经不复旧日辉煌，更不如散文在文坛上占有绝对优势，但它以骈偶对仗为主，注重用典，语言典雅，兼有句调音节之美，作为美文仍有特殊的表现空间。明人王志坚《四六法海》总论说：“古文如写意山水，俪体如工画楼台。”学者钱基博《骈文通义》指出：“主气韵勿尚才气，则安雅而不流于驰骋，与散文殊科。崇散朗勿矜才藻，则疏逸而无伤于板滞，与四六分疆。”台湾学者张仁青说：“散文主气势旺盛，则言无不达，辞无不举。骈文主气韵曼妙，则情致婉约，摇曳生姿。”①以此来看，王寂的骈文无疑体现了上述特点，而且其骈文不仅是时文，还是美文。

三、奇崛激愤的赋文

金代以词赋取士。据《金史》载，金代科考以词赋居首，经义策试等次之。海陵王天德三年，更“罢经义、策试两科，专以词赋取士”。金代的很多人才也多由词赋晋身成名。比如：王寂，“天德三年进士”；刘

① 以上三者言论均引自谭家健：《关于骈文研究的若干问题》，载《文学评论》1996 年第 3 期。

昂,“律赋自成一家”[①];李献能,“贞祐三年,特赐词赋进士”[②];李纯甫,“初业词赋”,以《矮柏赋》知名天下[③];宋九嘉,少时“有能赋声”,“中至宁元年进士第”[④];等等。但金代词赋在今天几已散失殆尽,只有清人张金吾《金文最》收金赋十家二十九篇。此外,从《金文雅》《古今图书集成》《四库全书》所收的金人别集及少量地方志中还可见到零星作品,金赋整体风貌尚可借此窥全豹之一斑。

王寂赋文《岩蔓聚奇赋》载于《拙轩集》卷一,《金文最》亦收,是金代中期赋作之仅存者。以文体而论,它属于散体咏物古赋,但吸收了北宋文赋的写法,“放达有苏轼《前赤壁赋》的风概”。“文章气势跌宕,开合变化,畅达无累”,“标志着金代中期,即大定时期骈文的成熟和自出机杼”。[⑤] 对于此赋,有康金声和李丹《金元辞赋论略》、于景祥《中国骈文通史》、谷春侠《〈(岩)蔓聚奇赋〉“戛戛独造”说悬解》等论述。此外,马积高、周惠泉、许结、武怀军等学者,沿用四库馆臣“戛戛独造”的说法也对其做了高度评价。

王寂的赋文虽然只此一篇,但却颇有奇情异彩,它通过构思之奇和内容之奇等来表现作者内在的激愤情感,是其遭遇不公而发出的不平之鸣,具有“戛戛独造”的个人特色。《岩蔓聚奇赋》在风格上呈现出奇崛的特点,对此可从文章构思、命意等方面进行分析。

“奇崛”这一特点既是作品的风格,也是题目有意要凸显的。文章名为《岩蔓聚奇赋》,这一“奇”字是理解此赋的关键。理解了“奇”字,才能理解这篇作品;忽略了“奇”字,便不能理解此赋的真正意旨,甚至枉费了作者的用心。“聚奇”,即多种“奇”聚集在一起。对于岩蔓所聚之“奇”,王寂在赋文中突出了几个方面。

一是岩蔓资质之奇。这是指所咏岩蔓具有奇异特出之质,非同凡

---

① [金]元好问:《中州集》,中华书局1959年版,第193页。

② 《金史·列传第六十四·文艺下》,中华书局1975年版,第2736页。

③ 《金史·列传第六十四·文艺下》,中华书局1975年版,第2734—2735页。

④ 《金史·列传第六十四·文艺下》,中华书局1975年版,第2736页。

⑤ 于景祥:《中国骈文通史》,吉林人民出版社2002年版,第780—781页。

俗。岩蔓资质之奇是士君子完美人格和杰出才华的象征,也是作者的自比,是中国文学传统中“香草美人”手法的运用。例如,“伊合抱之岩藤,迹其生之有渐。挺标末其不凡,商世用而尤赡”,表现出了岩蔓壮伟之貌。“合抱”,壮大的样子,之所以壮大是因为“其生之有渐”,象征着士君子才华之养成非一朝一夕之功。“挺标末其不凡”,言其身姿高耸,象征着士君子出类拔萃,超出群伦。“商世用而尤赡”,言其才堪大用,能够经纶天下。具体表现则是“裁挝马之短棰,绾维舟之长缆。斫滇池飞电之杖,组湘浦含风之箄”,比喻了士君子才华之不可限量,且有神通变化之妙。总之,作者通过这些描述赋予了岩蔓特出不凡的资质,并且从出生到壮大、从形象到功用颂扬了它的美好,对其寄予了无限期望。

二是岩蔓遭遇之奇。资质虽然如此之奇,但岩蔓却没能物尽其用地发挥其特质和才华,而是接连遭遇不幸,其命运可谓一波三折,令人叹惋。此为遭遇之奇。文中说:“独高节之拥肿,外累累然中歉。顾匠石之数过,不侧目而一觇。”因为资质非俗,外形特殊,所以,它不被世人所接受,由此造成了命运的坎坷。最后它只好被制成一只酒杯,“当樽俎之胜处,惟瘿君之独占”。这反映了士君子才华被压抑的状况,因为被制成酒杯与最初它所期待的“滇池飞电之杖”等已不可同日而语了。然而,即使被做成小小的酒杯,它仍然是不同凡俗的:“彼瓷石虽洁而近乎俗,金玉虽珍而几于僭。”即使如此,它仍然不为人所喜,而“为时人之所厌”。最终,它只能在一位老人身上找到命运的归宿,成为老人隐逸情怀的寄托。岩蔓的遭遇令人叹惋,它象征着士君子虽然资质特出,但却与世龃龉、坎壈终身的不幸命运。文中所写的岩蔓遭遇之奇正是作者对自身坎坷命运的比拟,因此充满了自伤的感觉。

三是老人酒醉之奇。作者在文章后半部将笔墨由写物转到写人,着重写老人的酒醉之态,而且将其写得奇之又奇。老人这一形象也带有作者自况的意味。老人,即意味着人生进入衰暮之年,不可能再有施展才华的机会了,但老人饱经沧桑,对世事、人生有较为深刻的洞察和体会,故能够超越世间的成败和荣辱而别具慧心。文章写老人与瘿杯相遇后,“欣此物以有托,了吾生而无憾”,并以酒为隐,深为自得:

"于是拨春瓮之嘈嘈,漉乳泓之湛湛。挹彼注兹,十分潋滟。追颜子之瓢饮,陋管氏之反坫。咀嚼石蟹之霜螯,狼藉荷盘之菱芡。"文章将老人的酒隐与颜回的"箪食瓢饮"相比,表明了对超越世间的崇高道德的尊崇。其后,情境进一步发展:"少焉既夕,风清天淡。舞月影兮徘徊,吸露华兮泛滟。"由此引出老人酒醉之奇:"已而先生径醉也。宫锦淋漓,角巾攲垫。卷河汉于一酌,尽江湖于一蘸。洗战国之蛮触,吊古今之时暂。陶陶乎释身世之羁缚,浩浩乎谢功名之机陷。然后神游八表兮,其将以蹑冥鸿之背而探骊龙之颔也。"这段描写成为文章的高潮,老人由醉而狂。作者通过对老人醉态、狂态的描写将自身遭遇的种种不平尽情倾吐,并将此不平之意升华为超脱、自适之想。最后,文章在情感最为激昂的状态中戛然而止,给人以余韵不绝之感。

此外,在构思和创作上为与内容相配合,王寂的这篇赋文还具有韵奇和喻奇的特点。韵奇,是指此赋全篇韵脚相同,且一韵到底。这不仅显示了作者娴熟驾驭语言的能力,还体现了作者逞才炫奇的创作倾向。但一韵到底,也并非仅为逞才,而与文章所要表现的内容是一致的。这种写法使整篇作品文气贯通,如江河日下,一泻千里,文气始终处于激昂饱满的状态,文章的感情也因此而得以充分展现。尤其是篇末,文章在情感激昂达到高潮时却戛然而止,给读者以欲罢不能之感,这与一韵到底的特殊用韵方式是密切相关的。

喻奇,则如谷春侠《〈(岩)蔓聚奇赋〉"戛戛独造"说悬解》所重点论述的:此赋"不直言所咏之物为'竹',而是通过特性、功用、用典三方面来暗示,以达到扑朔迷离的文学审美效应"。比如,聚、岩、挺、空、蔓、藤,即暗示了竹之性。南朝齐王俭《灵丘竹赋》云:"灵丘深沉,蔓竹凝阴。神根合拱,桢干百寻。"宋蔡襄《兹竹赋》云:"于是揖三茎于堂下,结蔓藟于河汉。"宋李知微《松竹林赋》云:"丛筱萧萧,野菊煌煌。古柳欲偃,寒藤未僵。"棰、缆、杖、箪、杯,则暗示了竹之用。如"裁挝马之短棰,绾维舟之长缆"句,东汉马融《长笛赋》云:"辞曰:'近世双笛从羌起,羌人伐竹未及已。龙鸣水中不见已,截竹吹之声相似。剡其上孔通洞之,裁以当樀便易持。'"再如"组湘浦含风之簟"句,唐阙名《竹赋》云:"其用也,则五离十折,丝剖毫分,萦九华于纨扇,结双雉于篁文。”又如“幸淇泉之赏音”句,《卫风·竹竿》与《卫风·淇奥》均用竹起兴,《卫风·淇奥》三章的开头依次为:“瞻彼淇奥,绿竹猗猗”“瞻彼淇奥,绿竹青青”“瞻彼淇奥,绿竹如箦”。此外,咏竹赋中用淇典者亦多,唐许敬宗《竹赋》云:“若夫嶰谷著美,稽山见知。卫国之称淇奥,梁园之赋夹池。”[①]总之,正如谷春侠所言:“王寂在《(岩)蔓聚奇赋》中苦心经营,发挥荀子谐隐之法,省去‘竹’字、扰乱题目,略叙外形、罗列功用,再用歧典,这种刻意出新的尝试与追求正是其‘戛戛独造’之所在。”[②]全篇意在陈言之务去,翻新而出奇,通过多处设置隐语将所写之物弄得惝恍迷离,以显示作者的博学与才思。

韵奇、喻奇,再加上岩蔓资质之奇、岩蔓遭遇之奇、老人酒醉之奇,体现了形式和内容的统一,凸显了文章“聚奇”这一主题,也凸显了奇异资质与平庸世俗之间的矛盾,使得文章显示出强烈的奇崛之气。

此篇赋文的情感内涵可用“激愤”来概括。文中因诸多奇崛之凝聚而蕴含着强烈的激愤之情,作者正是通过咏物写志的方法发出了不平之鸣,对压抑人才的世俗世界做出了控诉。因此,若换一种角度看,则此赋无异于董仲舒《士不遇赋》。西晋挚虞《文章流别论》云:“古诗之赋,以情义为主,以事类为佐。今之赋,以事形为本,以义正为助。”[③]元人祝尧认为,赋的创作应遵循以情为本的原则:“欲求赋体于古者,必先求之于情。”[④]并且说:“以乐而赋,则读者跃然而喜;以怨而赋,则读者愀然以吁;以怒而赋,则令人欲按剑而起;以哀而赋,则令人欲掩袂以泣。动荡乎天机,感发乎人心,而兼出于风、比、兴、雅、颂之义焉,然后得赋之正体而合赋之本义。”[⑤]王寂这篇赋文正体现了祝尧所说的“以怨而赋,则读者愀然以吁;以怒而赋,则令人欲按剑而起”。

---

① 以上引自谷春侠:《〈(岩)蔓聚奇赋〉“戛戛独造”说悬解》,载《齐齐哈尔大学学报》(哲学社会科学版)2007年第3期。

② 谷春侠:《〈(岩)蔓聚奇赋〉“戛戛独造”说悬解》,载《齐齐哈尔大学学报》(哲学社会科学版)2007年第3期。

③ 《全上古三代秦汉三国六朝文》(第四册),河北教育出版社1997年版,第802页。

④ 武怀军:《金元辞赋研究评注》,群言出版社2006年版,第148页。

⑤ [元]祝尧:《古赋辨体》,上海古籍出版社1993年版,第140页。

此赋之感人也正在于其所蕴含的这种激愤的情感。

金代中期的赋文只留下了这一篇,但这一篇却焕发出奇情异彩,如明星一样闪耀在广漠无垠的夜空。

第五章 王寂的行记

大定二十九年(1189 年),王寂被命提点辽东路刑狱,驻辽阳。明昌元年(1190 年),王寂出巡辽东(今辽阳以北及辽河以西),途中写纪行日记《辽东行部志》。明昌二年(1191 年),王寂出巡鸭江(即鸭绿江),途中写《鸭江行部志》(所辑未全)。两部行记以时间为序,对 13 世纪东北地区的地理人文做了精彩展示。除了叙之以文,复系之以诗,咏沿途风物,抒旅途感怀。

两部行记作于王寂晚年,距其离世亦不过三四年时间。道路的崎岖,边塞的苦寒,再加上对宦海风波的反思,使得行记带有明显的遣愁纾闷的创作动机。此外,王寂深于诗癖,老而弥健,也欲借行记传其诗作。这两种因素使得王寂行记具有很强的文学性,也使其在文体上表现出颇异于惯常行记作品的鲜明特点。正是因为王寂行记不是对客观事物亦步亦趋的呆板记录,而是熔铸了自身情感和才华的文学创作,所以它在以记存史的同时,对 13 世纪中国东北地区的地理人文做了极为精彩的展示,即它不仅是珍贵的史学文献,还是优秀的文学作品。

第一节 行记内容上的特色

王寂行记合散文、诗歌于一体,熔史学、文学为一炉,为我们展现了一幅13世纪中国东北地区自然与人文的精彩画卷,也为中国古代行记增添了精彩的一笔。

中国古代关于东北的文献比较少,以行记表现的更是不多。宋人洪皓因使金而滞留东北数年,后据其经历著《松漠纪闻》;清人杨宾探望发配东北的父亲,归来后著《柳边纪略》。除此之外,便是王寂的行记了。前两人的作品重在征史、纪实,不免严谨有余,文采不足。王寂行记则"以所经之地为叙,系之以历史沿革、古迹、文物、物产、习俗、人物,及其所著诗文,文采缤纷,读之引人入胜"①。今之史学家多以其历史沿革方面的资料为重,于其余则无暇多顾,不免有憾,故在此略叙其余,以展现王寂行记之大概,使其精彩内容不致因史家一方之见而湮没于文献之中。

一、山川风物迥异中原

自会宁建为金朝京城,成为中原、燕云与东北的政治文化中心后,原辽与北宋的人口大量被迁入该地,骚人墨客亦纷纷集于该地区。东北独特的地理气候、山川形胜和风习物产开始被留意、欣赏和品题,使得这里从自然寂寞的状态中焕发出夺目的光彩。

王寂以诗人的笔触为世人展现了东北山川的画卷。如巡按辽东时,描绘龙门山的雄姿:"崇高峻拔,诸峰环列,皆北面事之,连延数十里。"(《鸭江行部志》)千山瀑布的秀美:"北望苍岩瀑布,如千尺玉虹,飞落沧海,下瞰云涛雪浪,舂撞击搏,其声如奔雷骤雨,跳珠溅玉,倒射轩窗,虽六月,不知暑也。"(《鸭江行部志》)此外,还有医巫闾山、速鲁忽山、磨石山、西山石室、红娘子岛等。如医巫闾,山名初见于《周礼·夏官·职方氏》。《尔雅·释地》云:"东方之美者,有医无闾之珣玗琪焉。"隋朝封医巫闾山为"北镇",唐时赐号"广宁公"。王寂咏之云:"千古广宁庙,□楣榜旧题。名乘中祀典,秩赐上公圭。百鬼舆台贱,群山部武低。地封连蓟北,天遣镇辽西。桧影森旌节,松声殷鼓鼙。"

① 张博泉:《辽东行部志注释》,黑龙江人民出版社1984年版,"序"第1页。

(《辽东行部志》)再如红娘子岛,在今老铁山西南五百余里,“岛上夜闻鸡犬之声,乃登、莱沿海之居民也”。王寂咏之云:“地控天岩险,天连四望低。荒烟连海上,残日下辽西。戍垒闲烽燧,戎亭卧鼓鼙。陋邦修职贡,安用一丸泥。”(《鸭江行部志》)东北还有许多文化古迹,“如李斯井、子贱台、屠儿墓、昭君冢,皆在魏、晋之上,今犹宛然”(《鸭江行部志》)。

行记还记录了东北独特的气候。地理位置的原因使得东北的气候迥异于中原。王寂是河北人,两次出巡又皆在春季,故对东北的春寒感受尤深。《辽东行部志》记载:“路旁有野花,状如金莲而差小,其叶琐细,大率如鱼藻,土人谓之耐冻青。生于祁寒,拨雪而见之,已青青然。”王寂题咏云:“耐冻虽微物,严冬不敢侵。蕊嫌宫额浅,色胜羽衣深。戏点人间铁,闲铺地上金。”又如:“晚登小山,山南杏数株,方蓓蕾矣。忽忆旧年京洛间,才元宵后,时有卖花声。今春将尽,方得见此。”王寂题咏云:“须知造化无南北,更远春风也到来。”“寒乡倍费生成力,但得阳和莫恨迟。”(《辽东行部志》)诗歌传达出作者对东北气候的独特感受,细腻而有情致。

东北气候除寒冷外,还风雪无时,变化无常。比如:“壬子,行复州道中。辰巳间,风大作,飞沙折木,对目不辨牛马。所幸者,自北而南,若打头风,则决不能行也。午后,风势转恶。予怪而问诸里巷耆旧云:‘飘风不终朝,何抵暮尚尔?’耆旧云:‘此地濒海,每春秋之交,时有恶风,或至连日,所以禾黍垂成,多有所损,固亦不足怪也。’”(《鸭江行部志》)

此外,还有许多关于东北风物的精彩题咏。如鸡儿花:“花有鸡儿号,形殊意却同。封包敷玉卵,含蕊啄秋虫。影卧夜栖月,头骈晓舞风。但令无夭折,甘作白头翁。”(《辽东行部志》)秋白梨:“医巫珍果惟秋白,经岁色香殊不衰。霜落盘盂批玉卵,风生齿颊碎冰澌。故侯瓜好真相敌,丞相梅酸谩自欺。向使马卿知此味,莫年消渴不须医。”(《辽东行部志》)这些歌咏使东北的山川风物带上了情感的温度,留下了人文的印记。

二、佛教文化兴旺发达

东北自辽代起佛教渐兴,寺院香火不绝如缕。辽代崇佛,上层贵族曾广建庙宇,东北亦逢其盛。如宝严寺,又名药师院,乃“辽药师公主之旧宅也。其后,施宅为寺,人犹以公主之名呼之”(《辽东行部志》)。在广建庙宇的同时,辽代上层贵族对高僧大德也尊崇有加。例如:“师姓郎,名思孝,蚤年举进士第,更历郡县。一日,厌弃尘俗,祝发披缁。已而行业超绝,名动天下。当辽兴宗时,尊崇佛教,自国主以下,亲王贵主,皆师事之。尝锡大师号曰:‘崇禄大夫守司空辅国大师。’凡上章表,名而不臣。”(《辽东行部志》)

金代,女真人最初信仰萨满教,后受契丹影响,佛教逐渐传入。“胡俗奉佛尤谨。帝后见像设,皆梵拜。公卿诣寺,则僧坐上座。”[①]由此,佛教香火日盛,流风及于东北,很多寺院都与皇室结下了不解之缘。如望平县僧寺:“寺中窣堵波,其上有大定二年春显宗御题,下云:‘皇子楚王书。’即是当时未正春宫之号,从世宗自辽之燕于此,驻跸时所书也。”(《辽东行部志》)再如灵岩寺正观堂:“太后大师之故居也。太后乃睿宗之后,世宗之母,可谓富贵极矣。蚤年,厌弃荣华,喜修禅定,落发披缁。初,居辽阳之储庆寺,又以人事纷纭,疲于应接,乃幽隐于此。”(《鸭江行部志》)上行下效,东北地区佛塔棋布,寺宇星罗,如析木法云寺(今辽宁海城东南约四十里之析木城)、辰州兴教寺(今辽宁沈阳陈相屯塔山)、宜民县(原名白川,天会间改川州,后降为县)福严院、同昌萧寺(今阜新红帽子乡成州古城址)、懿州宝严寺(今辽宁阜新东北塔营子屯古城)、灵山县佛寺(今辽宁彰武慈恩寺北徐三家子古城)、荣安县萧寺(今辽河之西)、归仁县道院(金隶咸平府)、柳河县(原韩州,以近柳河获名)澄心庵、韩州(今吉林梨树)大明寺、咸平府西山崇寿寺(今辽宁开原老城)等。(《辽东行部志》)此外,甚至在山

---

① [宋]洪皓:《松漠纪闻》,见傅作楫等:《雪堂集(外八种)》,黑龙江大学出版社2011年版,第272页。

崦水边一些不起眼的地方也有庙宇,如:“胡土虎,汉语浑河也。水边野寺,旧无名额,殿宇寮舍,虽非壮丽,然萧洒可爱。”(《辽东行部志》)这些寺院为东北增添了人气和景观,也起到了传播文化的作用。

王寂行记还记录了佛教文献保存的情况,如:“乙卯,观《银字藏经》。上题云:‘高丽王尧发心敬造。大晋开运三年丙午二月日。’又《大般若波罗蜜多经》一部,卷首云:‘菩萨戒弟子高丽王王昭,以我国光德四年岁在壬子秋,敬写此经一部。’”(《辽东行部志》)这些记录令我们一窥当时东北佛教香火之盛,也为佛教文化从辽至金在东北的传播提供了佐证。

三、奇人逸事引人入胜

王寂行记还记录了一些奇异之士,为东北这块土地平添了异彩。这些人或僧或道或隐,行迹大异于常人。比如:休粮谷僧人结庐面壁,绝食四十年后不知所终;原辽季东京副留守出家修行,年八十而终,死后得舍利若干;道人孙公初不识字,梦羽师见教后,篆、隶、行、草无所不通;作者的叔父渊公参禅修佛,一日顿悟向上路;等等。对于这些人,王寂行记用传奇志异的手法予以表现,给人以鲜明的印象。其中,对于尹皮袋的记载最为生动:

> 壬午,问囚既罢,因询故吏:“予旧识王本者,今在何处?”吏曰:“弃家久矣,今住松山尹皮袋之旧居。”又问:“尹皮袋何人也?”吏曰:“本陕右人,居此山者,凡五十年,无贵贱少长,皆以尹皮袋呼之。自称曰‘得得’。或问得得之说,渠云:‘知得来处,知得去处。’世以此为达人。有素约,虽风雨不愆。一日,山下渤海人家召饭,阴置蛊毒,既觉,辄嗽新泉,危坐数日,所苦良已。既而复召,复去,门人娄先生者,事尹岁久,切戒之曰:‘今中毒凡五,幸无恙,当辞以不赴。’尹曰:‘予不诺其请,则是家必不满意也。’后竟为蛊所困,乃闭目不食,嗽水凡七昼夜。晨起谓先生曰:‘汝尝吾粪秽否?’娄有难

色。尹笑曰:'汝尚有此尔。'乃自取以舐之,曰:'无秽矣,吾将行上矣。'娄且泣且恳,曰:'愿师见教。'尹曰:'少吃盐,莫吃醋,别人爱你,你休做跏趺。'而逝后数岁,有人持尹书以遗娄先生曰:'吾待汝于华山,汝宜速来。'娄即往焉,后不知其所终。尹尸经三十年,兀坐如枯株,亦不腐。大定丙午岁,咸平集真观刘道士,载归本观,火其尸而葬之。有识者,无不为之叹恨也。且又说:初奉迎出故山时,冠服俨然,及临风,衣袂飘扬,翩翩如飞蝶焉。独幅巾宛然,无纤毫败朽。市民郭氏者,以新巾易之,秘藏于家,晨昏香灯,奉事弥谨。初道友往来见时得瞻顶。自后其家颇厌人事,托以羽化焉。"

(《辽东行部志》)

这则记载无异于一篇志异小说,颇有后世《聊斋志异》的味道,虽然看起来荒诞不经,但以佛道文化的立场来看却不难理解。尹皮袋属于得道之人,其行为意在点醒世人,从而领悟大道之玄机。

王寂素有归隐之志,晚年又有入佛之想,故对僧道及隐者之流格外欣赏,并能与他们神合意契。所以,这些叙述多能点明要旨,传写精神,同时不仅不流于怪诞,反而具有较为深厚的宗教文化内涵。

四、绘画书法遍布民间

北宋是中国绘画的发达时期,其灭亡后部分作品流落至金,有些辗转流至东北。王寂行记记录了这一情况:"丁未,饭罢,寺僧出示画十六罗汉像。予观其笔意高远,殆非寻常画师所能到。视其背,有《跋》云:'熙宁二年九月入内高班张俊送到罗汉十六轴。'又旁有《小帖子》云:'待诏侯余庆等再定及第一品。'审知宋朝之旧物,非兵火流落,安得至于此耶。"(《辽东行部志》)

此外,流至东北的还有画工。金人灭北宋时掳走了不少文化人才,其中也包括画工,这些人有不少流落于民间,以卖画为生。王寂在某千户寨看到两幅画,他仔细分辨款识,见上面写着:"前翰林赐绯待诏刘边,七十七岁写生。”(《辽东行部志》)这些记录显示出了北宋至金绘画作品流落及人才播迁的情况,在画史上具有重要的史料价值。

不过,行记更多记录的是金人自己的绘画。金代绘画之风炽盛,不减于北宋,且作品普及于民间,不同于北宋的士大夫画风。王寂在懿州、锦州、宗州、同昌、韩州、咸平、新市等地都看到过绘画作品,这些作品遍布寺庙、驿馆、民居、公廨等处。画者既有名家,也有无名艺人。这些画作按形式分有壁画、绢画、纸画、屏画等,按题材分有山水、花鸟、人物、竹石等。此外,还有一些特殊题材的作品,如:“丁巳,次新市,投宿于民家。其家亦颇好事,壁间画齐、赵、魏、楚四公子。”(《鸭江行部志》)“丁卯,予卧榻围屏四幅,皆著色,画大曲故事。”(《辽东行部志》)战国四公子和大曲故事这类题材很少见于文人画,它们出现在当地民家和僧房,显示出金代东北地区民间绘画趣味的独特性。

行记中还有关于书法的记录。王寂在荣安县佛寺见到了苏轼所书陈舜俞《施食放生记》的墨书真迹:“己未晚,达荣安县,昔在辽为荣州。借榻于萧寺僧舍。壁间有《施食放生记》,乃墨蜡石本装饰成轴,三复其文,辞理俱妙。……其后云:‘至和二年四月八日,嘉禾陈舜俞记。熙宁七年五月七日,眉山苏轼书。’”王寂对作品的真伪做了考辨,并评论道:“其字端谨,大小颇与《枕中经》相类,真所谓传世之墨宝云。”(《辽东行部志》)王寂还有幸见到了前代大书法家的法书帖作:“壬寅……又出示王羲之《得书帖》三十六字,献之《贤弟帖》六十一字,汉张芝《消息帖》三十一字。……又观唐怀素《草书歌》……又唐僧亚栖书《观怀素草书歌》亦双幅,自上两行,读不成文。”(《鸭江行部志》)王寂对这些作品进行了考证,并探讨了书法技巧,进而由书而论人,揭示其精神气象。他在评论张芝与“二王”书法时以“气韵”论之,颇见北宋以来论书尚意重韵的影响。可见,王寂对书法亦具有很深的造诣。

对于金代书法家的情况,王寂在行记中也有很多记录,如在澄州明秀亭所见的金代著名书法家墨书真迹:“乙未,饭罢经行,驻屐于有宓斋,亦信之手书。公余每看书于此,今欹侧似无人居者。墙角尘土中,有二板覆地,以手起而视之,乃左君锡、雷西仲、李子美、魏元道、李子安,留题明秀亭榜,即命复置于亭上。"(《鸭江行部志》)金代曷苏馆节度使纥石烈明远也是一位书法家:"公平昔片言折狱,嫉恶若仇,自谓公明,亦不过矣。又其字,刚正遒健,似其为人。昔陈莹中《跋朱表臣所藏欧阳文忠公帖》云:'敬其人,爱其字。'吾于明远亦云。"(《鸭江行部志》)。这些都传达出了王寂对于绘画书法艺术的热爱,也为13世纪东北地区的艺术风貌做了精彩记录。

五、诗人题咏弥足珍贵

"江山留胜迹,我辈复登临。"可以说,正是一代代诗人的不断题咏,才使得壮丽的山川由自然世界变为人文世界,由客观的无生命世界变为主观的有情感世界。东北地处边疆,远离中原及南方发达文化圈,因此留下来的诗人题咏相对较少。王寂在行记中记录下了一些前人有关东北的题咏,虽然不多,但弥足珍贵。

王寂游龙门山时,在山壁上发现"张仲宣、申君与留题岁月。又有纥石烈明远留题三诗"。诗云:

秋霁岚光到眼青,层峦叠巘与云平。解鞍暂借山僧屋,泉水潺湲漱玉声。

春尽山岚碧转加,携樽来醉梵王家。桃花半折东风里,应笑刘郎两鬓华。

春半辽东暖尚赊,青山苦恨乱云遮。三年绝徼劳魂梦,向壁题诗一叹嗟。

(《鸭江行部志》)

乙卯日,王寂在僧屋壁间发现"冰溪鱼叟(张仲文)诗及后序"。诗云:"七年重到旧招提,影转南窗日转西。粗饭满匙才脱粟,藜羹供筋欲吐齑。城边草木惊摇落,山下风烟正惨凄。欲觅前诗拂尘壁,已烦侍者扫黄泥。"后序云:"大定岁在重光赤奋若新正后八日,因审刑旅泊此舍。尝梦中得句云:'客舍青荧寸独残,思归惊怪带围宽。夜观星斗穿云去，不怕天风特地寒。'题诸此壁，以俟再游。"王寂阅后评论道："句法清劲，语意贯串，胜于律诗远矣。"（《鸭江行部志》）这些金代诗人的题咏正是借王寂之笔才得以流传，而它们的存在也使得东北的山川风物生色不少。

行记中记录的其他金人题咏还有："庚寅，游上方……东檐下观王栖云题诗，云云。"（《鸭江行部志》）"乙未，饭罢经行，驻屣于有宓斋……墙角尘土中，有二板覆地，以手起而视之，乃左君锡、雷西仲、李子美、魏元道、李子安，留题明秀亭榜，即命复置于亭上。"（《鸭江行部志》）"甲辰，次熊岳县，宿兴教寺。晚登经阁……旧闻京师名公皆有题咏，已刻石于楼下，命借副本，因得详观。盖玉照老人刘鹏南为之序。平章公张仲泽首唱'通'字韵诗，自余赓和者，张御史寿甫、郑侍讲景纯、蔡潍州正父、李礼部致美，如此凡二十五人。中间唯赵献之作赋，又不用元韵者四人。"（《鸭江行部志》）以上记录中的题咏作者多为金代名士、诗人，他们或于《金史》有传，或被元好问收录在《中州集》中。这些人一时集于东北，吟诗作赋，唱和频繁，可谓文采风流。可惜的是，王寂行记虽然记录了他们联诗作赋的盛况，但对于作品却没有尽录。

其实，在行记中对东北题咏最多的莫过于王寂本人。王寂《辽东行部志》含诗 59 首，《鸭江行部志》含诗 26 首，共计 85 首。正是因为王寂有意以行记传诗，才使得行记中东北地区的山川风物沾染上了人的性情，带上了生命的温度，进而活色生香起来。

第二节　行记文学性的体现

王寂行记虽含历史、地理方面的内容，但相对于大量富有亮丽色彩的对于山川风物的描绘、对于自身情感的抒发等几占篇幅之半的诗歌来说，反而显得不那么突出了。以性质而论，两部行记属于因公出行的旅行记录，在文体中可归为史地学杂记类，但从内容上看，其文学性又极为突出。这就使得两部行记表现出了较为复杂的面貌。王寂行记何以如此，其浓郁的文学色彩来自于何种因素，都需要从王寂创作两部行记时所处的境遇和动机等方面来进行考察。

一、遣愁纾闷的创作动机

由王寂行部辽东时所处的人生阶段以及当时的心境来看，他创作行记时在很大程度上含有遣愁纾闷的创作动机，这一创作动机显然不是纯粹客观的史地学著作所能承载的，故而必然会导向文学性创作。

辽东之行始于明昌元年(1190 年)春季，在此之前的大定二十六年(1186 年)，王寂因河决卫州一事而被黜为蔡州防御史。他在蔡州度过了一段“梦寻蓟北山深处，身在淮西天尽头”(《拙轩集》卷二《思归》)的幽暗悲凄岁月。贬谪事件对王寂打击很大，虽然被贬当年他就因“皇太孙受册”而遇赦，但心理上的阴影并未完全消除，这在行记中即有多处流露。长期的宦海浮沉令王寂早有归隐之念，尤其是在经历仕途打击之后，这种想法越发强烈，所以在出巡途中，王寂常常借助于行记倾诉这一想法。如行经汤池县时，坡阳邑人的事迹就给了他以很大触动：“初，以从军补官，累资转兖州幕。一日，谓同僚曰：‘大丈夫逢时遇合，万户侯何足道哉！今行年六十，犹纸尾署名，其头颅可知矣。’乃投牒以归。既而莳花种柳，殖果移莲，叠石以为山，引泉以为池，日与宾客把酒赋诗，徜徉乎其间，凡十有七年而终焉。”王寂“窃慕其为人，解鞍少驻，徘徊周览”，以至于离开时“举鞭回望，茫然自失”。还有休粮谷高姓隐者，其原为辽季东京副留守，“一夕徒步经隐于灵岩，剪去须发，衲衣草履……后栖隐于休粮谷，躬负薪水，日一斋食，阅二纪间，未尝少懈。寿八十而终”。王寂知其事迹后十分感慨：“方艾服官政之年，割弃浮荣，如脱敝屣，与夫龙钟蹒跚，眷恋微禄，推挤不去者，岂可同日而语哉。”(《鸭江行部志》)这些急流勇退的隐者使得王寂意识到了归隐之乐与仕宦之苦的巨大反差，以致对自己未能尽早抽身而招致小人推挤低回不已，类似文字折射出了他经历贬谪后较为复杂的心绪。

除政治生涯的阴影没有完全消除外，辽东之行还令王寂备尝艰辛。王寂出巡时已经六十三岁，步入了人生晚年，距其离世也不过三四年时间。虽然他在精神上尚能“按辔澄清须我辈，据鞍矍铄奈吾身”，保有强健之气，但身体上却是“南徂淮阳北辽海，可能无地息劳筋”，有不堪重负之感了。如果统计一下王寂当时的行程，就更能清楚地理解这一点了。

《辽东行部志》云：“明昌改元春二月十有二日丙申，予以使事，出按部封，僚吏送别于辽阳瑞鹊门之短亭。”其行程为：十二日丙申，至沈州；十三日丁酉，次望平县；十四日戊戌，次广宁府；二十日甲辰，次闾阳新县；二十一日乙巳，次同昌县；二十二日丙午，次宜民县；二十四日戊申，次胡土虎寨；二十五日己酉，至懿州。三月四日戊午，至庆云县；五日己未，至荣安县；九日癸亥，次柳河县；十一日乙丑，次韩州；十六日庚午，次南谋懒千户寨；十七日辛未，次松瓦千户寨；十八日壬申，次特拨合寨；十九日癸酉，宿辟罗寨；二十日甲戌，次叩畏千户营；二十一日乙亥，次和鲁夺徒千户；二十二日丙子，次鼻里合土千户营；二十三日丁丑，次咸平。四月二日乙酉，至清安县；三日丙戌，复归咸平；七日庚寅，次铜山县，后归。王寂此行到达了东京路境内之沈州、广宁府，咸平府路境内之懿州、咸平、韩州（其中懿州在章宗泰和时期划属北京路大定府）。其未至者如曷苏馆路、婆速府路、复州等，则明年复按。

《鸭江行部志》云：“明昌辛亥岁二月己丑（初十），予以职事，有鸭绿江之行。僚属出饯于望海门，会食于白鹤观之鹤鸣轩。”其行程为：十四日癸巳，次澄州；十九日戊戌，在析木；二十日己亥，至汤池县（北图钞本作“阳池”，误）；二十二日辛丑，次辰州；二十五日甲辰，次熊岳县；二十八日丁未，次曷苏馆。三月四日壬子，在复州；八日丙辰，自永康次顺化营；九日丁巳，次新市；十日戊午，宿龙岩；十二日庚申，赴大宁镇。①

① 以上参见王庆牛：《金代文学家年谱（上册）》，凤凰出版社 2005 年版，第 162—163 页。

综上,《辽东行部志》记一个月零二十五天旅途见闻,所历二十五个住宿点。《鸭江行部志》记一个月零两天旅途见闻,所历十五个住宿点。考察王寂行部的整个过程可知,他差不多一直在赶路,每处停留的时间平均只有两三天,正所谓“祗服王命,周按部封,雪孤穷无告之冤,去乾没横行之蠹”(《辽东行部志》)。所以,从另一个角度来说,这两次东北之行也是王寂中年劳生奔波生涯在晚年的延伸。

暮年的跋涉令王寂倍感疲乏,他心绪不佳,自然要通过行记一吐为快。所以在行记中,跋涉之劳与暮年之悲常常交织在一起,成为他宣泄的主要方面。如《辽东行部志》载:“是日,予以疲驽长路,困于跋涉,自念跃马食肉,壮年之事,今老矣,尚作此态宜乎?不胜其劳也。”《鸭江行部志》载:“癸丑,是日清明节,意绪不佳。自念来日无多,崎岖道路。去岁清明,自广宁赴同昌,今又寄迹于此。劳生有限,归计未涯。”道路的艰辛使他体会到了自己的衰老:“踪迹年来遍朔南,消磨髀肉困征骖,居民胜日一百五,倦客流年六十三。水性依然人自老,树围如此我何堪。瓶无储粟犹归去,待有良田已是贫。”(《辽东行部志》)

除跋涉之劳和暮年之悲外,长时间身处寒冷的东北还使得王寂生起了浓浓的乡思,这种感情也需要通过行记来倾诉:

> 予方解衣盘礴,忽闻檐间燕语,亟视之,盖自春山行未见也。因念燕以炎凉,儿女之计,不免羁栖于万里之外,可嗟也。有诗云:“平生便静今衰老,黄雀傍檐嫌啅噪。忽闻燕语绝可怜,亟出披衣任颠倒。呢喃似说经岁别,念我穷愁加慰劳。飞云轩在容藉不?故里故园聊一到。不然为我达一信,问讯平安却相报。黎明与汝当远别,汝可低头听吾告。稻粱多处足罗网,闭口忍饥无抵冒。芹泥深累要安稳,艾叶傥来休急躁。明年按部定经此,与汝相期永为好。临行叮嘱主人翁,千万莫将天物暴。”
>
> (《辽东行部志》)

当种种愁闷无法去除时,它们甚至会化作梦境将王寂萦绕:

戊辰，予昼寝，梦到故山，幅巾藜杖，盘桓于柳溪之上。既寤，予意谓造物者，责以漏尽钟鸣，夜行不休，故神报如此，作诗以颂云："尝闻劳生佚以老，不谓区区老更忙。自笑顽躯棺青紫，谁求绝足鉴骊黄。苦无长策裨神主，大有闲山著漫郎。梦到故乡犹可喜，几时真个是还乡。"

（《辽东行部志》）

文学创作的一个重要动机就是抒发人生愁闷，正如韩愈《送孟东野序》所说："大凡物不得其平则鸣。"[①]王寂作诗作文发端也常常如此，如被贬后通过作《三友轩记》《岩蔓聚奇赋》倾吐幽愤之情，而所作诗歌则有《柳城西闻蝉有感》《蔡州》《初到蔡下已有春意》《思归》等。所以，他在按部途中记录旅行经历、描绘东北风物时亦不免潜入较深的人生感怀，情感之浓郁自然不同于普通的游历纪实之作。例如：

己巳，次胡底千户寨……路旁有野花，状如金莲而差小，其叶琐细，大率如鱼藻，土人谓之耐冻青。生于祁寒，拨雪而见之，已青青然。予携以归，置之坐上，终日相对，伤其背时失地，为赋一诗："耐冻虽微物，严冬不敢侵。蕊嫌宫额浅，色胜羽衣深。戏点人间铁，闲铺地上金。蜡梅甘丈行，霜菊许朋簪。风雪窥天巧，泥沙惜陆沈。分无春借力，徒有岁寒心。采掇香盈把，歔欷泪满襟。栽移损生理，汝勿念知音。"

（《辽东行部志》）

文字在怜花之情中亦含有深深的自怜之意，使得全诗笼罩着一片悲思。

在王寂行记的这些诗文中，物物皆着作者之情，物物皆含伤心之色，证明作者在创作行记时带有遣愁纾闷的创作动机。创作时既然有

---

① 《唐宋八大家散文》，王会磊注评，长江文艺出版社 2015 年版，第 25 页。

此动机，作者自然会多写心之所感、心之所想，遂构成了一种诗意性的倾诉，而暮年之悲、宦海之思、跋涉之苦和思乡之情也就自然而然地融入了文章，从而使得两部行记承载了大量的情感表达，并因此而表现出较多的文学色彩。

二、文学创作的有意展示

两部行记作于王寂人生晚期，不仅是他寄托情感、倾诉愁闷的载体，还是他对自己文学创作的一次集中展示，同时也显示出他欲借行记传其诗文的潜在意愿。

通过行记集中展示自己的文学创作，是王寂有意为之的。王寂的东北之行本是公务之行，并非私人性质的游山玩水。依照常理，若是因公出行，则途中应当少不了大量的公务和应酬，但王寂只在行记的开篇记录了僚属的送别之状，以示缘起，如："僚吏送别于辽阳瑞鹊门之短亭"（《辽东行部志》）、"僚属出饯于望海门，会食于白鹤观之鹤鸣轩"（《鸭江行部志》）。除此之外，有关公务和应酬的记载几乎就在行记中绝迹了。难道王寂出巡的几个月并无公事可办，也没有官场上的迎来送往吗？答案显然不是，它们只是被王寂刻意隐没了。这种隐没显示出王寂将行记当作较为个人化的笔记进行创作的意图，也隐含了他对政治和官场的不满心理及疏离之感。尤其是当对于公务记录的刻意隐没与行记中大量的个人化、文学性表达形成较大反差时，便不能不使人产生这是王寂有意为之的感觉。当然，文学性表达与关于公务的记录两者本身性质不同，凿枘不投，因此将有关公务的内容剥离出来，为文学性表达保留空间也是叙述的策略性选择，但对于其中所蕴含的主观因素我们仍然应该予以重视。

这种对于公务记录颇为疏离而有意展示自己文学创作的写作姿态，显示出王寂对自身文学的一种自觉，体现了王寂的文人气质和文人性情。它不仅突出地表现在行记在"记"的同时又对"记"的偏离上，还表现在行记中诗歌的大量涌现上。行记这一文体按理说应以"记"为主，记载"行"中发生的事件，是一种叙述体，附带着或有文学抒情的成分。但在王寂行记中，文学抒情的成分占据了大量篇幅，而客观纪实性叙述有时却反倒退居次要地位，尤其是王寂经常在叙述完某则旅途见闻后要附诗一首或多首。这就使得行记呈现出诗文间杂的状态，有时诗歌的内容甚至超过了叙述的内容。以《辽东行部志》中丁巳、戊午两天的记录为例，即可见一斑：

> 丁巳，晨发懿州。是日大风，飞尘暗天，咫尺莫辨。驿吏失途，至东北山下，横流汹涌，深不可济。乃问路于耕者，却立谓予曰："我非力田，无以为生，官人顾不得安闲耶？"乃熟视一笑而去。予愧其言，作诗以自责云："逆风吹面朝连暮，蓬勃飞尘涨烟雾。前驺杳不辨西东，驻马临流不能渡。却寻山崦问津焉，山下野老方耕田。举鞭绝叫呼不得，俯首伛偻驱乌犍。可怜野老头如葆，龟手扶犁赤双脚。为言生理固须勤，盖避今朝风色恶。已而野老笑回头，我自家贫仰有秋。官人富贵年如此，胡不收身觅少休。我初无意聊自谑，不意此翁反见诮。莫嗔泷吏笑吾侬，自揣吾侬也堪笑。"是夕，寄宿于灵山县之佛寺。
>
> 戊午早，解鞅于庆云县。县本辽之祺州，皇统间，始更今名。予方解衣盘礴，从者携束蒲以献曰："适得双鱼，鲜可食也。"发而视之，气息奄奄，然即命贮之盘水中，少顷，植鬐鼓鬣，颇有生意。予叹曰："尔相濡以沫，相呴以湿，苟延斯须之命，何如相忘于江湖哉。"乃命长须持送于辽河之中流，圉圉然，洋洋然，幸不为校人之欺也。戏作小诗以祝之云："我哀濡呴辍晨羞，持送东城纵急流。此去更饥须闭口，莫贪香饵弄沈钩。"

这种写法几乎贯穿了王寂行记的全部。

用统计的方法更容易看清楚这一点。据统计，《辽东行部志》记一个月零二十五天旅途见闻，合 55 日，有诗 59 首；《鸭江行部志》记一个月零两天旅途见闻，合 32 日，有诗 26 首。（引述他作诗者不计）合计

87 天，作诗 85 首，平均算下来差不多每天都有一首诗，而且许多诗是百字以上的长诗。可见，诗歌的密度和容量已经改变了行记的叙述性质，更遑论其中还包含着不少抒情的段落。

王寂对自身文学的自觉出于他对自身创作的一种自信，这种自信源于他对自身才华的认识，也源于他在与同时代作家进行比较后对自己的肯定。比如：

> 甲辰，次熊岳县，宿兴教寺。晚登经阁，南望王元仲海岳楼，不及一牛鸣，但以谒禁，不得一登览为歉。旧闻京师名公皆有题咏，已刻石于楼下，命借副本，因得详观。盖玉照老人刘鹏南为之序。平章公张仲泽首唱"通"字韵诗，自余赓和者，张御史寿甫、郑侍讲景纯、蔡潍州正父、李礼部致美，如此凡二十五人。中间唯赵献之作赋，又不用元韵者四人。玩味再四，有以起予，亦漫继两诗，他日登门，庶以是为先容耳。然强韵杰句，皆为人所先，要不蹈袭一字，亦出于倔强也。"飞甍缥缈拂层空，览胜观澜左右雄。秋气拍帘千嶂雨，夜潮舂枕半天风。盟寻鸥去沧浪上，目送鸿归灭没中。圣世文明方讲礼，征车行起叔孙通。""先生勇退冀北空，坐笑百雌无一雄。咄咄诸郎有高著，纷纷余子甘下风。龙媒懒行陆地上，鹏翼要举青云中。旧学渊源慎勿废，逸书当续白虎通。"
>
> （《鸭江行部志》）

张寿甫、郑景纯、蔡正父、李致美及赵献之等二十五人，皆为金代名士。王寂见海岳楼石刻有众多名士题诗，便欲继之，而且是在"强韵杰句，皆为人所先"的情况下继之，还要"不蹈袭一字，亦出于倔强也"。可见，若没有对自己文学才华的充分自信和对其他作家的足够了解，则王寂是不会如此记录的，也不会在行记中特意记上这一笔。

王寂的这种自信有时会用一种自嘲的方式表现出来，如：

> 甲午，登明秀亭。此亭，盖完颜信之参政，大定癸卯为郡

时经创也。前列数峰，下临一水。想见佳时胜日，扫榻开帘，横琴煮茗，晴岚暖翠，烟水微明，尽得于几席之上，岂不佳哉！夫自有宇宙，有此溪山，惜乎无骚人胜士题品，遂使湮没无闻。今辽左从衡数千里，共指澄为望郡，此所谓地因人兴者耶。幸获登览，技痒不能自已，因留恶诗云："倚空栏槛出危墙，俯瞰巑岏枕渺茫。岚气拂檐冰尘润，水光侵席葛巾凉。门楣健笔云烟落，谷口丰碑岁月长。来者定知谁好事，旧居堂榜具瞻堂。"

（《鸭江行部志》）

王寂说自己"技痒不能自已，因留恶诗"，我们不能当真，只能将其看成是一种自嘲式的说法，而自嘲正是自信的一种反向表达。况且，单以王寂此诗而论，也不能算是恶诗。

客观上来说，王寂行记也可以被看作是他暮年时对文学，特别是对诗歌的一次集中展示。以诗歌而论，与《拙轩集》相比，行记中的诗歌在内容的丰富性、题材的多样性及艺术质量上都毫不逊色，甚至有过之而无不及。虽然王寂创作行记时已进入人生暮年，但文笔并未因老而衰，反倒老而弥健。其作诗往往信手拈来，触处生春，富含感情，充分体现了他"戛戛独造"的艺术才华。张博泉先生《辽东行部志注释》"序"亦云："然其老辣横秋，气犹未衰，文笔雄健，似不减当年。"①

两次东北之行为王寂的文学创作注入了新鲜血液，使其诗文别开生面，大放异彩。文学创作来源于现实生活，而王寂行记中的散文和诗歌皆产生于旅行途中，蕴含着独特的东北地理人文质素，所以这些散文和诗歌具有十分浓郁的地方特色。此外，长途跋涉虽令王寂倍感艰辛，但东北的山川风物也增其意兴、壮其情怀，再加上他内怀愁闷之情、不平之意，因此两相促发，借咏物以抒怀，便使得行记中的篇章充满了浓郁的个人情愫。这也正如陆游所说："君诗妙处吾能识，正在山程水驿中。"

---

① 张博泉：《辽东行部志注释》，黑龙江人民出版社 1984 年版，"序"第 2 页。

当然,王寂行记在内容上除文学以及对自己诗歌的展示外,还涵盖了其他极广的文化内容,如前所述,包含了历史沿革、古迹、文物、物产、习俗、人物等。故此,王寂行记中的许多记载都成了金代中期社会和文化的缩影。可以毫不夸张地说,正是借助于王寂的记录,金代文化的某些景象才得以重现,金代诗人的一些作品才得以流传。不过,对于文学的有意展示无疑才是王寂行记所具有的一个突出特点。

第三节　行记文体上的新变

在中国传统四部分类法中,行记多被书目学者归于史部地理类,这是因为行记在产生和发展过程中多以征史为主要内容。但王寂行记却不完全以征史为主,还含有很多记游和抒情的段落,且文之不足,歌以咏之,因此某种程度上突破了史学文体的限制,从而体现出行记文体的新变。王寂行记对史学文体的突破使它在众多古代行记中独具特色,这种突破具体表现在两个方面:一是史学向文学的倾移;二是散文与诗歌的兼容。

一、史学向文学的倾移

行记这一文体产生得很早,汉晋间便出现了外国行记、行役记、交聘记等,如两汉使臣写的出使行记《南越行记》《出关志》,六朝时期的僧人行记《法显传》等,它们可以被看作是行记文体的源头。[①] 由于这些作品在内容上以史地类为主,因此,后期行记便追踪步武,在内容上也多以地理、古迹、碑碣、风土及文化景观等方面的记录和考证为主,

① 参见李德辉:《论汉唐两宋行记的渊源流变》,载《中华文史论丛》2010 年第 3 期。

从而奠定了行记文体被归为史部地理类著述的基础。

但日记体行记却直至唐代才产生,中国第一部日记体行记是李翱的《来南录》。[①] 唐元和四年(809 年),李翱赴岭南节度使杨于陵之聘,途中作此书,记录了所经之山川、水道、城市、名胜等。它第一次以日程而不是以行程为单位记事,一日一记,单独成条。这种写法扩大了作品的容量,增强了内容的清晰度,为行记文体的发展开创了新体式。不过,由于《来南录》内容过于简略,所以只能将其看作日记体行记的雏形。其后,北宋欧阳修作日记体行记《于役志》,记景祐三年(1036 年)遭贬自开封赴任夷陵之行。虽然它增加了与人交往的内容,但仍然很简略,与《来南录》相比没有什么新的发展。

直至北宋张舜民作《郴行录》,日记体行记才发生了质的飞跃。《四库全书总目提要》云:“其《郴行录》乃谪监酒税时纪行之书,体例颇与欧阳修《于役志》相似,于山川古迹,往往足资考证。”[②]梅新林、崔小敬《张舜民〈郴行录〉考论》认为:“较之《封禅仪记》《来南录》《于役志》诸作,其在篇幅上由短而长,在内容上由薄而厚,在艺术上由粗而精,实为我国游记发展史上第一部臻于成熟的长篇日记体游记。”[③]因此,《郴行录》可以称为日记体行记的奠基之作,对后世影响很大。

《郴行录》在写法方面具有示范意义,它所蕴含的史学性因素和文学性因素后为南宋和金的行记创作所继承。试举其中一段为例:

> 辛卯,次洪泽口,过龟山寺。辛奉议继至,同游久之。寺临淮水,负小山,规制壮丽,自京师以南寺观皆不及也。乃真庙所建。佛殿三榜,石曼卿书,笔力劲健。老僧清悠可语,出画佛一帧,自云王维笔,制作古妙,虽非摩诘,亦奇手所为也。

---

① 公认的第一部游记是东汉马第伯的《封禅仪记》,其逐日记述了马第伯于建武三十二年(56 年)侍从光武帝刘秀封禅泰山一事。但从文学史的角度来说,这是个较为特殊的例子,因为此后在东汉近二百年中没有再出现过类似的作品。

② 傅璇琮:《中国古代诗文名著提要·宋代卷》,河北教育出版社 2009 年版,第 131 页。

③ 梅新林、崔小敬:《张舜民〈郴行录〉考论》,载《文献》2001 年第 1 期。

> 寺后山脚有石穴，以砖塞其户，俗云无支祈所宅也。少南有长源公祠，祠下临水，石色绀碧，出没舂激可爱。《龟山寺》诗："白塔摇摇波浪间，几多舟楫望禅关。天边幡影因心动，堂上潮音到海还。我拔一毛犹自苦，师除双臂信如闲（祥符中，断臂道者所居）。中流莫怪频回首，直到江南始见山。"①

可见，《郴行录》中蕴含了史学性和文学性两种因素，并且形成了诗文兼容的格局。一是以史地记录为核心，确立了日记体行记的"史法"。在内容上，不再是每日简单的条目式记录，而是对于古迹考证、历史兴废、地方风情等做翔实记录。在形式上，充分发展行记体裁的特点，由"行"串联起不同的地理因素，构成创作出发点；由"记"注重客观信息的传达，确立作品的纪实基调。二是在确立史法的同时包含了较强的文学性因素。由于是日记体，每日一记的随笔式写作方式决定了它很难完全采用客观严谨的叙述，因此有时难免渗入一些日常杂感，这就构成了行记中的主观抒情成分，进而向文学延伸。虽然抒情成分只是对客观叙述的补充，但却为后世日记体行记的文学性表达保留了基因。三是将对各地的吟咏系于当日条目之下，形成了诗文兼容的格局，虽然其所占比例不大（全程记 42 日事，诗歌只有 14 首），但也足以为后世所借鉴。②

至南宋，日记体行记创作大盛，并出现了一批名家，如范成大、陆游、周必大、吕祖谦等。他们不仅单部作品内容丰富，文采斐然，而且每人都有不止一部作品。这些作品在内容、写法、文采等方面都超越了《郴行录》，显得更为成熟，也为后来的明清行记树立了典范。但是，南宋日记体行记中的文学性因素却被有意抑制了。南宋的作者们常常剥离行记中的文学性因素，以"雅洁"为尚，从而使其向纯粹的史学

---

① 顾宏义、李文：《宋代日记丛编》，上海书店出版社 2013 年版，第 598 页。

② 王寂行记诗文兼容的写法很可能受到了《郴行录》的启发。另，据梅新林、崔小敬《张舜民〈郴行录〉考论》一文，《郴行录 》本载于《画墁集》，或亦名《南迁录》。如果《南迁录》是《郴行录》异名，则王寂另一已佚文集《北迁录》的命名或许也受到了《南迁录》命名的启发。

文体靠近。从陆游的《入蜀记》到范成大的“石湖三录”，即可看出这一变化。

陆游《入蜀记》充分借鉴了《郴行录》的写法，每日一记，内容以史地考证为主，在材料运用及表达方式上多为客观写实。但《入蜀记》所叙宽博，旁涉文艺，感情抒发和文人意趣往往旁溢于纪实之外，因此别有风采，体现了文学家的特色。只是《郴行录》中文后附诗的写法，却被《入蜀记》摈弃了。《入蜀记》对于《郴行录》中的史学性因素和文学性因素皆有所继承，但相对来说仍以史学为主，从而体现了创作时向史学文体的倾斜。

至范成大的“石湖三录”，向史学文体的这种倾斜则更进了一步。“石湖三录”包括《揽辔录》、《骖鸾录》和《吴船录》，是公认的南宋最为优秀、最具典范意义的日记体行记。它们在继承《郴行录》的基础上做出了较大改变，对于文学性因素的摈弃更为彻底。清人周中孚评《骖鸾录》曰：“凡山川、古迹，与所游从论述可喜可感，随笔占记，事核词雅，实具史法。”[①]“事核词雅，实具史法”即在内容上，注重地理、民俗方面的记载和考证，简化对个人交游活动的叙述[②]；在写法上，弱化情感抒发，淡化主体意识，避免过多的文学性表达。范成大是文人、诗人，并不是不能为文，所以“石湖三录”以这种方式写作，表明他对于日记体行记的文体有自己独到的思考。

从陆游到范成大，日记体行记越来越谨守史学文体的规范，这与宋代文学尊体、辨体之风也有着密切的关系。文章著述随时代发展而愈益滋繁，各类文体亦随之衍生，因此对于文体的界定和讨论也显得越发重要。这不仅出于文学家对自身创作的知性反省，还出于评论家对各体文章的批评要求。宋代文体大备，进而引发了各种文体之辨，并促使文学家和批评家重视文体辨析问题。对于当时的文人来说，辨析文体往往成为创作和评论的首要问题，王安石论文便有“先体制而

① ［清］周中孚：《郑堂读书记》卷二十四传记类“骖鸾录”条，民国嘉业堂刊吴兴丛书本。

② 除范成大外，南宋的很多日记体行记都对考辨有所偏好。

后工拙"[①]的说法。南宋作家在继承《郴行录》的过程中所做的扬弃，尤其是对其中文学性因素的摈弃，体现了他们对日记体行记文体发展方向有意识的调整。

与南宋同一时期的金代，情况则有所不同，文学尊体、辨体之风并不浓厚。因此，王寂行记对《郴行录》的扬弃与南宋颇为不同，而是沿着相反的方向进行的，由此形成了不同的文本样态。王寂行记虽然保留了史地学方面的记录，即以"行"为基点串联起各地，以"记"为骨干支撑起叙述，但在内容和表达上则已由史学向文学倾移。这种倾移主要表现在三个方面。

一是弱化征史，重视记游和抒情。王寂行记虽为史地学者所重视，但作者的目的却不在于严格的史地考证，而在于记游以及因游而起的抒情，有时纪实部分甚至沦为诗歌吟咏的背景。这种情况随着行记写作过程的发展而有所加剧，如《辽东行部志》第一日，作者详细考察了沈州的历史变迁，并引用韩颖的《沈州记》为证，征史意识很强。但此后类似考证越来越少，到结束时，相关内容就多为梗概了。《辽东行部志》最后一日的记录即为："庚寅，宿铜山县。铜山，辽之同州也，本朝改为东平县焉。"据张博泉先生注释，王寂征史仅凭记忆，谬误不少，可见其兴趣亦不专在考证。等到王寂创作《鸭江行部志》时，史地考证的内容就更少了，而记游和抒情的文字却增加不少，并且文辞亦踵事增华，由质实变为绮密，由简练变为详赡。如《鸭江行部志》中的一段：

> 丙午，游北岩，观瀑布水，野服曳杖，至于绝顶。其水，初出于东北一峰之肋，悬流数十尺，盘转于洼石之上，蓄之为池，纵横可二丈，池满则倾泻于石壁之下。水殿，最为龙门佳处。北望苍岩瀑布，如千尺玉虹，飞落沧海，下瞰云涛雪浪，舂撞击搏，其声如奔雷骤雨，跳珠溅玉，倒射轩窗，虽六月，不

① 龚鹏程：《中国文学史（下）》，世界图书出版公司北京公司 2011 年版，第 98 页。

知暑也。少东，有大石，屹然介于两水之中，其平如掌，上可容三十客。方夏秋霖潦，水势湍猛，非以此石杀其怒，则水殿无复有焉。大抵如瞿塘之滟滪堆也。壁有张仲宣、申君与留题岁月。又有纥石烈明远留题三诗，盖明远尝为曷苏馆节度使，距此不及一舍，所以屡来登览。其壬辰七月晦日，诗云……

此段不仅叙事详尽，而且描绘细致，可以算作一篇完整的记游散文了。

二是语言表达的充分文学化。王寂行记以散文记叙为主，但散中有骈，精练流畅，极富灵动的气势、亮丽的色泽和细腻的情致。比如："前列数峰，下临一水。想见佳时胜日，扫榻开帘，横琴煮茗，晴岚暖翠，烟水微明，尽得于几席之上，岂不佳哉！"（《鸭江行部志》）此外，还引入前人典故与经验，以加强艺术感染力，如写龙门山云峰院：

乙巳，次龙门山云峰院。昔武元直为申君与作《龙门招隐图》，正谓此也。龙门之南有大山焉，崇高峻拔，诸峰环列，皆北面事之，连延数十里，意谓此必熊岳也；然询及土人，无有知者。比龙门具体而微，其掩抱窈窕，则又过之。栏楯穹窿，涌出于西岩之腹者，佛屋也；佛屋之左右，连楹异户者，僧舍也；僧舍之东，崛起于叠石之上者，钟阁也；钟阁之东，枌栱岧峣者，经楼也；经楼之南，飞跨于两崖之间者，水殿也。水殿之下，厨厩库庾无不具焉。予是夕，宿于主僧禅寮。

（《鸭江行部志》）

其中，"者……也"句式借鉴了欧阳修《醉翁亭记》的写法，颇得其迂徐回环、从容优游的韵味。再如王寂写忆居蔡州一段：

乙酉，宿清安县治之生明堂。清安，世传辽太祖始置为肃州，本朝改降为县。驿卒告予曰："堂之北轩，有樱桃正

> 发。”予亟往视之,乃朱樱数株,长五尺许,每枝才三四花,憔悴有可怜之色。予问其故,答曰:“此方地寒,经冬畏避霜雪,辄埋于地,以是顿挫如此。”予因念丁未岁,尝假守淮西,厅事之后,朱樱四合,璀璨炫目,尝夜饮其下,月色如昼,疏阴满地,笙歌间作,都不知曙星之出也。感怀今昔,为作诗云……
>
> (《辽东行部志》)

这一段叙事生动细腻,并引入了对话描写。其中,对于假守淮西的一段回忆颇有苏轼《前赤壁赋》的风调。

三是诗文兼容的大胆布局。王寂行记虽为纪行之作,但却将大量诗歌充溢于散文之间,甚至有喧宾夺主之势,以至于几成纪行诗集。这种安排虽然借鉴了《郴行录》,但诗歌所占的分量已经远远超过了《郴行录》,从而不仅彻底改变了行记的面貌,构成了对惯有的史学文体的创新,而且对行记惯常的散文式表达也是一种挑战。

但与此同时也要看到,王寂对于行记征史的一面并未完全摈弃,而是将其作为叙述骨架保留了下来,使其成为文学表达的依据。同时,很多地方仍然保留了详细考证的内容。这些内容已成为研究中国东北地理历史的重要文献。这说明王寂行记由史学向文学的倾移并不构成对行记文体的彻底颠覆,他也没有另创新体式的主观意图,即他的扬弃是不自觉的。

日记体行记自产生以来便包含着史学和文学两种质素,但它作为史学著述究竟应该保留多少文学性因素,尚无定论。南宋和金以各自的创作实践发展和加强了其中的某一方面,表达了对行记文体发展趋向的独特理解,也使两者呈现出相异的面貌。南宋日记体行记以雅洁而严谨的纪实与征史内容,展示了行记趋近于史学著述的范式,其影响直达明清。但也不应忘记,在同一时期的金代,王寂为日记体行记的发展趋向提供了另一种可能。陆心源出于辨体、尊体的目的对行记文体谨守史法的界定固然有其道理,但我们亦应解放思想,对王寂为行记文体的发展所提供的这一有价值的案例给予关注。

二、散文与诗歌的兼容

王寂行记不仅表现出由史学向文学的倾移,还表现出散文与诗歌的兼容——叙写不足,歌以咏之。这种写法不仅打破了行记纪实征史的限制,还打破了行记以散文为主体的体式,从而使之呈现出诗文并峙的状态。可以说,王寂行记是以一种文体包容了两种不同的文学体裁。

将诗、文两种体裁熔于一炉形成完整的作品,在宋、金以前比较少见。《郴行录》作为日记体行记的奠基之作虽然有此尝试,但诗歌数量不多,尚不构成对散文的侵袭,因此我们仍可以将其看作散文作品。王寂行记则在借鉴《郴行录》的同时将诗歌所占的比例大为提高,并由量变到质变,形成了诗文间杂的格局,这无疑是对行记文体做了十分大胆的改变。

只要对比南宋行记便能了解此种改变的大胆之处,仍以范成大"石湖三录"为例。从《揽辔录》到《骖鸾录》,再到《吴船录》,范成大对散文与诗歌关系的处理有一微妙变化。考察这一微妙变化,对于理解王寂行记对诗、文关系的处理具有参考意义。

"石湖三录"中最早的是《揽辔录》,作于宋孝宗乾道六年(1170年),是范成大出使金国的公务记录。由于《揽辔录》具有公务文书的性质①,所以在体例、写法方面受到了严格限制,文中不可能有诗歌出现。在此次出行期间,范成大不是没有诗歌创作,而是创作了为人所熟知的使金纪行诗绝句72首。范成大将其题为《北征集》,后收入《石湖诗集》卷十二。② 诗与文同时而作,但因体例不同而分载两集,并且

① 小川环树在《范成大的生平与文学》中指出:"一般地来说,在宋代出使金国时,回朝后都要提交详细地记录交涉始末的'语录',这是一种惯例,范氏的《揽辔录》也是它的副产品。"【[日]大西阳子:《范成大纪行诗与纪行文的关系》,载《南京师大学报》(社会科学版)1992年第2期。】

② 参见[日]大西阳子:《范成大纪行诗与纪行文的关系》,载《南京师大学报》(社会科学版)1992年第2期。

在行记中也未出现与作诗有关的记载。

《骖鸾录》,是乾道八年(1172 年)范成大由吴郡赴桂林上任途中所作。在作《骖鸾录》的同时,范成大同样创作了纪行诗,共 42 首,题为《南征小集》,后收入《石湖诗集》卷十三。诗与文仍然分载两集,但在行记中范成大提到了作诗的情况。如乾道癸巳正月一日条:"始,予自绍兴己卯岁,以新安户曹沿檄来,识钓台,题诗壁间。后十年,以括苍假守被召,复至,自和二篇,及今又四年,盖三过焉,复自和三篇。薄宦区区如此,岂惟愧羊裘公,见篙师滩子,惭颜亦厚,乃并刻数字于右庑柱间,而宿西口。"[①]可见,范成大曾 3 次作诗,共计 6 首,但因限于行记之"史法"而未录。其诗在《南征小集》中具载,题为《乾道己丑守括,被召再过钓台,自和十年前小诗,刻之柱间,后五年自西掖帅桂林,癸巳元日,雪晴复过之,再用旧韵三绝》。[②]

至《吴船录》,文中不仅提及诗歌,还有渗入的情况。《吴船录》作于宋孝宗淳熙四年(1177 年),记作者从成都返吴郡省亲途中的见闻。与行记相应的纪行诗未知是否成集,但可知相应诗作收入《石湖诗集》卷十八、十九,共 111 首。在《吴船录》中,范成大提到了自己作诗的情况,如六月丙戌条:"万景之名,真不滥吹,余诗盖题为西南第一楼也。"[③]此即范成大《万景楼》诗:"若为唤得涪翁起,题作西南第一楼。"[④]除提及外,还有全篇引用者,如:

> 向在桂林时,默数九年之间,九处见中秋,其间相去或万里,不胜漂泊之叹,尝作一赋以自广。及徙成都,两秋皆略见月。十二年间,十处见中秋。……然余以病丐骸骨,傥恩旨垂允,自此归田园,带月荷锄,得遂此生矣。坐中亦作乐府一

① 《范成大笔记六种》,孔凡礼点校,中华书局 2002 年版,第 45 页。

② 引自[日]大西阳子:《范成大纪行诗与纪行文的关系》,载《南京师大学报》(社会科学版)1992 年第 2 期。

③ 《范成大笔记六种》,孔凡礼点校,中华书局 2002 年版,第 197 页。

④ 引自[日]大西阳子:《范成大纪行诗与纪行文的关系》,载《南京师大学报》(社会科学版)1992 年第 2 期。

篇，俾鄂人传之。①

其后，范成大将《水调歌头》全篇录入，相关叙述亦颇有抒情色彩，完全是文学性的表达。

总括“石湖三录”可知，《揽辔录》无诗渗入，作者有意避免诗歌对散文的渗透，尊体意识最强。《骖鸾录》有诗歌渗入，但点到即止，对文学性表达仍持谨慎态度，保持了行记文体的“雅洁”。但在《吴船录》中，不仅有诗歌渗入，且载词一首，相关叙述亦颇具抒情色彩，说明对于“史法”已有所突破，而文人意识在行记中也已有所表现。

之所以会产生这种变化，原因有四。一是写作《揽辔录》时的公务叙事性质限定了写作，使得作者不会将诗歌因素带入行记。而在创作《骖鸾录》和《吴船录》时，公务叙事的要求没有了，创作完全是个人性质的，于是作者的主体意识、文人意识有所凸显，从而在个别之处令诗歌突破了散文界限。二是行记虽然源于史学著述，但日记体行记一日一记的写作状态却使它在创作上具有某种随意性，而史地学著述在本质上要求得相对严谨，有一定的规范，同时思维模式和写作状态也较为特殊，这就与个人随感式的写作方式存在着内在矛盾。因此，当作者持有较强的尊体意识时，自然会抑制文学性因素在其中的泛滥，而一旦这种意识放松，诗歌便会以某种方式突破并进入行文之中。三是两宋时期日记体行记的作者多为文人、诗人，他们虽然对史地考证有浓厚兴趣，但却无法掩盖身上的文人气质。于是，当这种文人气质与较为随意的创作状态相契合时，性情的抒发便不可避免，诗歌的渗入便成为可能。四是即便刻意保持行记作为史学文体的雅洁性，其中也难免要有一些杂论和闲笔，而杂论和闲笔虽然空间有限，但却更适合展现作者的性情，从而在客观上为诗歌及抒情性内容的渗入提供了可能。但尽管如此，在南宋文学辨体、尊体的风气下，范成大的“石湖三录”仍然谨守“史法”，保持了行记文体的雅洁性，其诗歌对散文的突破也只是局部的、偶然的现象。

---

① 《范成大笔记六种》，孔凡礼点校，中华书局2002年版，第226页。

相较于范成大“石湖三录”对诗歌的谨慎态度，王寂行记则完全是另一番面貌：大量诗歌涌入行记，彻底改变了行记以散文为主的格局，使得行记几成纪行诗集。将王寂行记中的相关文字与范成大《骖鸾录》“乾道癸巳正月一日”条对照，便能看出两者写作方式的根本不同。

王寂行记中诗歌与散文的结合，还与宋代以来诗歌叙事性增强及诗题长制化倾向有很大关系。诗歌自宋代开始，叙事性、纪事性开始增强。周剑之《宋诗纪事的发达与宋代诗学的叙事性转向》说：“中国古典诗歌亦存在叙事的诗学传统和发展脉络，宋代正是古典诗歌叙事脉络中的一个关键时段。以诗纪事、以纪事论诗，这是宋代诗学中十分常见的现象。‘纪事’作为古代叙事诗学的一个重要概念，主要是在宋代诗学中被建构起来。”[①]周剑之还注意到从宋代开始的诗题和诗序的长制化倾向，她说：“宋代诗人有着将事件要素纳入诗中的自觉性。宋诗诗题、诗序在宋代的发展新变，也是这种自觉性的一项典型体现。在宋以前，虽偶有长题长序，但简净清朗的风格才是诗歌制题、制序的主流。宋代的诗题、诗序不但比前代有加长的趋势，而且致力于表现事件的具体信息和相关细节。诗人常常一开头就把时间、地点等信息放在诗题或诗序中，如梅尧臣《乙酉六月二十一日，予应辟许昌，京师内外之亲则有刁氏昆弟、蔡氏子予之二季，友人则胥平叔、宋中道、裴如晦，各携肴酒送我于王氏之园，尽欢而去，明日予作诗以寄焉》。……作为诗歌的有机组成部分，宋诗诗题、诗序、自注这些表现，鲜明体现了宋诗对于纪实的自觉追求。”[②]一方面是诗歌中纪事、叙事成分的增加，另一方面是诗题、诗序中纪事、叙事成分的增加，后者更是导致了长题长序的大量出现。唐人诗歌题序多只用短短几字提摄要旨，宋人则经常为展现事件的具体信息和相关细节而将其漫衍成文。

金代文学深受北宋影响，王寂诗歌不仅对纪事、叙事十分重视，而

---

① 周剑之：《宋诗纪事的发达与宋代诗学的叙事性转向》，载《文学遗产》2012 年第 5 期。

② 周剑之：《宋诗纪事的发达与宋代诗学的叙事性转向》，载《文学遗产》2012 年第 5 期。

且诗题诗序也有明显的长制化倾向。《拙轩集》中便有许多长制诗题，如《予以朝命催租河朔，道出隆虑，邂逅杨东卿，盖栖霞隐人也。尝许予小山，以地远，卒不能致。约以后期，故作是诗以为定券》《漕副刘师韩自辽西按田讼回，仆率僚友迎劳于郊。是夕仆酒战败绩，明日师韩传檄再三，竟不复出，盖渠豪于饮而仆素不能也。戏以此诗解嘲》《至新蔡，寓居开元寺。暇日与文伯起登经楼赋诗，寺壁旧有秦少游题咏，计其年尚少，于此作学官，当时坡、谷巨公皆推重，意为远到，而竟不然。所谓方行万里，出门车折轴，惜哉》等。采用长序的则有《小儿难夫子辨》《觉花岛》《辙中鼍龟》等，如《觉华岛》序引云：

> 予自少时，即闻辽东觉华岛为人间佳绝处。凡道经海上，未尝不驻鞍极望，久不能去。第简书有期，不得一到为恨。大定乙未之秋仲月十有四日，予自白霫审理冤狱归，投宿龙宫下院，谋诸老宿，期一往焉。老宿曰："今秋风劲，波浪汹涌，虽柁工篙师往来其间，亦不免缩颈汗背。当俟隆冬冰合，如履平地，然后可著鞭耳。"予竟不听。明日登舟，行未几半，风涛掀簸，舟人为之变色。于是收帆弭楫，维石于北渡。予叹曰："此而不济，则命也。"乃割牲酾酒，投是诗以祷之。遂复鼓枻以进。已而风停浪静，天水湛然。极目万里，恍然如坐大圆镜中。指顾之间，已登彼岸。舟僧询大德者谓予曰："正直动山鬼，诗句起蛰龙者，信不诬矣。"予笑曰："如二公者，千古仰之，犹太山北斗，岂庸人末士所可拟哉。是必怜其勤而报以诚也。不然，则刘昆所谓反风灭火，蝗不入境者，皆偶然耳。"虽然，此一段奇，亦不可不纪也。
>
> （《拙轩集》卷一）

它不光是叙述事件，还包含对话、描写、议论、抒情等内容，结构完整，内容丰满，已是一篇独立成章的短文了。

当长制诗题和诗序与诗歌紧密结合并较为习见后，在行记散文中渗入诗歌也就水到渠成了。如果将这些长制诗歌的题序跟王寂行记中与诗歌相关的散文叙述相比，就可以看出两者没有什么实质上的差别。从诗歌的角度看，也不妨说这些散文段落承担了诗歌题序的功能。因此从某种意义上说，王寂的两部行记也是两部纪行诗集，不无道理。薛瑞兆、郭明志《全金诗》便将王寂行记中的散文段落作为诗题编入，而这些文字差不多囊括了行记散文的全部。[①]

王寂行记这种诗文兼容的写法于后世少有步武者，多数行记都谨守“史法”，注重雅洁，不以诗歌打破散文的界限。比如，清人杨宾所作的同样是描写东北地区的行记作品《柳边纪略》，内容就以考证为主，“网罗巨细，是以订史书之谬，而补版图之缺”[②]。虽然杨宾也同时创作了大量诗歌，但这些诗歌都被他单独归于卷五，置于文后，从而表明了他对于史学与文学、散文与诗歌各自畛域的谨守。

虽然按照后世文学辨体的眼光来看，王寂行记由史学向文学倾移、散文与诗歌兼容的写法是一种“越轨”的尝试，但从另一个角度看，这也不失为大胆的创新，自有其独特的文学魅力和文本价值。

① 参见薛瑞兆、郭明志：《全金诗》，南开大学出版社 1995 年版。

② 方衍：《读〈龙江三纪〉》，载《黑龙江民族丛刊》1987 年第 1 期。

参考文献

[1]庄仲方.金文雅[M].苏州:江苏书局,1891.
[2]元好问.中州集[M].北京:中华书局,1959.
[3]王寂.拙轩集[M].北京:商务印书馆,1960.
[4]脱脱,等.金史[M].北京:中华书局,1975.
[5]脱脱,等.宋史[M].北京:中华书局,1977.
[6]唐圭璋.全金元词[M].北京:中华书局,1979.
[7]刘祁.归潜志[M].崔文印,点校.北京:中华书局,1983.
[8]张博泉.辽东行部志注释[M].哈尔滨:黑龙江人民出版社,1984.
[9]罗继祖,张博泉.鸭江行部志注释[M].哈尔滨:黑龙江人民出版社,1984.
[10]张博泉.金史简编[M].沈阳:辽宁人民出版社,1984.
[11]元好问.续夷坚志[M].北京:中华书局,1985.
[12]宇文懋昭.大金国志校证[M].崔文印,校证.北京:中华书局,1986.
[13]白寿彝.中国通史[M].上海:上海人民出版社,2013.
[14]谢桃坊.苏轼诗研究[M].成都:巴蜀书社,1987.
[15]张金吾.金文最[M].北京:中华书局,1990.
[16]黄兆汉.金元词史[M].台北:台湾学生书局,1992.
[17]周惠泉.金代文学学发凡[M].长春:东北师范大学出版社,1994.
[18]薛瑞兆,郭明志.全金诗[M].天津:南开大学出版社,1995.
[19]张晶.辽金元诗歌史论[M].长春:吉林教育出版社,1995.
[20]韩经太.宋代诗歌史论[M].长春:吉林教育出版社,1995.

[21]吴梅. 辽金元文学史[M]. 上海:上海书店出版社,1996.
[22]周惠泉. 金代文学研究[M]. 北京:文津出版社,2000.
[23]周惠泉. 金代文学论[M]. 长春:东北师范大学出版社,1997.
[24]李正民,董国炎. 辽金元文学研究[M]. 北京:文化艺术出版社,1999.
[25]刘浦江. 辽金史论[M]. 沈阳:辽宁大学出版社,1999.
[26]胡传志. 金代文学研究[M]. 合肥:安徽大学出版社,2000.
[27]况周颐. 蕙风词话辑注[M]. 屈兴国,辑注. 南昌:江西人民出版社,2000.
[28]钱钟书. 谈艺录[M]. 北京:生活·读书·新知三联书店,2001.
[29]张宏生. 宋诗:融通与开拓[M]. 上海:上海古籍出版社,2001.
[30]张高评. 宋诗特色研究[M]. 长春:长春出版社,2002.
[31]阎凤梧. 全辽金文. [M]. 太原:山西古籍出版社,2002.
[32]于景祥. 中国骈文通史[M]. 长春:吉林人民出版社,2002.
[33]范成大. 范成大笔记六种[M]. 孔凡礼,点校. 北京:中华书局,2002.
[34]陈衍,王庆生. 金诗纪事[M]. 上海:上海古籍出版社,2003.
[35]元好问. 元好问全集[M]. 太原:山西古籍出版社,2004.
[36]赵琦. 金元之际的儒士与汉文化[M]. 北京:人民出版社,2004.
[37]薛瑞兆. 金代科举[M]. 北京:中国社会科学出版社,2004.
[38]张晶. 辽金元文学论稿[M]. 北京:北京广播学院出版社,2004.
[39]刘明今. 辽金元文学史案[M]. 上海:上海古籍出版社,2004.
[40]张安祖. 唐代文学散论[M]. 北京:生活·读书·新知三联书店,2004.
[41]贾敬颜. 五代宋金元人边疆行记十三种疏证稿[M]. 北京:中华书局,2004.
[42]王庆生. 金代文学家年谱[M]. 南京:凤凰出版社,2005.
[43]赵永春. 金宋关系史[M]. 北京:人民出版社,2005.
[44]钱钟书. 宋诗选注[M]. 北京:人民文学出版社,2005.
[45]韩世明,都兴智.《金史》之《食货志》与《百官志》校注[M]. 北京:

中国社会科学出版社,2005.

[46]王若虚.滹南遗老集校注[M].胡传志,李定乾,校注.沈阳:辽海出版社,2005.

[47]武怀军.金元辞赋研究评注[M].北京:群言出版社,2006.

[48]刘静,刘磊.金元词研究史稿[M].济南:齐鲁书社,2006.

[49]王德朋.金代汉族士人研究[M].北京:中国社会科学出版社,2006.

[50]李艺.金代词人群体研究[M].北京:首都师范大学出版社,2008.

[51]杨忠谦.政权对立与文化融合——金代中期诗坛研究[M].人民出版社,2010.

[52]陶然.金元词通论[M].上海:上海古籍出版社,2010.

[53]郭预衡.中国散文史[M].上海:上海古籍出版社,2011.

[54]牛贵琥.金代文学编年史[M].合肥:安徽大学出版社,2011.

[55]王运熙,顾易生.中国文学批评通史[M].上海:上海古籍出版社,2011.

[56]王庆生.金代文学编年史[M].北京:中华书局,2013.

[57]薛瑞兆.金代艺文叙录[M].北京:中华书局,2014.

[58]王永.金代散文研究[D].上海:华东师范大学,2006.

[59]王定勇.金词研究[D].扬州:扬州大学,2006.

[60]张怀宇.王寂诗歌研究[D].哈尔滨:黑龙江大学,2008.

[61]于东新.多民族文化背景下的金代词人群体研究[D].保定:河北大学,2010.

[62]李楠.金代文学家王寂研究[D].通辽:内蒙古民族大学,2010.

[63]郑静娴.王寂《拙轩集》诗作研究[D].石家庄:河北师范大学,2011.

[64]葛超.王寂“行部志”研究[D].通辽:内蒙古民族大学,2014.

[65]张哲.金代题画诗研究[D].通辽:内蒙古民族大学,2014.

[66]孙宏哲.金代诗文与佛禅研究[D].长春:吉林大学,2016.

[67]师莹.金代国朝文派研究[D].太原:山西大学,2017.

[68]王礼培.论金元两代诗派(续第九期)[J].船山学刊,1935(4).

[69]周惠泉.金代文学初探[J].社会科学战线,1983(3).
[70]周惠泉.金代散文浅论[J].晋阳学刊,1985(3).
[71]张博泉.《辽东行部志注释》匡谬[J].史学集刊,1986(4).
[72]张博泉.论金代文化发展的特点[J].社会科学战线,1986(1).
[73]周惠泉.金代文学家王寂生平仕历考[J].文学遗产,1986(6).
[74]张晶.金代诗歌发展的独特轨迹[J].辽宁师范大学学报:社会科学版,1987(2).
[75]罗继祖.读《鸭江行部志》小记[J].社会科学战线,1988(1).
[76]贾敬颜.《鸭江行部志》疏证稿(上)[J].北方文物.1989(1).
[77]贾敬颜.《鸭江行部志》疏证稿(中)[J].北方文物.1989(2).
[78]贾敬颜.《鸭江行部志》疏证稿(下)[J].北方文物.1989(3).
[79]张晶.金代女真与汉文化[J].中州学刊,1989(3).
[80]詹石窗,杨天松.金代诗歌与道教[J].宗教学研究,1991(C1).
[81]智喜君.《鸭江行部志》所识点滴[J].鞍山师范学院学报,1992(2).
[82]崔德文.辽代铁州故址新探[J].北方文物,1992(2).
[83]周惠泉.金代文学经纬(上)[J].山西大学学报:哲学社会科学版,1992(2)
[84]周惠泉.金代文学经纬(下)[J].山西大学学报:哲学社会科学版,1992(3).
[85]大西阳子.范成大纪行诗与纪行文的关系[J].南京师大学报:社会科学版,1992(2).
[86]康金声.金代辞赋概览[J].山西大学学报:哲学社会科学版,1993(3).
[87]许结.金源赋学简论[J].西南师范大学学报:哲学社会科学版,1996,22(4).
[88]周惠泉.沦落天涯的诗人王寂[J].文史知识,1999(6).
[89]胡传志.金代文学研究百年回顾[J].社会科学战线,1997(2).
[90]王锡九.论大定、明昌时期的七言古诗(一)[J].江苏教育学院学报:社会科学版,1999(3).

[91]佟宝山. 金人王寂《辽东行部志》中的阜新[J]. 辽宁工程技术大学学报:社会科学版,1999,1(4).
[92]胡传志. 金代文学特征论[J]. 文学评论,2000(1).
[93]王锡九. 论大定、明昌时期的七言古诗(续)[J]. 江苏教育学院学报:社会科学版,2000(2).
[94]曾枣庄. "苏学行于北"——论苏轼对金代文学的影响[J]. 阴山学刊:社会科学版,2000(4).
[95]梅新林,崔小敬. 张舜民《郴行录》考论[J]. 文献,2001(1).
[96]邓绍基. 金元诗的发展[J]. 荆州师范学院学报,2002(4).
[97]胡传志. 北方民族政权与辽金文学[J]. 民族文学研究,2003(1).
[98]陈钟远,刘俊勇.《鸭江行部志》沿途纪事杂考[J]. 北方文物,2003(3).
[99]晏选军. 苏、黄之风与金代文学[J]. 学术研究,2003(6).
[100]李正民. 试论金代"国朝文派"的发展演变[J]. 民族文学研究,2004(2).
[101]王树林. 金人别集传世版本叙考[J]. 南通师范学院学报:哲学社会科学版,2004(3).
[102]胡梅仙. 论金代大定、明昌词的田园牧歌情调[J]. 湖北民族学院学报:哲学社会科学版,2005,23(1).
[103]胡梅仙. 金代大定、明昌词新质探讨[J]. 湖北社会科学,2005(3).
[104]李艺. 金代大定、明昌时期绮艳词风回潮研究[J]. 民族文学研究,2005(4).
[105]王永. 王寂散文与金代中期文风指向[J]. 中文自学指导,2006(1).
[106]王永. 女真民族性格与金代散文风格关系管见[J]. 中央民族大学学报:哲学社会科学版,2006,33(3).
[107]杨忠谦. 论金代中期的文化生态及隐逸自适诗风的形成[J]. 求索,2006(9).
[108]吕肖奂. 王寂题画诗析论[J]. 广州大学学报:社会科学版,2006

(10).
[109]刘达科.金代科举对文学的影响[J].江苏大学学报:社会科学版,2007(2).
[110]谷春侠.《蔓聚奇赋》"戛戛独造"说悬解[J].齐齐哈尔大学学报:哲学社会科学版,2007(3).
[111]姜念思.辽金元三代懿州治所考[J].北方文物,2007(4).
[112]张帆.王寂所著行部志中辽金美术史料举隅[J].北方文物,2007(4).
[113]李楠.论金代王寂词的艺术特质[J].集宁师专学报,2009(1).
[114]胡传志.金代"国朝文派"的性质及其内涵新探[J].江苏大学学报:社会科学版,2009(2).
[115]王定勇.论金源词人王寂[J].民族文学研究,2009(3).
[116]李德辉.论汉唐两宋行记的渊源流变[J].中华文史论丛,2010(3).
[117]于东新.关于金代大定、明昌词风的文化考察[J].齐鲁学刊,2010(4).
[118]张士尊.千山灵岩寺考——《〈鸭江行部志〉注释》补正[J].北方文物,2010(4).
[119]郭锐.金代文学家王寂与佛教[J].北方文物,2011(1).
[120]许鹤.王寂生平与思想考辨[J].阜阳师范学院学报:社会科学版,2011(3).
[121]王永.金代散文分期与特色新论[J].中国海洋大学学报:社会科学版,2011(4).
[122]周剑之.宋诗纪事的发达与宋代诗学的叙事性转向[J].文学遗产,2012(5).
[123]陈都.论国朝诗人王寂[J].名作欣赏,2012(33).
[124]薛瑞兆.金代文化的渊源[J].辽宁工程技术大学学报:社会科学版,2013(1).
[125]孙宏哲.金代文学家王寂文学创作的佛禅意蕴[J].求索,2013(3).

[126]李刚. 千山正观堂遗址考[J]. 辽金历史与考古,2014(0).
[127]周向永.《辽东行部志》所涉部分女真营寨地望研究[J]. 辽金历史与考古,2014(0).
[128]刘锋焘,魏玮. 金代大定词坛的代表:王寂词述论[J]. 词学,2014(2).
[129]王彦力,吴凤霞. 从金人王寂所记佛寺、高僧看辽金佛教文化传承[J]. 北方文物,2014(3).
[130]刘达科. 王寂二行部志中佛教史料举隅[J]. 江苏大学学报:社会科学版,2014(6).
[131]吴凤霞.《辽东行部志》有关辽朝历史的记述及其价值[J]. 辽金历史与考古,2015(0).
[132]周向永. 王寂《辽东行部志》反映出的金代铁岭邮驿状况[J]. 辽金历史与考古,2015(0).
[133]李刚,张旗. 试述与金代澄州有关的六个历史人物[J]. 辽金历史与考古,2015(0).
[134]胡传志,金代有关北宋文献三考[J]. 徐州工程学院学报:社会科学版,2015,30(1).
[135]薛瑞兆. 金代艺文叙论[J]. 中山大学学报:社会科学版,2015,55(2).
[136]王峤.《辽东行部志》史料价值研究[J]. 绥化学院学报,2015,35(9).
[137]许鹤. 试析王寂纪行诗的特点[J]. 重庆科技学院学报:社会科学版,2016(7).
[138]张怀宇. 由拙轩词看金词由俗入雅的发展趋向[J]. 陕西学前师范学院学报[J]. 2016,32(9).
[139]陶子珍. 大定、明昌文苑之冠——金代王寂词之情感意涵及创作心态析论[J]. 汉学研究集刊,2016(22).
[140]许鹤. 王寂边疆行记文史价值探析[J]. 阜阳师范学院学报:社会科学版,2017(3).
[141]周峰. 易县双塔庵金代王寂摩崖题记考释[J]. 文物春秋,2017

(3).

[142]张怀宇. 由王寂谐谑诗透视金代中期文化生态[J]. 许昌学院学报,2017,36(6).

[143]安大伟,张宝珅. 金代东北文献《鸭江行部志》考略[J]. 图书馆学刊,2017,39(8).

后 记

本书是我在博士论文基础上修订而成的。相对于旧作，本书在整体框架上做了调整，章节设置有所变化，内容亦因之而不同。比如：王寂思想一节，增加了王寂受儒家文化影响之论述，这样就更全面了；王寂生平一节，附其生平履历简表，以使读者对其生平有更为简明之了解；诗歌部分，对于王寂诗歌艺术渊源的论述有所补充，除论述王寂受苏轼、韩愈、杜甫的影响外，还谈到了他学习白居易、岑参、李白等唐代诗人的情况，从而更能说明王寂对于中国诗歌传统的充分吸收；词的部分，增加了对于拙轩词内容和风格的论述，而之前只论及其词由俗入雅的趋向以及意境方面的特点，未免有些单薄；行记部分，亦在论述顺序上做了调整，以使其显得更为合理。

同时，本书还在文字表述上做了较多修改，繁芜者删汰之，单薄者扩充之，虽皆出于臆断，且是否因之而更为高明也未可知，但停笔自思，终觉较前更佳，亦稍觉欣慰。此外，论述还参考了学界一些较新的研究成果，直接引用者，不敢掠美，已于文中指明，更多的则给我以启发，成为我思考的一部分，因无法一一指出，只能暗自称谢了。限于自身的学术水平，本书错谬之处在所难免，恳请学界同人批评指正。

本书得到了所在单位许昌学院学术基金的资助，在此谨表达谢忱。

本书得到了黑龙江大学出版社的青睐，并最终得以面世。黑龙江大学出版社是我工作过的地方，其编校水平之高为我所素知，此书能够在此出版，不仅于我有特别的纪念意义，还令我尤感庆幸。在此，谨向黑龙江大学出版社致以诚挚的谢意。

张怀宇

2019 年 12 月 31 日